青玉案

王小鹰 著

上海文艺出版社

目录

点绛唇
001

青玉案
124

懒画眉
207

点绛唇

1

叶采萍是在上个世纪七十年代末嫁入淮海坊虞家的。这桩事情当年在她周围人群中掀起不小的风浪,被人们翻来覆去地考证、探究、追踪、议论,足有大半年之久。那个年代,哪个女人能在淮海路上拥有一间方方正正亮亮堂堂,且煤卫齐全的婚房,简直就是公主王妃一等的角色了。何况叶采萍是从打浦桥一带旧式里弄的一间三层阁里嫁进淮海坊的,好比一步登天了。

从前的淮海坊叫做霞飞坊,百多幢中西合璧联排式三层住宅，闹中取静，幽美高雅，入住者大都是殷实富足的人家，还有不少文人墨客聚集其间。虞家的那幢房子，传到虞志国父亲身上，也只二层楼两间向南的正房了。却有单独的大卫生间，楼梯间也蛮宽舒，做饭统在底楼的灶间里，上下十多级楼梯，还算便利。

叶采萍嫁进虞家之前，虞志国的父母住小间，带阳台的大间用大衣橱拦出三分之一余，放了架钢丝双人床，是虞志国兄妹的睡窠，另外大半间既作餐厅又带会客。虞志国从农场病退回上海后，就和叶采萍去领了结婚证，虞志国父母便让出小间给儿子做新房。将大间里的餐桌挪到楼梯间，老夫妻俩与女儿隔橱同居一室。直至两年后，虞志国妹妹出嫁搬走，公公婆婆方才住得落定。又将餐桌搬回大间，毕竟，在楼梯间里吃饭太局促，偶有三两客人，便挤得调不转身。叶采萍从心底里感激虞家如此厚待自己。婆婆在阳台上养了十几盆花草，叶采萍将洗牛奶瓶的水蓄留着，每日傍晚细心地浇灌它们。她把感恩之心融化在日常点点滴滴的家务事中，所以桩桩件件都做得很出色。

2

叶采萍跟虞志国是中学同班同学。当年，虞志国是许多女同学心中的白马王子。虞志国在操场上打篮球，总会有一群女生在场边哇啦哇啦为他当啦啦队；轮到虞志国做值日打扫教室，与他搭班的女生总是抢先擦好黑板，又把扫帚抹布捏在手中，推搡着他道："虞志国，你回家好了，这点点事情，我一下子就做完了。"

叶采萍就是这批痴癫癫女生中的一个。

中学最后一个学期，幸运之神眷顾了叶采萍，老师竟安排她与虞志国同桌！那半年，叶采萍每天早上要用香肥皂洗脸，再仔细地抹上一层友谊雪花膏。那半年，叶采萍每天要更换短辫梢上的彩色玻璃丝，还在额前剪出齐眉的刘海，上学路上就借沿马路商店的玻璃橱窗前后顾影，整理衣衫。

叶采萍相貌虽然平常，可她肤色白净，人说"一白遮千丑"，便令叶采萍多少有些动人之处。叶采萍希望虞志国留意自己，关注自己，偏偏虞志国上课时总是目不斜视，吝啬得连余光都不朝她瞥一瞥。叶采萍写字时有意无意将胳膊肘撑得很开，虞志国实在忍无可忍，便用指关节叩击桌面，示意她已经超越了界线。叶采萍只得讪讪收拢胳膊，叶采萍心里清楚得很，班级里不乏出身名门，长相出众的女生，他虞志国如何会看上她一个"下只角"出来的女生？每天上课能坐在他身边，氤氲于他的气息，叶采萍已经知足了。

他们那一届中学毕业时，已经有了上海工矿的名额。叶采萍有两个哥哥早几年都"一片红"下乡插队去了，所以她理所当然留在了上海，分到手帕二厂当工人。虞志国却没有那么幸运，他妹妹上的是卫校，而且是卫生局的定向培养；这么一来，虞志国总归要务农了。幸而没去插队落户，分到崇明农场，还是班主任暗中相帮争取到的。

分配方案尘埃落定后，叶采萍很想安慰虞志国几句，乘机表露一下自己的心思。可是虞志国没有给她这个机会。进入毕业分配阶段，虞志国就很少在学校露面了。她只知道虞志国住在淮海坊，却不知道具体的门牌号码，又不好意思找同学打听，只好将日渐弥深的思恋藏在心底。倒是老天见怜，给了她走进虞家的机会，那已经是多年后的事情了。

叶采萍母亲在淮海路上的光明邨饮食店当服务员，与淮海坊只相隔两条马路。叶采萍凡厂休，必往光明邨跑，相帮母亲收盘子，擦桌子。母亲不明就里，嗔道："在家里一只碗都不肯洗，倒上这里来做活雷锋了。又没有人会给你发奖状的！"母亲哪里晓得女儿的心思，叶采萍能站在光明邨店门口，斜度里眺望一下淮海坊水泥立柱挺括的门面，心里也是熨帖的。

恰巧那一日，虞志国的母亲到光明邨来买熟菜，让叶采萍碰上了。从前学校开家长会，女生一簇堆挤在教室门口点点戳戳，喏喏喏，那个眉毛拔得铅丝一般的就是虞志国的妈妈！所以叶采萍一眼就认出了她，自己的面孔莫明其妙就红了起来，却大大方方迎上去，恭恭敬敬叫道："虞家姆妈。"

虞志国母亲猛不丁被叶采萍叫得疑疑惑惑，问道："姑娘，我们好像不认得吧？"

叶采萍笑道："你不认得我，我认得你。我叫叶采萍，和虞志国一个班级的，我俩还是同桌。"

虞志国母亲淡刮刮地客套道："噢——是志国的同学啊，你分在这里当服务员？大集体吧？蛮好，蛮好。"

叶采萍感觉到对方细眉下的那双眼正像鸡毛掸帚

扫尘般在自己面孔上移动,便娇憨地扑哧一笑:"哪里有这么好的运道,我是分在手帕二厂,讲讲是全民单位,三班倒,出门看月亮,回家数星星,白天难得出来逛淮海路的。"

虞志国母亲道:"难怪人家讲人心不足蛇吞象,我们志国若是能进上海的工厂,天天上夜班也情愿啊。"语罢,轻轻叹了声。

叶采萍察言观色,晓得她心里不舒服,愈凑到她跟前,道:"虞家姆妈,你放心好了,农场每年都有上调进机关工厂的。虞志国下去四年多了吧?应该轮到他了呀。"

虞志国母亲睒睁着瞪着她,憋了片刻,冲口道:"可是,志国他,老在上海孵着,还会轮到他吗?"

叶采萍兀自吃了一惊:"虞志国他在上海?!"

虞志国母亲迅速地左右看看,拖住叶采萍走出光明邨,就站在马路沿口的梧桐树下,道:"你是志国老同学,我也不瞒你。志国考了两次都没录取,两个月了,成天关在房里……"

这一刻,叶采萍真急了,道:"虞家姆妈,一定要劝虞志国回农场去。无故旷工,表现不好,上调名额肯定轮不上了呀!"

虞志国母亲更急了，跺了下脚，恨道："家里人谁敢这么劝？劝也劝不动他！"眼珠子一转，道："叶同学，你相帮劝劝虞志国好吧？外面人反而好说话，说得重点也不碍事的。"哀哀求助的苦笑像张脸谱挂在她脸上。

叶采萍无端地心跳如急雨，喉咙紧得发不出声，只涨红了脸，点了点头。

就这样，叶采萍随虞志国母亲走进了淮海坊虞家。许多年以后，她已经记不得当时对虞志国说了点什么，只记得虞志国任她千句万句，只勾着脑袋一句不吭，可是第二天他真就回农场去了。

当年，虞家没有人告诉叶采萍，虞志国是因为谈了好几年的女朋友另抱琵琶别嫁了郎，这才万念俱灰，请了病假歇在家中，浑浑噩噩消磨时光。倒是叶采萍进虞家，从左右邻舍粒粒屑屑的闲谈中才一点点探得底细。那姑娘家住南昌大楼，与虞家门当户对，长得也很漂亮，却在虞志国两年高考失利后，迅速嫁给了一位几可做她父亲的美籍华人富商，消失得无影无踪了。

3

虞志国从农场调回上海,办的是病退。他母亲却是个手眼通天的活络人,一次次去街道里委会左右斡旋,终于把儿子弄进了一家街道机具厂,学做铣工,也算是一门技术活了。

虞志国的母亲被先前那位门当户对准媳妇的背叛弄怕了,宁愿讨个工人阶级的女儿进家门。在母亲的极力怂恿下,虞志国和叶采萍确立了恋爱关系。叶采萍不奢求虞志国对自己爱得死去活来,夫妻间举案齐眉、相敬如宾,她已经很满足了。婚后第二年,她就生下一个像极了虞志国的女儿,由着公公取名"尔雅"。那时,叶采萍已从车间调到厂后勤部门工作,不用翻三班了。于是她心甘情愿将虞家里里外外的家务事全包了。清早起来买菜做早饭,下班回家烧饭洗衣裳,厂休日更是一刻不停地扫地抹灰擦玻璃窗,连上下楼梯的扶手都抹得照得出人影。虞志国母亲逢人就夸媳妇贤惠大度,勤快本分。很快整座淮海坊都晓得虞家讨到了一房好媳妇,有公婆不满儿媳的,每每拿叶采萍来做榜样,数叨自家媳妇的种种不是。

那几年，叶采萍在虞家的日子过得风调雨顺，虽是忙碌，忙也忙得乐陶陶美滋滋。中学的女友常有小聚会，都惊叹她愈发白皙，愈发福相，愈来愈年轻了。交谈之间，叶采萍三句不离虞志国和女儿，从丈夫女儿的吃住行一一道来，描绘得有滋有味，就像端出一盘盘色香味俱全的小菜，馋得女友们啧啧称羡。

不过再好吃的小菜多吃了也会犯腻，叶采萍一而再，再而三地夸耀自己的小日子，便有人不耐烦了，道："叶采萍，你屋子里那点事我们耳朵老茧都听出来了，还有没有新鲜点的东西啊？"说这话的叫章梅芳，是个长相有点欧化的女子。听讲她有几分之一的白俄血统。从前上学时，放学回家，路过复兴路上的花园洋房，章梅芳会指着其中一幢告诉女友们，这漂亮的房子曾经是她曾祖父的产业。同学们背后都笑她吹牛皮不打草稿，你曾祖父有那么大的房子，你们一家人还会挤在顺昌路老式里弄的一间前厢房吗？你还会夜夜爬阁楼睡觉吗？

章梅芳挖苦叶采萍，叶采萍非但不生气，反而更为得意。章梅芳当年也是虞志国的崇拜者，并且老同学中曾经一度传言，若不是住南昌大楼那位强有力的竞争者插入，虞志国差一点就跟章梅芳好上了。叶采萍听了只淡淡一笑,对章梅芳一如既往地亲近热络。因为她相信,这种传闻肯定是章梅芳自己编出来的故事。倘若真有点影子,南昌大楼那一位别嫁后,虞志国怎么不回头找你呀?愈是这样,叶采萍愈是喜欢将虞志国拿出来做话题。譬如描绘他生活上如何懒散,早上起床,牙膏要替他挤好,洗脸水要替他倒好;下班回来,拖鞋要替他放在脚边,茶水要替他放在手边。他呀,只晓得打开录音机背英文单词,每天晚上看英文书要看到半夜。讲讲是在埋怨虞志国,谁都听得出她言语间对虞志国的浓情蜜意。

章梅芳乜斜着眼看着她,问道:"虞志国这般努力学习英语,不成他想出国留学么?"

叶采萍仿佛无奈地摇摇头:"我们志国心大得很,哪里肯在工厂里孵一辈子?再讲他大伯伯小叔叔都在美国定居,都愿意帮他出担保。现成条件摆着,我也不好拖后腿呀。"语罢,仰首伸眉地咯咯笑起来,那笑,声声饱满,像一串串颗粒硕大色泽晶莹的上等珍珠。那几年,出国留学风正起于青蘋之末,渐呈急骤之势。淮海坊中人家大都有海外关系,都陆续行动起来。

章梅芳耸耸肩,笑道:"采萍,你这只风筝放出去，收不收得回来哦？美国那种地方，开放得很呢。"

叶采萍两颊肌肉有点僵硬，章梅芳的话像把锋利的手术刀，毫不留情地把她掩藏着的心病挑出来了。她仍撑住了笑脸，道："他这种老夫子，谅他有贼心也没有贼胆。何况，风筝线攥在女儿手里呢。"话说完想再咯咯地笑出一串，终究有点心虚，一开口，珠儿散了线般，有气无力了。

4

尔雅六岁的时候，虞志国的出国签证终于办出来了。虞家像得了状元喜报一般，团圈报喜，亲朋好友，街坊邻舍，无一遗漏。免不了请客，分发糖果。叶采萍犹犹豫豫地跟虞志国商量，是否也请老同学聚一聚？虞志国竟一口答应了。曾经有一段，虞志国因两次高考落榜，便拒绝参加任何同学聚会，甚至不愿去母校出席校庆活动。如今赴美留学，鱼跃龙门，方才挣回了面子。

叶采萍母亲听讲女儿女婿要请同学吃饭，自告奋勇道："那就去我的店里，我跟经理打声招呼，开个包间，打八折……"

"妈，你不要瞎起劲好吧？"叶采萍不等母亲讲完就打断了她。不见得让同学们看着自己母亲身着服务员服装端菜倒茶的模样！再便宜，她也不会自取自辱。叶采萍已经划算好了，她和虞志国结婚时，虞志国不愿张扬，因而故友中一颗喜糖都没发。这回，也是她和志国在老同学面前头次双双亮相，自然不能草率。她决定到刚刚开张的上海宾馆里去摆宴，包间太昂贵，就在大堂中包了一桌。价钱仍是贵了点，怕婆婆心痛，只报了半价，自己宁愿掏私房贴。

一只圆台面，最多也只能邀请十位同学，加上他们夫妇俩，十二个人一桌，已经不宽绰了。虞志国上中学时，总是摆出一张林中高士孤傲淡泊的面孔，所以他没有要好贴心的朋友，请谁不请谁于他来说都一样。叶采萍却是一根根指头扳过去，横挑竖拣，一要在社会上混得稍微得法的，二要跟她稍微谈得来的。还有一点，她挑中的女生，都曾经是虞志国的仰慕者，其中自然有章梅芳。

开宴那天，叶采萍翻出结婚时穿的玫红织锦缎嵌银线缠枝梅花中式外套，对着镜子横看竖看。生了尔雅后，她发福了不少，特别是腹部像反扑着一口炒锅，最下面那粒纽扣已经扣不上了。索性敞着，戴一条深灰乔其纱长围巾遮挡一下，还是蛮有风度的。

平素叶采萍忙里忙外，顾了老公顾公婆，顾了大人顾小孩，最可疏忽的就是自己。每日出门，从不画眼线涂唇膏。这回，她向婆婆讨得一支已经干裂的旧唇膏，羼点甘油，仔仔细细描了唇。她的唇形原就鼓突饱满，点了红，愈发诱人。叶采萍觉得太艳了，又用手纸擦去一层，方才自己满意了。

虞志国看她在镜子跟前磨蹭了半天，有点不屑道："老同学碰碰头，还不至于这样隆重吧？"叶采萍翻他一个白眼："你不想你老婆显得比人家老气吧？"虞志国便闭嘴了。自打拿到了出国签证，虞志国变得没了脾气，样样都随叶采萍拿主意。

那一晚的聚会，是叶采萍人生中的高光点。她是那样的兴奋。她从同学们的眼神中体会到自己是多么光彩，多么令人羡慕。章梅芳的目光几乎都不敢在她身上停留，匆匆一瞥，也是垂下了眼帘，掩饰住心思。章梅芳只是寻住虞志国拼酒，叶采萍晓得虞志国敌不过，便挺身为他抵挡。结果她和章梅芳都有点醉，章梅芳躲进包房的洗手间好一会才出来，她却滚在虞志国怀里笑得停不下来。

当年的叶采萍哪里能够预料，这场聚会带给她的光彩会像烟火般瞬间绚烂后便熄灭了，且再也没有重新燃放。

5

虞志国兜里揣着父母给他的一千美金，登上了越洋飞机。全家人都去机场送行，他拥抱了父亲母亲，又在女儿脸颊上猛亲了一口，却只拍了拍叶采萍的背脊。叶采萍硬撑着灿烂的笑脸，冲他道："写信啊！信封都在箱子的侧袋里。"叶采萍生怕虞志国忙起来忘了写家信，特为备了二十只航空信封，连地址姓名都替他写好了。虞志国"嗯"了声，一转身，便进了验关口。那一刻，叶采萍多么想扑进他的怀里，闻一闻丈夫身上令人心醉的气味。可是虞志国没有给她机会，即便有机会，当着公公婆婆的面，叶采萍也做不出来的。叶采萍只好委委屈屈，眼睁睁望着丈夫的背影消失在人群之中。她竟永远失去了与虞志国亲昵的机会。

出去头一年，虞志国十天半月总会给家里一封信，用的都是叶采萍为他准备的信封，收信人自然都是叶采萍。叶采萍先关进自己房间看信，看完了，再去念给公公婆婆听。其实虞志国信里面无非报报平安，问候问候，几乎没有夫妻间的私房话。可叶采萍念信时，总喜欢念念停停，目光在信上来回搜索，以显示有些话是写给她一个人的，不方便公开的。

临近年底，叶采萍收到章梅芳寄来的大红请柬，请她到陕西路淮海路口的美心酒家赴宴。原来章梅芳竟辞职下海做生意了。

此番她只身赴宴，虞志国不在身边，便无心修饰自己，临出门前解下饭单，只随手套了件自己织的枣红粗绒线开襟毛衣，却没忘记把虞志国这大半年寄回来的近二十封家信齐整整用块旧纱巾包了，放进提包。

美心酒家离淮海坊没几脚路，叶采萍到得早，大堂里团圈看来，不见熟人，便至服务台询问。原来章梅芳是在二楼包了单间，心里先就有点酸忌了。忐忑地跨出电梯，劈面撞见一位雍容华贵的妇人，大波浪卷发优雅地搭在肩上，一身藕荷色薄呢套装剪裁合体，脖子上黄澄澄一圈金项链映得唇色愈是鲜红欲滴，又浓浓地文了黑眼圈，托着花团锦簇的笑容迎上来。叶采萍一时没认出她，愣怔着。她揉了她一把，道："叶采萍，洋学生太太了，好大架子，不理人啊？"

叶采萍惊得张大嘴，好半天才道："章梅芳啊！吃了什么灵丹妙药？脱胎换骨似的，谁还敢认啊！"

章梅芳浅浅一笑，自得之情仍从唇角泼洒出来，道："叶采萍，还说我呢！虞志国给你买了点什么洋玩意？别那么小气，也不穿戴出来让我们老土开开眼界。"

叶采萍心里一个格登，直恼恨自己太疏忽，太随便，没有换件别致点的衣裳来赴宴。包间里暖气很足，可她又不能脱去绒线外套，因为内里的棉毛衫太陈旧。可裹着绒线外套自觉臃肿不堪，在章梅芳的比照下愈显落拓。只得收敛了往日轻俏爽利的脾性，尽量少说话，恨不得隐身才好。

偏生章梅芳不让她消停，不停地把她介绍给各路宾客，言必称"她是我最好的女友，当年班级中出了名的大美女"。叶采萍晓得她明里抬举，实为寒碜，却又无法躲避，木偶似的被她牵来牵去。待开宴，叶采萍已憋了一肚子的窝囊气，哪里还有什么胃口。

叶采萍从包间门口摆放着的花篮上才晓得这日正是章梅芳承包的"芳芳童装商店"开张的日子。包间里挤挤插插摆下五桌圆台面，叶采萍那一桌全是中学同学，章梅芳不停地离席，一桌一桌地敬酒。只要她一离开，叶采萍就觉得呼吸顺畅许多。她终于觑着章梅芳离席的空隙，将虞志国的家信拿出来，大度地笑道："谁集邮啊？志国寄来的美国邮票你们要不要？"

桌子团圈顿时发出欢跃声，四五个同学都伸出手来抢。叶采萍特为关照道："掀邮票管掀邮票，不准偷看里面的信啊！"有人便道："都是些什么甜言蜜语？让大家分享分享嘛！"大家又发出一阵哄笑。

这一阵又一阵的笑声把章梅芳逗引回来了，问道："有什么乐事？让我也饱饱耳福。"

叶采萍故作随意道："他们把虞志国寄回的美国邮票都瓜分了。下回志国来信，我替你留几张。"

章梅芳浅浅一笑道："不用不用，我又不集邮。"话锋一转，"虞志国什么时候接你出去陪读呀？"

叶采萍强笑道："他正在办手续呢。我不急，尔雅还小，再讲，他父亲母亲哪里离得开人？"心中却悄然升起一片薄雾，心境黯淡了一层。

6

叶采萍原以为虞志国语言学校毕业，进了正规大学，放暑假即可回来探亲。没料到虞志国头一年语言学校读下来，托福成绩却没有过关，只好继续操练语言，学费却成了问题。在美国定居的伯父已经提供他住宿，无法再向他们开口求助学费。虞志国只好先打工赚钱筹学费。这么一蹉跎，待虞志国考出托福成绩，已是第三年的圣诞了。

那年，虞志国信中说，假期里要申请大学，回不了家；次年，他终于被州立大学录取，临放假，又写信说，假期里要打工挣钱，也回不了家。这样，年复一年的，直挨到虞志国大学毕业。叶采萍屈指算算，虞志国已经整整七年没回家了，也就是说，他们夫妻整整七年没见面了！这七年中，虞志国从来没提及接她和女儿出去伴读的话题，叶采萍也不好意思问他。她总是太善解人意，她想他打工挣的那点钱，应付他的学费就已经捉襟见肘的了，自然是负担不起她和女儿的生活费的呀。况且，他父亲母亲是希望他念完书回来做事的，那又何必接她和尔雅出去呢？这么想想，叶采萍一次又一次地将出去伴读的念头生生地压下了去。

虞家阳台上的十几盆花草在叶采萍精心养护下枝叶繁盛，春天了，蔷薇攀过铸铁栏杆，嘟嘟噜噜地垂吊下去；冬天的时候，青瓷盆里的水仙挤挤攮攮一团一团的金黄。花开了又谢，谢了又开。七年时光啊，说长不长，说短不短，足以让虞尔雅长成一个俏丽妩媚的小少女，也足以磨损掉叶采萍昔日的丰腴和圆润。最最要紧的是，日往月来，世易时移，叶采萍曾经十分满足的生活样式不知不觉改弦易张了！

叶采萍下岗了，那爿曾经以生产优质丝帕，远销欧洲市场的手帕厂已不复存在，厂房已成了人家的仓库。当时，叶采萍还没到法定退休年龄，政府有项政策叫"待退休"，每月领几百元生活费，自己到社会上去找工作。有一度，叶采萍捏着那几张软沓沓的纸币，惶惶然不知所措。

淮海坊人家的生活大都保持一定的水准，进出弄堂，遇街坊邻居寒暄之际，眼角余光只消从你拎着的马甲袋，蜻蜓掠水般一扫，便晓得你们家的经济状况了。叶采萍毕竟是淮海坊里的外来人口，底气不足，面子上的这口气，她是万万不可输掉的，便是省也只能省在内里。可是，公婆是省不得的，女儿也是省不得的，能省的只有自己了！不再去沪江美发店做头发，不再去益民百货买粉底霜，饭桌上的荤腥尽着公婆女儿吃了，轮到自己，剩汤淘淘饭将就过去了。叶采萍真正是绞尽脑汁，能省一钿是一钿啊。却仍是捉襟见肘，几次弄得买小菜钞票也掏不出了，只好把自己的私房钱一点一点贴补进去。

叶采萍不能向娘家讨救兵，娘家人都以她嫁入淮海坊为荣，她回一趟娘家，每每排场成元妃省亲一般。她若说她手头没有余钱，谁会相信啊？她更不能跟公公婆婆叹苦经，当初，她嫁进淮海坊，公婆就订下了规矩，房子无偿让你们住，家中一切日常开销便由你们负担。况且，公公婆婆总以为儿子是有美金寄回的，并且常常会提及。叶采萍有苦说不出，虞志国统共寄回几次美金啊？每次不过两三百元，本利加起来不会超过两千元的！

几年前，公公婆婆开通了家里电话的国际长途业务，虞志国十天半个月会打个电话回家问候一下。座机是装在大房间里，好几次，叶采萍想给虞志国打电话，让他寄点美金回来救急。却只是想，哪里有勇气去打？一来公婆总在屋里坐着；二来她心里很清楚，虞家接纳她的原因，还不是因为她能干勤快、精打细算，把家里的事体安排得妥妥帖帖。倘若她向虞志国开口讨钞票了，虞家人会怎样看待她？虞志国又会怎样看待她？这才是最关紧的呢。

叶采萍窝了一肚子委屈，无人倾诉，郁闷之中，倒想起一个人来——何不去找章梅芳想想办法？年纪一点点爬上去，她和章梅芳往日的芥蒂早就被绵密的日脚碾成粉末了。章梅芳生意做得不错，圈内人称她童装女王，联营店已开了好几爿，人的身价高了，待人接物派头就不一样了。叶采萍的盘算，最好能到章梅芳的店里卖童装去，这种生活做起来不吃力，章梅芳开工资也不会很苛刻。叶采萍拿定主意了，见了章梅芳头颈缩缩，脑袋低低，唱一出苦道情，人都说哀兵必胜嘛！

午饭后，公婆会午睡片刻。叶采萍洗了碗，只将围单解下，也不修饰，既然要唱苦道情，邋遢些反而好，便出门找章梅芳去了。

芳芳童装店就在淮海路瑞金路口，两开间的店面是朝着淮海路开的。章梅芳的经理室在二楼，却要从瑞金路上的一条弄堂拐进去，从后门上去。

经理室的门虚掩着，年轻的秘书抑或叫助理的姑娘认得叶采萍，笑道："叶小姐，章经理在接电话，你先坐会吧。"又麻利地泡了杯茶，搁在她手边的茶几上。

叶采萍被人称"小姐"，心里还是受用的，这证明自己还是显年轻嘛。她捧着暖暖的茶杯，隔着杯中升腾起的水雾朝门的缝隙中望进去，正好看得见章梅芳。章梅芳听电话的形态绰约多姿，一手捏话筒，一手夹支细烟袅袅的摩尔烟，微偏着脸蛋，笑靥隐隐。考究的紫青羊绒外套过滤了她身上年岁的痕迹，文得漆黑的眼线令她的眼珠特别亮，忽答一闪，让人惊艳。

叶采萍再一次的自惭形秽。每每碰见章梅芳，这种令她沮丧的感觉总是挥之不去。

章梅芳显然也看到了她，用夹着细细烟棍的手优雅地朝她摆了一摆。叶采萍胸口突然涌上一团酸楚，连忙抑制住了，咧开嘴，也朝她摆了摆手。

章梅芳仰起脑袋呵呵呵地笑了一串，终于放下了话筒。叶采萍连茶杯都来不及放下，捧着就冲进了经理室，一屁股坐进沙发圈椅里。

章梅芳抬起柳叶眉，探究地盯住她，含笑带嗔道："发生什么大事体了？令我们向来端庄娴淑的虞太太在人家午休时间横闯办公室的？"

叶采萍也晓得自己有点失态，事关生计，也顾不得讲究腔调和姿态了，眼圈一红，道："梅芳，我没有心思跟你开玩笑……"这么一开口，眼泪水就跟着下来了。

章梅芳拎着一盒高档纸巾走到她身旁,窝了腰,把纸巾盒往她怀里一塞,压低了声,道:"事体真有这么严重啊?是不是虞志国他……在外面有什么花头了?"

叶采萍慌忙摇头,长叹一声,便将自己的窘况一一道来。

章梅芳又转回她的座椅上,又点了支烟,问道:"采萍,你要借多少只管说好了。"

叶采萍面孔哄地涨红了,忙道:"梅芳,我不是问你借钞票来的,我想在你公司里讨一份生活做做。我们这种人,你总归清楚的。做生活不会偷懒,不会耍花枪,不会拆烂污……"

章梅芳忽然就嘿嘿嘿地笑起来,叶采萍噎住了声,恨不得有个地洞钻进去。她恨恨瞪了章梅芳一眼,吃力地站起来,别转身要走。

"采萍,你作啥呀?"章梅芳喊住她,"我又不是笑你,事情太凑巧,我才笑的嘛。"

叶采萍没好气道:"天下巧事都让你碰上了,值得你这样开心!"

章梅芳道:"方才我不是在接一只电话吗?福开源

老板徐贵棠托我帮他物色一个可靠的管家婆,兼任办公室主任和公关部主任的角色。他那些大姑子小姨子搅得他七荤八素的;请过一位外来妹,听讲还是大学生,却弄得他老婆闯到公司唱了一出金玉奴棒打无情郎。我是在骂他,谁叫他偷食猫儿不规矩?他冤枉鬼叫,讲他老婆更年期,见不得年轻的女人。现在他们夫妻达成协议,再要聘人,年纪必须是四十岁以上的老阿姨。又要人老实本分,又要脑子活络能拉生意,又不好长得太妖腻,又要上得台面,代表公司形象。我正跟徐老板讲,这样的人哪里找得到?索性做个机器人吧!不想这样的人才突然就出现了!"便盯住叶采萍,嘿嘿地只顾笑。

叶采萍何等聪明之人,已明白章梅芳的意思,喜出望外,真想朝她作揖。仍收敛着表情,矜持道:"我们小工人做惯了,哪里当得起这般要紧的角色?"

章梅芳正色道:"不是我不想让你进芳芳童装做,徐老板公司比我大,薪水开得比我高,这么好的机会,你要错过,虞志国晓得了,肯定要骂我的。"

叶采萍这才绽开笑纹,道:"那先做做看吧。要是徐老板不称心呢?你还是得给我留一只饭碗哦!"

7

叶采萍去福开源上班,因听了章梅芳的介绍,晓得老板娘管徐老板管得很紧,所以她穿了身素净的衣裤,素面朝天,就去公司了。果然老板娘横竖看了她一阵,铁板的面孔终于柔顺起来。章梅芳不愧在商场打拼了几年,眼光秤人还是秤得很准——叶采萍真正是最合适做这份工作的人选啊。她才走马上任不久,正遇上她的前任眼泪鼻涕地上门讨说法,言之凿凿称,握着徐老板"性骚扰"的把柄。老板老板娘统统避而不见玩失踪,只推出叶采萍作挡风的墙。叶采萍与那位姑娘关起门来谈了不足一个时辰,门咣地打开了,叶采萍搭着姑娘的肩胛走了出来。姑娘的眼泡反虽是红肿,神情却已平静。叶采萍热热络络送她到电梯口,笑道:"走好啊,碰到难处,尽管来找我好了。"全公司的员工都惊愕地盯住叶采萍,这位相貌平平衣着朴素的叶阿姨,究竟会施什么法道啊?轻而易举就制服了那样一个"妖精"?叶采萍被众人看得有点不好意思,浅浅一笑,只说了句:"人心都是肉长的嘛!"

这以后,叶采萍仿佛成了公司的救命菩萨,凡有难缠的生意经,老板都叫叶采萍去缠。叶采萍最大的好处,就是心相好,不怕人缠。人说一句,她会笃悠悠八句十句回过去。通常总能缠出点名堂来。老板渐渐倚重于她,暗暗给她涨了薪水。关键在于,老板娘从不吃她的醋。老板娘看看她一年四季衣裳灰脱脱,头发乱蓬蓬的,公司上下都喊她叶阿姨,自然而然就放松了警惕。有时,老板出差带叶采萍一起去,老板娘也不阻挠,反而嘱托叶采萍暗中看住老板不要让他去泡歌厅夜总会。

叶采萍现在薪水比在手帕厂多了将近一倍,手头有了钱,日子就过得鲜活起来。下班回家,到长春食品公司兜一转,两三只塑料口袋装得满腾腾的,走进淮海坊,碰到街坊邻居,喉咙嗲嗲响起来:"王家姆妈,我买了只牛肘子,煮罗宋汤,尔雅顶喜欢吃了。还有一段银鳕鱼,清蒸蒸,年纪大的人牙口不好,松软一点,刺又少。"

星期日午后,公婆房中电话铃乍响,叶采萍正在楼道里扫地,耳朵划到婆婆的声音:"志国,你好吗?"便知是虞志国来电话了,磨蹭着侧身听,胸口胀胀的,想象着虞志国此时此刻的神情。终于捱到婆婆喊:"采萍,志国的电话。"顺手将扫帚靠在墙角,窜进屋去。她捏着话筒一时竟不知讲什么。对方说:"辛苦你了,小叶,这些年……"叶采萍鼻头根酸叽叽的,忙打断道:"志国,尔雅天天问我,爸爸什么时候回来……她上中学了,我教不了她……"虞志国稍顿,声音闷闷地道:"告诉尔雅,爸爸明年拿了文凭就会回家看她……"叶采萍顾忌着一旁的公婆,强忍着,没有让笑容在面孔上泛滥开来。

叶采萍以为,再熬过一年多点日子,虞志国学成归来,合家团聚,她的美好日子便会重新开始。她哪里料得到,她所向往的美好日子只是一座海市蜃楼啊!

就在虞志国打回这只电话不久,虞志国的妹妹领着儿子哭哭啼啼地回了娘家。

虞志国妹妹叫虞志琴,大家都喊她阿琴。阿琴的丈夫在外头不规矩,把脏病都带到阿琴身上,害得阿琴偷偷摸摸寻医问药,治了大半年。实在隐忍不住,便离了婚,搬回娘家来住了。

那日,叶采萍下班得晚,买了熏鱼和酱蹄,心想炒两只素菜便可开饭。却看见小姑子与她儿子都在公婆房中,一忖:姑娘是娇客,必要再添两只小菜的。

慌忙拉开冰箱寻找存货,翻出几根广东香肠,可凑一只香肠炒蛋。正待继续,忽听婆婆唤道:"采萍,你过来一下!小菜让阿琴去端整。"

叶采萍疑疑惑惑走进公婆房间。公公坐在藤圈椅上,翻着一张隔日的夜报,事不关己的模样。婆婆亲热地拉她坐在方桌旁,笑眯眯地单刀直入:"采萍呀,这桩事体,我想来想去,只有跟你商量了……"叶采萍望着婆婆面具似的笑容,心头腾起不祥,手心都出了冷汗。

果然,婆婆告诉她,阿琴离婚了。她男人吃喝嫖赌,把一点积蓄都折腾光了,所以阿琴是两手空空回娘家的。婆婆叹息道:"让阿琴母子挤在大房间吧,你晓得的,你公爹有失眠症,怕吵;让阿琴母子跟你们挤着住吧,两个孩子都大了,似懂非懂的,住在一室也不大方便……"顿了顿,笑得更贴心了,道,"只好采萍你委屈点,把小房间暂时让给阿琴母子住……"

叶采萍感觉到周身汩汩流淌的血液刷地凝固住了,背脊骨一阵阵地发麻:莫非虞志国真在外面有了花头,借此把我扫地出门,赶出淮海坊去?!

婆婆被皱纹裹住的眼珠子在她面孔上骨碌碌地转

了一圈,嘿嘿一笑,又道:"尔雅呢,把八仙桌挪出去,便可以在大房间里搭张小床,小姑娘手脚轻,不会吵她爷爷的。你呢——我想了想,把过道里那张壁橱清理出来,也有二尺多宽了,搭张钢丝床绰绰有余,拉一条布帘,也蛮通气的。其他东西不动,只是挪张铺。"

婆婆的眼珠子停止了转动,殷殷地盯住叶采萍。叶采萍感觉被她盯着的皮肤上长出了一粒腐烂的黑痣。

叶采萍却先松了口气,婆婆并没有叫自己搬出洭海坊的意思!随即又想,婆婆碰到难处,首先跟自己商量,真是把自己当贴心人了,心口热了起来。再盘算一下,是啊,也只有这个办法了,不见得自己去跟公婆同居一室啰!一来阿琴也蛮可怜,做嫂子的总要显得大度一点;二来,她阿琴总不会在娘家住一辈子吧?这三嘛,志国明年就要回家,公婆万万不会让宝贝儿子挤在壁橱里睡觉的呀!这么一转念,叶采萍便习惯地撑开了温存如秋菊般的笑容,轻声道:"妈,你这么安排蛮好,我没有意见。我会关照尔雅,叫她手脚轻点,不要吵扰爷爷。"

叶采萍做媳妇做惯了,凡事习惯替别人着想。她哪里能料到,她这一搬出正房间,就永远回不去了呢?

8

虽讲只是挪个铺,收拾起来也大惊动了一番。楼道壁橱里翻出许多陈旧货,婆婆一样样过目,该收的收,该丢的丢。老洋房的壁橱做得考究,团圈铺了齐肩高的樟木板,叶采萍统统擦拭了一遍,竟然能照得出人影。婆婆叹道:"老早怎么没想到做睡铺?有这点樟木在,蛇虫百脚都不会钻出来了!"言下之意,还让叶采萍占了便宜!

撑开钢丝床,壁橱的长度里还有尺半空余,刚巧好塞进一只小茶几,放一只小台灯及其他零散杂物。叶采萍又在樟木护壁上敲了几只洋钉,挂挂衣裳什么的。壁橱原是两扇双向拉门,日里拉上,外人根本看不出什么;夜里开半扇门,放下一袭布帘,睡在里面也还不觉得逼仄闷人。

阿琴里里外外帮着叶采萍搬东西,口中一声一个"嫂子,谢谢",叶采萍愈发坦气道:"阿琴,自家人用得着谢吗?"

毕竟还是有不方便的，因为叶采萍的衣物还放在原来房间的衣橱里，每每要取东西，反倒要跟阿琴打招呼了。起初一段日子，阿琴还蛮客气，说："嫂子，这原是你的房间，你尽管来拿东西好了。"叶采萍身为公司公关部主任，经常有应酬，三日两头要换衣裳，衣橱开出开进的，渐渐地，阿琴面孔上的颜色就有点不好看了，言语中也常常夹带骨头。

叶采萍并不跟她计较，只是将一些经常要穿的衣裳挂到公司办公室的橱里去了。老板对她很优待，单独给她开了间办公室。这样一来，她在家里换衣裳的次数就大大减少了。

有一日傍晚，快下班了，叶采萍却接到老板电话，说晚上有新加坡重要客商的会见，要她准备准备，半小时后，小车来接她去宾馆。叶采萍匆匆换上套装，不料章梅芳闯了进来。

章梅芳是合巧路过，心血来潮找叶采萍聊天的。公司员工都晓得这位芳芳童装女老板是叶采萍的老同学，故而并不阻拦，也不通报，随她径直闯上楼去。

章梅芳一对藏在灰蓝眼影里的眼珠骨碌碌地在叶采萍身上转了两圈，坏笑道："下班时间快到了，还收拾得这般齐整，有约会吧？"

叶采萍边拢头发,边嗔道:"你呀,心思总往歪路上去!晚上要跟新加坡客人谈生意,总不见得蓬头垢面地去见人啰!"

章梅芳扑哧一笑道:"徐贵棠那点花头精我还不晓得,抬出个新加坡客户做幌子罢了!"

叶采萍一愣,方才明白她的意思,两颊腾地烧起来,跺了下脚,压低声音喊:"章梅芳你要死啦!瞎话三千,喉咙咣咣响。公司人都在外面呢。你存心想敲我的饭碗啊?"

章梅芳目光旋锥般盯了她一会,惊讶道:"你跟徐贵棠,没有发展下去呀?"

叶采萍气得脸发白,又跺了下脚,道:"亏你想得出的,我年纪都比徐老板大好几呢,再讲,我是那种人吗?拿了人家一份工资,总归要尽心尽力把事情做好,对吧?"

章梅芳息顿片刻,微微点头,道:"虞志国好福气,讨到你这么忠心耿耿的老婆。可笑他徐贵棠是自作多情了。"

叶采萍搡了她一把:"乱嚼舌根要生疮的!我看人家徐老板也是规规矩矩的人,前头的事,多半是那个外地小姑娘存心勾引的吧……"

章梅芳嗤的一声,不屑道:"那你也太小看徐贵棠了,是他多次在我面前夸你,讲得你花好稻好,我是看透他的心思的……"

"好了好了,我是你介绍进他公司的,他当然要在你面前讲我好啰,夸我其实是夸你嘛!"叶采萍虽打断了章梅芳,她那句话却是实实在在听到心里去了,心口莫名地荡开一片涟漪,只是不愿意往深处想下去罢了。

窗外传来嘀嘀两声汽车喇叭声,这是徐老板的小车到了,在喊叶采萍下楼呢。叶采萍连忙拎起漆皮小包要走,又感到不好在章梅芳面前显得太急切,便停住,笑道:"梅芳,你晓得吧?开春志匡就毕业了,他说拿了文凭马上回家的,我总算熬出头了!"

章梅芳道:"等虞志国回来,我做东,班上同学好好聚聚啊。"又意味深长地追问了句,"晚上陪客户,酒少喝两口哦!"

叶采萍道:"放心好了,没有人能灌醉我。"却莫名地耳根发烫,躲开章梅芳的目光。

9

这一年春姗姗来迟，突然风向一转，春却如火如荼了。蔷薇花团团簇簇一下子攀过了铁栏杆，呼啦啦地倾泻下去。几只蝴蝶整日价就盘旋在虞家阳台上。

虞志国真就要回家了！电话里铁钉板说了回程的日期。叶采萍内心欢喜了几天，渐渐地，却又焦躁不安起来。眼见得日脚步步逼近，她一直等待着婆婆发调头，请阿琴和她儿子让出房间，她也得上上下下收拾收拾。她特为去马路斜对过的床上用品商店买了新床单新被套，虞志国过日子向来穷考究，又开了这些年洋荤，一点都将就不得呀！可是婆婆虽则每日都在磨叨儿子回来的事，却始终不提儿子回家住在哪里的关键问题！

叶采萍等待了几天，实在煎熬不过了，急中生智，便让尔雅去提醒婆婆。又万千关照尔雅，千万不可说是妈妈的意思，只说你自己想爸爸，懂吧？

尔雅十四五岁的小姑娘，个头已窜得比妈妈高出半只脑袋，遗传了父亲端正的五官和母亲细腻白皙的皮肤，活脱一个美人胚子。却应了一句老古话，聪明面孔笨肚肠。倒不是脑筋真有什么毛病，平素待人接物的礼数十分周到，街坊邻居都夸她有家教；唱唱歌跳跳舞也蛮灵光，经常参加学校里的文艺演出，照片还在校门口的宣传栏里贴着呢。只是在读书方面缺了一窍，特别是数理化常常要开红灯。叶采萍也想了许多法子，上补习班，请家教，考试成绩只要及格，就奖励钞票，可惜见效甚微。挨到去年考高中，叶采萍到处托人，破费了不少钞票，终究尔雅考分差得太多，进不了区重点高中的校门。后来，叶采萍还是听进了章梅芳的话。章梅芳道："与其蹩脚的中学读高中，三年后也是考不取大学的；不如去上职校，譬如，上海旅游专科学校，最合适小姑娘读了。三年导游专业出来，只要人登样一点，机灵一点，多少家旅行社都抢着要呢，何况尔雅这等模样的！"

恰好章梅芳公司接了旅游职校做校服的订单，跟校长打了个招呼，尔雅便进了旅游职校最吃香的涉外导游班。

尔雅现在住校，一个礼拜只星期六回家住。毕竟年轻，何况这么多年过去了，爸爸在记忆中已经变成很模糊的影像，自然想不周全。经妈妈一提醒，想想这真是个问题呢。便转进隔壁房间，冲着奶奶急急忙忙道:"小孃孃怎么还不把房间让出来呀？我爸回来叫他睡楼梯间啊？"

奶奶盯住她待了片刻，先将门掩上，敛着声道:"你喳啦喳啦做什么？让你小孃孃听见，只当你妈在赶她走呢！"

尔雅嘟着嘴咕哝道:"本来就是我们的房间嘛！"

奶奶叹了口气:"我也是难做人，手心手背都是肉。你小孃孃在外面受人欺，娘家人不好再给她气受，对吧？倒是你爸爸大度，电话里说了，他回来探亲笼统只有半个月假，就不要让阿琴搬出搬进了。他会去附近宾馆开一间房间。这笔费用他可以想办法报销掉的。我想想也好的……"

尔雅双手一合，蹦起来道:"那我也跟爸爸住宾馆去。"

虞志国母亲盯着孙女的面孔问:"是你娘叫你来说的吧？采萍什么意思嘛？你爸会不告诉她？"

尔雅道:"我妈什么意思也没有，是我的意思嘛。"便转身去跟妈报讯去了。

叶采萍听尔雅这般一说，暗自沉吟：志国电话里怎么没提这桩事呢？再节约电话费这样重要的事情总该提一句的。不觉百转回肠起来。

晚饭之际,叶采萍昆挡不乱地烧了一桌小菜,上上下下跑了十几回,腿骨都跑直了。肚皮里犯疑:阿琴今天怎么不出来搭把手,相帮端端小菜啊?

公公婆婆都坐定了,尔雅连连喊饿,早已动起筷子,却不见阿琴和儿子的影子。叶采萍欠起身道:"我去喊阿琴……"婆婆拦下她:"算了,我们先吃吧。"叶采萍狐疑地扭头看看,阿琴房门关紧了,打哑谜一般。

婆婆便用筷子点点叶采萍道:"你这么个直性子人,也学会三弯九转耍花腔呀?你叫尔雅来讲房间的事体,候巧让阿琴听到了,关在房间里哭了半天呢。"

叶采萍迅速白了尔雅一眼,忙道:"妈,你弄错了,不是我叫尔雅……"

婆婆挥挥手,打断她:"妈也体谅你的苦衷,睡在壁橱里总归不方便。当初让出房间,她也没有强迫你,对吧?志国在电话里既然已经表态不要阿琴搬出搬进,你何必再挑这个话题呢?一家人弄得跟唱三国演义似的,你说尴尬不尴尬!"

"妈,我没有这个意思,不是这个意思……"叶采萍张口结舌面孔涨得血血红。平素多少利落的一张嘴,竟然说不成一句完整的话。她原想解释说,志国并没有告诉我要订宾馆的事啊！可是话到舌尖又卷了回去，这么重要的事情，志国为什么不跟我商量商量？电话里竟一点点口风都不露！这才是她最煎熬的呢！可她不愿意让虞家人晓得志国对她的这种态度。所以，她宁愿吃进冤枉官司，横竖横，就任由婆婆责备吧！

10

隔日就要去机场接虞志国了，叶采萍突然心慌意乱起来。早起梳洗时镜子里的一张面孔，搓来搓去总是黄蜡蜡；下眼睑吊着两块乌青的眼袋，像被人夯过两拳似的！

叶采萍随口诌了个理由，提早两个小时离开了公司，赶到芳芳童装，找章梅芳讨教化妆术。

章梅芳不怀好意地笑道："听讲徐老板把公司的小面包车借给你去机场接虞志国？徐贵棠可从来没这样大方过哟！"

叶采萍哪里还有心思跟她贫嘴？搡了她一把，道："你上回说起过哪个牌子的化妆品，对我们这种年龄的人特别有用啊！"

章梅芳乜斜着眼："我们采萍天生丽质，哪里还需要化妆品！"

叶采萍举起拳头要捶她，章梅芳躲开了，扑哧一笑，道："你总算觉悟了呀。你放心，我保证还你二十几岁的姑娘模样，让虞志国见了，再也舍不得离开你！"

于是，章梅芳领着叶采萍去妇女商店化妆品柜台，买了一大堆护肤品和化妆品。又领她去一家新开张的美容院做脸，按摩，药敷，蒸气烘，弄得她脸颊麻辣辣隐隐作痛。待美容师为她一层层涂上爽肤水润肤乳防晒霜，对镜一照，自己都有点认不出自己了，果然是光彩照人啊！

她由衷地感谢章梅芳，追前思后，像有许多话要说，却只挽住章梅芳的肩，轻轻道了声："谢谢。"

幸好回家之时天已擦黑，叶采萍尽量把面孔藏在灯影外，免得婆婆小姑子看出端倪。却逃不过女儿的眼睛。尔雅因次日要去机场接爸爸，特为从学校告假回来。在楼道里，她伏在叶采萍的肩胛上，嘻嘻笑道："妈，你一定做过脸部按摩了是吧？皮肤好光生噢，起码年轻了十岁！"

叶采萍点点两扇房门，又将食指按在嘴唇上，

"嘘——"了声。

尔雅当然领会妈妈的意思，压低声道："妈，明天去机场前，再稍微涂一点唇膏，没治了！"

叶采萍嗔笑着刮了一下尔雅秀挺的鼻梁。

女儿的话是入耳入心的，叶采萍懊恼方才怎就忘了买一支唇膏？原先有两支，早就过了保质期，干得像粉笔一样了。次日，叶采萍下半天就请事假，独自去妇女商店，横拣竖挑，买下一支价钱适中的绛红唇膏。

虞志国的飞机要晚上10点半才抵达，叶采萍与公司的司机约好，8点左右，车到淮海坊来接她全家去虹桥飞机场。虞家老小上下兴师动众，早早吃了夜饭，一个个梳洗打扮起来。叶采萍原打算临去机场前抽半个钟点，按照美容院小姐教给她的化妆程序收作一番，待她刷洗了碗筷上楼来，厕所间已没得空闲。尔雅把门板拍得叭叭响，催道："小嬢嬢你快点好吧，我还要冲澡洗头呢！"叶采萍只好放弃自己的计划，心里安慰自己，还好是晚上，看不出什么的。略作盘算，便躲进壁橱，拧开床头灯，对着小圆镜，勾了唇线，抹上新买的绛红唇膏。镜子里照照，自己还满意自己，就是不晓得虞志国的心相……胸口鼓胀胀，却又忐忑不安。

飞机延误了一个多小时,听到喇叭中报出虞志国乘坐的那架航班号,全家人便都候到接客口。叶采萍眼皮眨都不敢眨一下,生怕将虞志国漏掉。瞪得眼乌珠都酸了,却听到阿琴大叫起来:"哥——哥——"叶采萍一惊:他来了吗?在哪里呀?却见阿琴朝一位西装革履的中年男子直招手,那男子拖着拉杆箱,朝他们走过来了。叶采萍愣怔着,横看竖看,总觉得不像虞志国——怎么秃顶了?怎么肚子凸出来了?怎么头颈又短又粗?特别是那对眼珠,被云翳遮住似的,暗了,小了?

阿琴已经搀扶着虞志国父母迎了上去,爹娘见着远归的儿子,自然是说不完的话,倒把采萍和尔雅撇在一边。尔雅撅起嘴,眼眶里包了一汪泪。叶采萍在她耳畔安慰她:"尔雅,现在让爷爷奶奶跟爸爸说会话,待会我们跟爸爸去宾馆,有的是时间。"

虞志国又拉住阿琴的儿子问长问短,尔雅终于忍不住了,眼泪水扑簌簌滚出来。叶采萍趁机将尔雅往虞志国跟前一推,道:"尔雅多少年没看见爸爸了,叫爸爸呀,认不得啦?"

虞志国的眼珠子终于落到了叶采萍身上,却只是匆匆一瞥,便转向了尔雅,一把挽住尔雅的肩膀,笑道:"长这么高啦?爸爸都不敢认了,还当是你妈妈的小姐妹呢!"尔雅这才破涕为笑,将脑袋拱在虞志国胸口头了。

阿琴笑道:"尔雅,跟爸爸发嗲的时间有的是呢,不要来眼馋我们了好吧?"又道,"哥,你们是先回淮海坊呢,还是直接去宾馆?"

虞志国嗯吱着,他母亲慨然大度道:"深更半夜了,你们一家就先回宾馆。明天笃笃定定睡个懒觉,中饭到家里随便吃点,晚上采萍已经在美心酒家订了一桌,为你接风洗尘。"

这一刻叶采萍好感激婆婆,却感觉到虞志国的眼珠偷袭一般从她脸上碾压过去,顿时有一丝不祥游蛇般窜上心头。

虞志国眼珠回到他父母这边,声音显得疲软,道:"爸,妈,我才被公司聘用,这次主要为工作回国,顺带探亲。有个同事同我一道回来的,公司只订了一间房,所以,所以……"

众人霎时间都无有了声息,目光刷地投向了叶采萍。

叶采萍像是被人揿到阴嗖嗖的深井里,几乎透不过气来。脚骨断了筋似的，软软的，亏得尔雅懂事地扶住了她。她脑袋却煞煞清：众人都等着自己的反应呢！迅速瞥一眼虞志国，虞志国的眼珠慌慌张张躲过眼窝深处，她竟看到他的额角渗出一片细汗，心一软，便用力撑出笑脸，强硬着声音道："那也好。爸，妈，我们先送志国去宾馆吧！"

虞志国像得了大赦令般精神焕发起来，忙道："不用送，不用送，公司派车来接我们的。爸，妈，我给你们都买了礼物，明早带去淮海坊。你们上车吧。"

尔雅有点赌气地拎起虞志国的拉杆箱，道："爸，我和妈送你上车嘛，你公司的车在哪里呀？"

阿琴突然从尔雅手中夺下箱子塞还给虞志国，道："好了好了，没有时间唱十八相送了。爷爷奶奶这么大年纪，再折腾下去，吃不消。你爸美国都去了，还怕他找不到公司的车？"说着还硬拽着尔雅往停车场走去。

叶采萍总觉得阿琴这个举动太突兀，一时却也猜不出缘由。扭头看看虞志国，他已经拖着拉杆箱反向走去。叶采萍满肚的疑心，恨不得追上虞志国盘问个水落石出。一来大庭广众下她做不出；二来，她想想也不能让自己公司的司机耽搁太久了，便只得跟着公公婆婆上了车。

11

叶采萍熬到天亮就起来了，一夜天没合眼，头重脚轻的。想着虞志国要回家吃中饭的，便去菜场买了野荠菜和后腿精肉，掺入虾米和香菇，跺碎了，拌好调料，准备裹馄饨。叶采萍调出的馄饨馅鲜美爽口，弄堂里都出了名。她母亲在光明邨做服务员时从老师傅那里学得调拌馄饨馅的秘法，传授给她，成了她的法宝。

拌好馄饨馅，叶采萍原想按程序做一遍护肤，仔细收拾一番自己的。不料家里人都早早爬起来了，厕所间自然又抢手起来。叶采萍闷闷叹了口气，不要说做护肤，就连躲进壁橱涂唇膏的机会都没有了。众人匆匆吃了早饭，婆婆就招呼大家一起裹馄饨。

四五双手一起裹，个把小时就完工了。裹好的馄饨一排排码在竹匾里，一层码不下，盖了层纱布，又码一层。

等等虞志国不来，婆婆从过道转回房间，又从房间转回过道，咕哝着："弄堂口拆得一塌糊涂，志国怕是找不到家了吧?"

那一段,淮海路正在大改造,要建高档商场,淮海坊靠马路的门面房都被拆除了,搭起了密层层的脚手架。

叶采萍倒是想去等虞志国,却被尔雅抢了先。尔雅跳起来道:"我去接爸爸!"阿琴的儿子也跟着说:"我跟尔雅姐姐一起等舅舅去!"两个孩子争先恐后下楼去了。

虞志国快 11 点方才回家,说是倒时差,开头睡不着,后来又睡不醒,睁开眼,早饭没吃就赶紧过来了。婆婆连忙叫叶采萍下馄饨。叶采萍身在底层的厨房里劳作,心却挂在楼上,拼命竖起耳朵隔着楼板听动静,锅里的水潽得一天世界也不知觉。还是底楼邻居喊了:"煤气味道怎么这么重?二楼嫂嫂,你的火都灭了呢!"她方才醒过来,连忙一迭声地道歉,重新点火,下馄饨。

叶采萍端着馄饨上楼,尔雅怀抱着一只漂亮的印花纸袋袋迎上来,两眼笑成弯月,道:"妈,你看,爸给我买的,开司米毛衣,连衣裙,玻璃丝袜!"

叶采萍把馄饨放在餐桌上,眼角余光寻到虞志国,低低说了句:"趁热吃吧,从前你百吃不厌的。"

空出双手便去翻看女儿纸袋中的衣物，心中感慨道："毕竟尔雅是他的骨血嘛！"

尔雅忽然将一只四方方红缎锦盒举到她眼门前，大声道："妈，这是爸给你的！"

叶采萍眼珠定住了——锦盒中卧着一条光泽晶莹花式雅致的项链！她愣怔着，不敢伸手去接。却听得虞志国道："这是十四K金的。美国人一般都不戴纯金的饰品，太沉，太俗气。"又道，"尔雅，给你妈妈戴上，试试看。"

虞志国眼珠子虽是对着尔雅，叶采萍晓得，他的话是说给自己听的。这一刻，叶采萍心里真可谓春潮澎湃，积蓄了多年的思念，疑虑，怨怼，霎时间被冲得一干二净。尔雅正拈起项链要替她佩戴，叶采萍闪开了，轻轻道："妈还要做事体呢，快放好，小心折断了。"

叶采萍多少想对虞志国由衷地道声"谢谢"，倾诉一下这些年相思的苦楚。可是，公婆小姑左右不离他前后，她满腹的话堆在舌尖，紧咬牙关，方没让它们喷出来。

晚上，在美心酒家为虞志国接风，叔伯舅姨亲戚来了一簇堆，将虞志国围了个水泄不通。叶采萍一一招呼入座，撺菜敬酒，哪里还有余暇与虞志国叙旧？心里安慰自己，还有些日子呢，总会有我们夫妻说话的时间的。

虞志国说，他此行身负公司重任，时间很紧张，但他保证每天都会回家看看的。头几天他果不食言，或中午或晚上，总回来和家人吃顿饭，天南海北聊几句，又匆匆离去。第三日，虞家大伯父在淮海路瑞金路口新开张的富丽华大酒店回请虞志国一家。傍晚，家里人也是早早收拾好了，等虞志国来了便动身赴宴去。却是左等右等等不来，眼看约定时间已过，大伯父催问的电话来了好几次。因是自己大哥设宴，性情温和的公公耐不住发火了，吃了几天洋面包，眼睛里就没有穷亲戚啦？

叶采萍只好低首怡声地抚慰老人，替虞志国做检讨。其实自己心里也是焦灼不安，生怕虞志国有什么意外。还是年轻人头脑活络，尔雅道："妈，你陪爷爷奶奶先去富丽华，省得大伯伯着急。我去宾馆找戎爸，我看到过他的房卡，晓得他的房号。"

于是叶采萍陪同公婆及小姑母子俩去了富丽华酒店，免不了跟大伯大伯母们口舌一番，把虞志国描绘成公司里举足轻重的人物，多少客户等着跟他接洽。

忙得不可开交。大伯父当然为有这么出息的侄儿骄傲，就说，不必催他了，我们先开席吧。

约莫半个多小时，尔雅跟虞志国一前一后走进包房。虞志国稀疏的头发有些凌乱，面容疲惫，双手抱拳作揖，连连跟众人致歉，声称被公事缠住，若不是尔雅来寻，实难脱身。大伯父大伯母们哪里还有气？一团喜气地为他斟酒添菜。

叶采萍却注意到了尔雅的神情变化，小姑娘耷拉着眼皮，闷闷地坐着，心不在焉地揿了小菜往嘴巴里填。叶采萍肚皮里寻思：这尔雅怎么回事？方才还兴致勃勃去宾馆找她爸的，莫非跟虞志国怄气了？为什么呢？却因忙着应酬亲眷们的问话，这念头打了个漩涡，便匆匆流过去了。

待到酒阑人散，虞志国托词晚上还有工作，匆匆转去宾馆。虞家老少沿着淮海路散步回淮海坊。

晚上8点敲过，淮海路上依旧灯影幢幢，行人如织。叶采萍见尔雅步履滞缓，落在众人后面，渐渐与公婆小姑他们拉开了距离。她脚步也缓下来，等着跟尔雅齐肩了，便道："怎么啦？像谁欠了你钞票一样！跟爸爸闹别扭了？爸爸没几天假期，你不要老缠住他，更不可向他要这要那的，晓得吧？"

尔雅鼻腔里"哼"的一声，道："你还帮他讲话，你晓得他……"忽然就收声了。

叶采萍用胳膊揉她一把，催道："他怎么啦？你倒是说呀！"

尔雅虎着脸走了几步，恨声道："反正他回来不回来都一个样，宁愿他不要回来的！"

叶采萍嗔道："小姑娘嘴巴怎么这样凶啊？等爸爸回美国那天，就要哭鼻子了！"看尔雅不回嘴，又道，"好好跟你爸爸说说，让他带你出去，嘴巴甜一点，晓得吧？"

尔雅回了一句："我跟他出去了，你怎么办？"

叶采萍心狠狠地格登了一下。她原来的如意算盘，虞志国能将女儿带出去，自然也会将她一起带出去的啰。尔雅这句回话，让她心惊肉跳。她猛然意识到还有一种可能存在，便是虞志国把女儿带出去，将她一个人抛在上海！忧伤如同潮水突如其来地淹没了她，竟令她无语凝噎。

自然又是一个无眠之夜。

周围还是漆黑一片。躺在壁橱里的叶采萍忽然听到哪里窸哩窣落的声响，慌忙拧亮床头灯，撩开布帘，却见尔雅已装束停当，书包塞得满腾腾地搁在一旁，正伏在餐桌上写什么。叶采萍骨碌翻下床，钻出壁橱，道："尔雅你做神仙啊？深更半夜起来做作业？"

尔雅没好气道："还深更半夜啊？都快7点了。原想给你留张条的。我要赶回学校去上课，今晚上不回家了。"

叶采萍强压在心底的疑虑乌云般瞬间弥漫开来，她和尔雅原本都请了十天的事假，打算好好陪伴虞志国的。假期未过半，怎么就要回校了呢？想问，又怕问，只瞪着尔雅发呆。

尔雅嘟着嘴咕哝道："反正在家也看不到他的影子。课拉下太多，考不好，你又要骂我！"

叶采萍慌道："早饭呢？妈帮你煮点泡饭……"

"不用了，我到对过光明邨买两只菜包。"尔雅说着，拎起书包下楼去了。

一时间，叶采萍像被人掏心摘肺般，失魂落魄地待了一会。转回神忖忖：自己也还是去公司上班的好。守在家候他，候又候不到，反而滋生出许多烦恼！便收拾床铺，关好橱门，下楼做早饭去。

12

叶采萍提早销假回公司,老板徐贵棠正跟办公室人发脾气,这个不称心,那个不满意,横竖没个顺眼的。叶采萍推门进来,众人都欢呼起来。叶阿姨,我们的救命菩萨来了。徐老板脸上顿时云开雾散,笑嘻嘻亲自把一堆文件抱到叶采萍办公桌上,道:"这几天我脑筋搅得七荤八素的,晚上吃两粒安眠药也睡不着。阿萍,你帮我加加班好吧?几份合同都急着要签的。"

叶采萍记不清从哪天起,徐贵棠不再跟着员工喊她"叶阿姨",却随意地喊她"阿萍"了。虞志国都没这般亲昵地叫过她,虞志国当他家人面直呼她全名,当同学面就叫她"小叶"。每当徐贵棠这般称呼她时,叶采萍背脊上会起一层鸡皮,心里面却涌起一阵热麻麻的感觉。面孔上,她却平静如深潭,浅浅笑着,毕恭毕敬应着。

叶采萍希望工作多点,忙点,借以排遣积聚于心的愁闷。开头还有点心猿意马,牵挂着虞志国的行踪,担忧着他今日中午会不会回家?渐渐做上手了,便抛开了悬想空念,一门心思处理起公司的事务了。

她听得门把手喀嚓的一声,便从文件中拔出面孔。却是徐贵棠。她慌忙站起来,喊了声:"徐老板……"

徐贵棠道:"阿萍,都快1点钟了,我看看你怎么还不出来吃饭?要不,我们去对面西餐馆吃牛排?我请客。"

叶采萍控制不住,面孔火辣辣烧起来。徐老板神情言语间的亲近爱抚是显而易见的。叶采萍一直认为这是老板对自己工作能力的赏识,从不往其他方面去想。自上回章梅芳点破这层纸后,她见着老板反而不自然了。深吸口气,稳住自己,叶采萍道:"谢谢徐老板,可我不觉得饿嘛。早饭吃多了,到现在还堵着。"

徐贵棠探究地剜了她一眼,道:"譬如休息一会,出去透透气。我看你脸色不好……"停停,又道,"你老公回来,你们,不开心啦?"

叶采萍怔了怔:不成自己的心事都挂在面孔上了?看见徐贵棠眼珠子都快冲到自己鼻尖上了,忙往后退了退,正色道:"徐老板不要乱话三千,这几天家里人来客往,我是手脚没得停的,太吃力的缘故。"又故作轻松状,"到公司来,反倒像休息了。只想抓紧点把事体做掉，下班早点回家。陆续还有亲眷上门呢。"

徐贵棠无奈地摇摇头，笑道："他们虞家讨进你这个媳妇能文能武，以一挡十，不晓得哪里修来的福。"又放低了嗓子，轻柔地道，"有些事体晚一两日也无妨，你看看差不多了，就早点走吧。"

徐贵棠说毕，识趣地退出门去。叶采萍肚皮里五味翻搅，哪里还有心思做事？对着悄悄掩上的门扉发了好一会呆，方才收拢思绪。

叶采萍下班回家，照例先绕到小菜场买小菜。想着虞志国喜欢吃蟹，价钱虽贵点，还是出手挑了两雌两雄两对大闸蟹，只只都在三两以上。进门先不上楼，在厨房里先将水烧得半沸。一切准备停当，才上楼梯。

公婆的房门虚掩着，像是小姑的声音："头天在飞机场我就认出是她了，幸亏叶采萍不认得她……"

婆婆叹了口气："志国怎的这样没志气？当初吃她的苦头还没吃够啊？"

叶采萍听得汗毛凛凛，恨恨地推门进去。屋里的人霎时间全都闭上了嘴，几对眼珠子像喷了驱虫药水的一群蚊蝇，慌慌张张逃窜。

叶采萍的"忍"功是无人可比的。心里对整桩事情已明白了大半,像生吞一只癞蛤蟆般将愤懑怨怼咽回肚里,浅浅一笑道:"妈,我买了两对大闸蟹。志国几点回来?提前十分钟开锅蒸。"

婆婆怯怯地起身迎过来,赔着笑脸道:"志国刚来了电话,今晚有客户请他们吃饭,就不回来了。"又道,"大闸蟹好呀,现在就蒸,大家解解馋。多少钞票?我来拿出好了。"

叶采萍声音像是沸了的高压锅盖上溢出的蒸气,咝咝响:"妈你说什么话,又没有几钿的。"便退出门去,下楼梯时差点摔倒,木扶手被她指甲抠出几道月牙印。

次日是星期六,叶采萍早晨起来头重脚轻的,仍支撑着去了公司。撑到中午实在撑不动了,便将几份处理好的文件送去老板办公室,正想开口说下半天请假的事,徐贵棠先就叫了起来:"阿萍,你面色怎么这样怕人呀?病了吧?"话未落音,手掌已伸到她额头上来了。叶采萍还未及躲避,他又惊道:"额角头滚滚烫,阿萍,你一定要去看毛病。我叫司机送你过去!"不容分说,抓起了电话。

叶采萍实在无有力气客套了,在公司员工众目睽睽之下,任由徐贵棠搀扶着走出门去。

徐贵棠再三关照司机,送叶主任去看了病,再送叶主任回家。叶采萍让司机开到曙光医院门口,就打发他回公司了。这里离淮海坊不过两站路,她自感自己还没有那么娇贵,有点感冒,这几步路还是走得动的。徐贵棠愈是殷勤,愈显得虞志国的疏远冷淡,愈使她寻思着公婆小姑们欲盖弥彰的神色,兴许他们都是知情人,唯独瞒着自己了!愈是悲愤难抑。

叶采萍从医院出来,哪里还有心情去菜场?想着昨晚大家胃口都不好,剩了不少菜,他虞志国又不一定回来的,将就一顿罢了。便径直回了淮海坊。她拖着软绵绵的脚才登上二楼,婆婆便从房门里迎了出来,讨好地笑道:"采萍,今朝礼拜六,志国说大家到他宾馆餐厅去吃自助餐,你也好歇一日了。"

叶采萍被洋钉敲牢似的,动弹不得。忽见虞志国出现在门框里,背光,看不清他眉眼,黑黝黝,像条影子。

"你的客户呢?"叶采萍像掷石子般吐出几个字。虞志国忙道:"周末,大家都放假嘛。"

叶采萍听他的声音是那样做作,那样虚假,恨不得剖开他的胸口,看看那颗心究竟变成了什么颜色。却仍是忍耐着僵持着,不动声色。

这边婆婆愈是笑得殷勤,道:"采萍,吃了饭,你和尔雅就留在宾馆,不用回来了。"

叶采萍有点晕淘淘吹气般道:"你的同事呢?"

虞志国像电影旁白般抑扬顿挫道:"他回家度周末去了。"

叶采萍郁结于胸好多天的块垒哗地被一股激流冲走了,身子轻得像要飞起来。她几乎控制不住自己——女人可以将悲苦嚼烂了吞进肚子里,却很难掩饰突如其来的喜悦——叶采萍终于还是把持住了自己,只因她对情势的突然逆转仍是半信半疑,她总觉得,虞志国的话是被婆婆从喉咙里一个字一个字挖出来的。便小心翼翼问道:"尔雅晓得了吗?"

婆婆道:"方才给她宿舍打了电话,她不在,叫她同学转告她了。"

叶采萍想想还是不放心,亲自给尔雅挂电话。这回倒是尔雅接着了,叶采萍问道:"你同学告诉你了吗?你什么时候到家呀?"

尔雅懒洋洋的声音:"妈,我不回来了,明天班上有活动。"停停,又道,"妈,我给你创造条件,你好跟爸爸两个人说说话嘛……"

婆婆在边上急着问:"尔雅几点好到家呀?要么叫

她直接去宾馆。"

叶采萍慌忙放下电话,道:"尔雅学校有活动,她赶不回来了……"言毕,心狂跳起来,眼珠子不敢朝虞志国那边转。

13

想着宾馆里必是一应俱全的,叶采萍临走前只匆匆将替换内衫裤塞进拎包,略忖,慌忙又取了唇膏。

一家人先是去宾馆底层的餐厅吃自助餐。阿琴和她儿子盛了小山似的两大盆美味佳肴,喜滋滋地端回来,虞志国笑笑,压低了声道:"用不着一次取这么多的,吃完了还可以再去拿的呀!"

叶采萍晓得公婆的口味,替两老各式挑了几样清爽的小菜,自己却是一点胃口都没有,心里面胀勃勃的。又不好不吃,只随意撮了点装装样子。

这餐饭吃了一个多钟头,话题大都在哪样菜好吃哪样菜不好吃上了。虞志国问他父母,要不要再去咖啡厅坐坐?阿琴和她儿子是跃跃欲试的,可两老连连摇头,这么多小菜,吃都吃得累了,乏了,早点回家休息,你们两口子也好早点歇息。

送走了公婆小姑们，单留下了他们夫妻俩，叶采萍忽然浑身不自在起来，懊恼没来得及做一遍护肤，换一身鲜亮点的衣裳，全然一位劳动大姐模样，跟这高档典雅的宾馆太不相称！

虞志国含浑道了声："来吧！"她脚步慌乱地随他进了房间，却一惊：标房中放着一张六尺双人床！莫非他与"同事"竟同榻而卧？

她的疑问虽没有出口，虞志国却回答了："原本我们住对过的房间，是两张床的。因你要来，特为换到这间的……"

虞志国的声音平平淡淡，面孔上也是无风无浪的。叶采萍胸口头却涌起一股想扑进他怀抱的愿望，她希望他能张开双臂拥抱她。可是，他却从床头柜抽屉里取出鼓囊囊的一只信封递给她。

"什么？"叶采萍惊愕地往后退了一步。

虞志国果断地抓住她的手，将信封往她手掌心"啪"的一搁，道："这五千美金是我这些年替尔雅存下的，你收着，有急处好派用场。"

叶采萍犹疑地瞟了他一眼，道："你，不准备把尔雅带出去呀？"

虞志国两根指头捏住眉心揉了揉，道："再看了，等我工作稳定了，等到尔雅职校毕业了……"

叶采萍气恨虞志国老是模棱两可的语调，可转而忖忖，他讲的也是在理的呀。无声地叹了口气，便不再深究。道："章梅芳倒打来好几只电话，她想趁你回来，召集班级同学聚一聚。"

"你看我哪有工夫？"虞志国整个身子陷在圈椅里，面孔浸在灯光背后的暗头中，挥了挥手，像是拐开眼门前的灰尘一般。

叶采萍惊讶于他对老同学聚会的倦怠，原以为伲衣锦还乡，是希望在旧友面前展示一番的，竟一时无语。却隐隐感觉到他躲在暗头里的眼珠子悄悄落在自己面孔上转来转去，顿时浑身燥热起来，慌里慌张道："那我先去冲个澡……"这句话暗示的意思太露骨，叶采萍事后回想起来，每每替自己脸红。

叶采萍拎着拷包走进盥洗间，合上门，狐疑地环顾一圈：志国说这房间是才换过来的，可洗漱用具毛巾诸物显然是有人用过的！旋即她为自己释疑，忖道：一定是志国来家前先洗了澡的。这般一想，神经松弛下来了。

她先调节好冷热水，脱去外衣，当她往废纸箱里掷秽物时，赫然见箱底卧着一截带血的卫生巾！霎时间，她像被人用重物猛击了脑袋，眼门前一片漆黑。

且说虞志国看了会电视，想解手，等等叶采萍关在盥洗间不出来，侧身听听，水声哗哗响着。便笃、笃敲了敲门，道："小叶，我有点熬不住了，你把门开开好吗？"

叶采萍终于清醒过来，慌忙关了水龙头，用力回道："我好了……"

她原是想来重温鸳梦的，并没带睡衫睡裤。见门背后挂着条毛巾浴袍，扯下来裹在身上，这才开了门。

就在虞志国上厕所这几分钟里，叶采萍自己跟自己惨烈地搏斗着，是揭穿虞志国的骗局，闹它个人仰马翻，还是隐忍下来，把傻子装扮到底？叶采萍心中已经是血肉横飞，肚肠寸断了，她只好将拳头抵住嘴巴，不让自己悲泣出声。但听得哗啦啦马桶抽水声起，她果断地裹着浴袍钻进被子，紧紧地合上眼帘——她决定把这个难题推给虞志国！她听得虞志国拖鞋簌划簌划走到床边，她感到床垫微微震动着，她晓得虞志国上床了。她浑身肌肉紧张得生痛，心就堵在嗓子眼上。倘若虞志国伸出臂膀亲热自己，她便狠命推开他，然后狠狠地责问他，要他坦白，要他认错，要他赌咒发誓！她整个身子蜷缩得像一颗上了膛的子弹，一触即发！她就这么准备着，等待着。可是，她听得虞志国叭嗒关了床头灯，房间忽地潜入黑暗，地老天荒般地肃静和荒凉。这样看来虞志国选择了要她隐忍，要她继续做傻子！叶采萍肚子里恨恨地冷笑着。她和她的丈夫虽然合盖着一条被子，可是他们身体间隔着一尺来宽的距离，互不触摸！叶采萍椎心泣血地想：这段距离便像千仞绝壁，万丈深渊，永远无法合拢了。叶采萍保持着同一个姿势，千年化石般一动不动，熬过了万劫不复的几个小时。

终于，纱帘透出了青汪汪的晨曦。叶采萍马上命令自己下床。仿佛从泥沼中脱身，着实花了点气力。离开了那张床，浑身松了绑似的，便迅速穿上外衣，拎起挎包，拉开房门——就听得虞志国嗡嗡的声音："小叶，你带上房卡，可以到底楼咖啡厅吃早饭。"这声音像一片枯叶，贴着她的背脊，"壳落脱"掉在地上。叶采萍没有回头，径直走向电梯。

叶采萍从宾馆出来就去了公司，值夜班的门卫惊讶道："叶主任，你毛病好啦？这么早来上班？"

叶采萍因自己是隔夜面孔，都不敢正眼看人，"唔……"了声，应付过去。她在公司厕所里用凉水漱了口，洗了脸。看到包里那支唇膏，昨晚带上它，原是想讨虞志国喜欢的！略忖，叶采萍愤愤地抽出唇膏仔仔细细涂抹着自己的双唇。绛红的唇映衬她白皙的肤色，真有点惊艳的样子！

陆续有员工来上班，看到她，便打趣道："叶主任，老公回来了，像吃了灵丹妙药，人也变得年轻起来了。"

老板徐贵棠是来问候她身体的，却愣住了，死死盯着她看了足有三十秒。叶采萍恨声嗔道："徐老板，我脸上落疤啦？"

徐贵棠嘿嘿起来："阿萍，佛靠金装人靠化妆，我还以为《庐山恋》里的张瑜到我们公司来了呢！"

这句话说得采萍愈发地伤心，人人都这样欣赏自己，偏就是短命冤家虞志国，压根不拿正眼瞧人！自然是强忍住了，冲徐老板淡淡一笑，道："现在不是有句广告语吗？今年二十，明年十八嘛？"

尔雅在9点敲过给她打电话，尔雅是难得往她公司打电话的，尔雅叫了声"妈"，嗯吱了一会，声音紧紧地问道："昨晚……你和爸……好不好？"

叶采萍心口一阵刺痛，故意斥责女儿："小姑娘讲话越来越不着边际了，什么好不好的。"停停，又道，

"你爸给了你五千美金呢,是妈替你收着,还是交给你自己保管啊?"

尔雅的语调立刻像飞出笼子的小鸟轻快起来:"妈,我要上课去了,你帮我到中国银行开张户头好吗?"

叶采萍心口又一阵刺痛,轻轻"嗯"了声,便挂断了。

叶采萍在悲戚与焦灼的情绪中熬过了几小时,内心深处,她一直在等虞志国的电话。她寻思,我叶采萍自打嫁入淮海坊,没有功劳总有苦劳吧?你虞志国做了对不起人的事,总该有个解释,有个说法吧?所以,近午,当办公桌一角的电话机银瓶炸裂般响起,她扑上去抓起话筒,脱口道:"虞志国你好!"

话筒对面传来咯咯咯的笑声,道:"采萍,你和虞志国唱的是哪一出啊?"

原来是章梅芳!叶采萍像是一只拔去气门芯的皮球,软软地跌坐在椅子上。

章梅芳"喂,喂"叫了两声,叶采萍把万千怨愤含在嘴中,勉强"唔"地应了一声。章梅芳道:"昨晚打电话到你家,才晓得你到宾馆久别重逢梁山伯去了。怎么样?虞志国哪天有空?大家聚一聚,你不要舍不得嘛！"

"他……"叶采萍一张口，哪里还忍耐得住？不觉痛哭失声。

对面章梅芳任她呜咽了一段时间，方才道："采萍，眼泪水放得差不多了吧？洗把脸去！把自己弄得精神点，出来走走，我在红房子等你，请你吃奶油葡国鸡。"

叶采萍淋漓尽致地哭了一场，心里龌龊倒出许多，人倒觉得清爽起来。便依章梅芳说的，梳洗一番，重新描画了唇形，方才去了红房子。说来也奇怪，年轻的时候，她和章梅芳两个总是暗地里较劲，互不认账；如今，岁数上去了，反倒越靠越近，竟成了无话不说的闺蜜。

章梅芳已经替她点好了菜，一份浓汤，一份三文鱼沙拉，一份葡国鸡，外加一份红豆布丁；自己却只要了份咖啡，小口呡着。叶采萍道："你这算什么意思？心痛钞票啊？我来付账好了。"

章梅芳摇摇头，笑道："看看你，被虞志国气糊涂了是吧？什么时间了？我在公司早吃过饭了。"叹了口气又道，"有些事情，我老早就提醒过你的，对吧？你却是百般不相信。几次想告诉你，又不忍心打破你的美梦……"

叶采萍一口汤噎进气管,死命地咳,半天才喘回气来,道:"原来全世界都清醒人,独剩我一个戆大啊?"声音又哽咽起来。

章梅芳递给她一叠纸巾,道:"其实,原先也只是风闻。有朋友去美国探亲,撞见过虞志国跟一个女人的,竟然是从前南昌大楼的那位。我也不全信,或许他们只是朋友交往呢?却是前几日,尔雅跑来找我,说是去宾馆,亲眼见虞志国跟一个女的住一屋呢!小姑娘说要开除他当爸爸的资格,我劝了她好一会呢。"

叶采萍怔忡片刻,道:"这小姑娘,也不跟我说实话,不成把我这个妈也开除了?我还寻思她怎么早早就回学校去了……"

章梅芳道:"尔雅是懂事,她怕你受不住。"又冷笑道,"真可谓若要人不知,除非己莫为。虞志国机关算尽,还是被你识破了。不过现在这个年头,在外面有花头的男人不要太多了。何况你们夫妻分开七年,有哪个男人熬得住?除非有毛病。"

叶采萍恨声道:"我嫌他脏,一晚上都没让他沾身!"

章梅芳从咖啡杯沿抬起眼,问道:"那你打算怎样？跟他闹离婚？"

一句话就把叶采萍问住了，调羹在汤盆里兜着圈子，好一刻，才道："没有那么便当。我在他们虞家做牛做马十多年，要叫我走，没那么便当。淮海坊的房子，总归应当有我一份吧！"

章梅芳又好笑又好气，嗔道："我看你，哪里是嫁给虞志国的？实在是嫁给了淮海坊！"

叶采萍仔细想想，章梅芳这话不无道理。眼见得虞志国的心她是捏不牢了，可淮海坊的一席之地，拚死拼活也要守住啊！

她们俩深闺密语正说得深入，忽听有人招呼，竟是徐贵棠徐老板。原来徐贵棠傍晚有个重要的应酬想叫叶采萍出马，公司里寻不见人。总机小姐提供了线索：叶主任被芳芳童装的章总约去红房子吃午饭了。徐贵棠竟就寻迹觅踪到了红房子。

章梅芳一见徐贵棠便立起身子，笑道："罪过罪过，徐老板，我占了你的人，这两个钟头的工钱我拿出来。现在完璧归赵，你验收一下，不缺胳膊不龈腿……"

叶采萍生怕她愈说下去更无遮拦，在桌底下蹭了她一脚，章梅芳才截断话音。叶采萍便正色道："徐老板,公司出什么事了?巴巴地寻得来,莫非和我有关?"

徐贵棠竟有些抓耳挠腮地不自在起来,讪笑道:"阿萍,也没什么大事。晚上,广东那家公司的老总约我到新雅粤菜馆吃饭,上回那笔生意是你跟他们谈的吧?我想,我想……"

章梅芳先站起来道:"哦哟徐老板,听你讲话吃力得要命!想让采萍晚上陪你应酬去对吧?我公司下午还有点事,我先走了,你们慢慢谈。"刚跨出一步,又回身挽住叶采萍,伏在她耳畔轻轻道,"心放开点,眼界也放宽点,不要死盯住一个虞志国!"

叶采萍晓得她所指什么,面孔哄地热起来。

14

虞志国的假期前后二十多日,只这一夜同床异梦之后,他再不提起请叶采萍去宾馆过夜了。叶采萍心里已拿定了主意,你装哑巴,我装聋子。已熬过了那一夜的惊惶惨痛忧煎,还有什么忍不住的?日里照样上班,下班归来打点全家的饭菜,遇上虞志国回家,也是举案齐眉般恭敬。唯独夜晚蜷困于壁橱之内自叹自怜，却让人看着亦无风雨亦无晴一般。公婆小姑们倒是被她瞒住了，以为她并不知晓虞志国另有女人的事体，乐得做好人，谁也不去挑开那层纸。尔雅原本是要跟父亲吵开来的，被章梅芳拉去，如此这般劝说了一番，竟也按捺了下来。于是一家人心照不宣，互相都小心翼翼赔笑脸，竟像齐心协力扮演一出大戏似的。

虞志国临回美国前一晚，一家人又在美心酒家为他饯行。席间，叶采萍感觉到虞志国存心讨好她，时不时为她搛菜，替她斟果汁，他是觉得对不住她呢，还是感谢她默默容忍他的背叛？

这天，叶采萍在美发厅做了个新发型，额发斜披，两鬓翻翘，将她的圆脸修成了鹅蛋脸；她又买了一支珠光玫红的唇膏，描画得双唇碧桃般鲜嫩欲滴。她是想让面孔上的春光明媚掩饰内心的肃杀凋零！

饭桌上，公公婆婆小姑们都努力地寻找各种各样的话题来填补空档，你一言，我一语，显得蛮热闹。却无一人触及最要紧的事体。叶采萍是把他们肚肠里的算盘看得一清二楚的：谁都不肯做恶人，谁都不肯做难人，谁都等着叶采萍自己与虞志国摊牌，谁都等着看她叶采萍的笑话。叶采萍拿定主意不去趟这个浑阵，权作尊泥塑木雕，且看你虞志国如何摆布！

看看小菜上得差不多了，虞志国举起半杯残酒，一一举向父亲、母亲、妹妹，说了些不痛不痒互相祝福的好词佳句。眼见得该轮着叶采萍了，虞志国稍微犹豫了一下，叶采萍却已举杯与他碰了碰。她不想给虞志国装模作样的机会，莞尔一笑，堵住他的嘴，道："志国，候得真不巧。你是明天下午的飞机吧？公司老板派我去广州办事，订的是明日中午的票，我就不去机场送你了，大家都一路平安哦！"这是她这一兰跟虞志国面对面说的最后一句话。

一桌子人都很惊讶，你看看我，我看看你。叶采萍仰起脖子一气喝光了杯中残酒，胸口叫酒烫得发疼。脸上仍是笑，笑得像淮海坊阳台上开到极致即要败落的蔷薇花。

次日，叶采萍起个大早，钻进厕所间将自己精心收拾了一番。望着镜子里的自己，年过不惑依然雪肤绛唇，风韵犹存，不由得心里塞满了决绝的悲愤。

她早饭也不吃，拎着行李箱就下楼去了。婆婆追着她背脊喊："采萍，你果真不去送志国啦？"她头也不回，高跟鞋跺得楼级噔噔响，道，"妈，我要赶飞机,实在来不及了……"她说着已拐过楼梯角,婆婆嘀咕的言语还是飘进耳膜:"不去送志国,嘴唇皮涂得血血红做啥?"叶采萍肚子里恨道:"谁叫你儿子眼睛戳瞎了呀!"

叶采萍晓得这次去广州谈生意徐贵棠只带了她一个人去;叶采萍更晓得徐贵棠如此这般的用意。她心想着自己为了虞志国素面朝天,素服简食,纤尘不染地守了这么些年,却被他不明不白,不声不响,不仁不义地背弃了!她还有必要为了这样一个虚情假意的男人守身如玉,终身节烈吗?她甚至是怀着报复的快意踏上了飞往南国的航班。

这一路上,叶采萍恣意放纵自己,她不再拒绝徐贵棠对自己过分的关怀体贴,有几次甚至欲擒故纵地撩拨他。徐贵棠是风月场上的老手,怎能不领会叶采萍的心思。水到渠成,他们下榻广州的头一夜,徐贵棠便赖在叶采萍房中不走了。几番缠绵之后,徐贵棠心满意足地叹道:"阿萍,你老公肯定是在美国读书把脑子读戆掉了,像你这样的女人,他还不满意?莫非真有花妖蛇精迷住了他?"

叶采萍原是委屈着自己与徐贵棠温存周旋的,被他一语中的挑开伤疤,顿时悲从中来,连忙将面孔埋进松软的枕头里，免得呜咽出声，败了徐贵棠的兴致。

15

又是经年，春风桃李，寒霜落木，日月更替。

淮海坊左右两边建起了现代化大商场，地铁一号线的入站口仅距弄堂口百余米，淮海坊愈成了寸金之地。坊内有些人家将空余的房间租出去，一年半载，足可以在近郊买一套响亮正气的公寓了。

虞家却仍然保持原状，一来无有空余房间，二来儿子不在身边，二老年岁上去，张罗不动这些事情了。

虞志国为了申请美国绿卡，这几年再没有回国探亲，无非隔日有电话问候一下，逢年过节寄张卡片回来。

现如今叶采萍与虞家人的关系十分微妙，大家肚皮里都是明镜高悬的。虞志国不挑破这层纸，虞家人便也装聋作哑，叶采萍也不会自己撕破脸皮，虞家的日子竟就这般貌合神离却一成不变地延续了好几个春夏秋冬。只可惜叶采萍已经没有心思去侍弄花草，阳台上的那几盆蔷薇渐渐地败落，枯萎，黄梅天滋生蚊蝇。婆婆便让阿琴将它们统统丢进垃圾箱里去了。

叶采萍蜗居壁橱已成了精，夜里哪怕楼道里有人上下走动，她只布帘一拉，照样神游梦境。如今她点唇的手势娴熟精准，早上起来，蟠在壁橱里，哪怕不点灯，她也能对着面暗黝黝的圆镜将自己收拾得得体而又风韵。

虞志国的背叛给她留下的伤痛日渐一日地淡漠着，叶采萍不得不承认，是徐贵棠对她的殷勤与赞赏治愈了她的心伤。徐贵棠一大家子住在莘庄的独幢别墅里，他在七宝还有一套一室户的老公房，是从前他父母的老屋，如今空关着。他一直劝叶采萍搬到七宝去住，说总比睡在淮海坊的壁橱里强吧？他甚至将房门钥匙硬塞给叶采萍，并且赌咒发誓，他老婆一不会开车，二不会骑自行车，南辕北辙的，再借她一副眼珠子也找不到那个地方。叶采萍收下了钥匙，除了十天半月的跟徐贵棠去那里幽会，却死活不愿意搬过去住。她肚子里暗暗嘲笑徐贵棠毕竟改不了下只角人的眼光，淮海坊里的一张铺比他七宝一间屋不晓得金贵多少呢！还有一层，她也不想让尔雅晓得她跟徐贵棠的事情。

要说虞家不变之中最大的变化就属虞尔雅了。有点年纪的人,四五年光景面孔身材是看不出什么变化的。哪怕眼角多几条细纹,鬓发多几根银丝,临睡多抹点嫩肤霜,隔两个月用染发剂梳理梳理发根,都可以掩盖过去的,可尔雅却是女大十八变啊,四五年光景,便由小少女长成了袅袅婷婷的大姑娘,开始让长辈们为她将来的归属操心了。

尔雅旅游职校毕业后,很顺利便在某著名旅行社觅得个导游的职位。近几年上海人旅游的兴致愈来愈高,旅游业愈来愈兴旺。尔雅十天半个月便要带团走遍名山大川,偶尔还有带团去日本、香港、新加坡的任务,这多少让叶采萍脸上添光,有了人前人后足以夸耀的资本。

尔雅人长得讨人欢喜,嘴巴又巧,经常收到旅客们的表扬信,其中不乏青年才俊表示爱慕的情书。尔雅有时会挑几封念给叶采萍听,念到火辣辣肉麻麻的句子,便捧腹哈哈大笑一通。笑过也就将它们丢在一旁了。叶采萍便提醒她:"都二十岁的人了,只晓得傻笑!留心留心,有条件合适的,发展发展关系,试试看嘛!"

尔雅攀着妈妈的肩膀轻声道:"妈,我晓得的,你盼我帮你找个好女婿,好把你从壁橱里拯救出来,对吧?"

女儿的话让叶采萍眼泪水差点落下来,她长叹一声,想再关照女儿几句,满肚子的言语,却不晓得挑哪句说了。

过了一段日子,尔雅在吃晚饭的时候突然宣布,这个周末就要带男朋友上门了。这不啻在虞家光线昏暗气氛沉闷的饭桌上点着了一枚五光十色的彩炮。爷爷奶奶小嬢嬢都很兴奋的样子,哩哩啰啰地问长问短。尔雅笑道:"我先不讲他的情况,省得你们先入为主,到时候你们自己问他好了。"

星期六早上,婆婆摸出张五十块头关照叶采萍买鸡买鱼买蹄髈。叶采萍把五十块头推回去,道:"讲是男朋友,又没有敲定。太冷淡不好,太热络也不好。我晓得分寸的,添几只家常菜也就是了。"

尔雅大清老早出去, 10点敲过带着她男朋友回来了。叶采萍正巧在底层灶头上忙碌,叫尔雅先带他上楼,眼珠子却已在人家身上兜了一圈:身架子倒是实实墩墩的,面相有点老气,岁数像比尔雅大得多。连忙放下手中生活,拎着满满的热水瓶上楼去了。

虞家没有一间正正当当的客堂间,一般待客就在楼梯间，团圈围着餐桌坐下。

奶奶拿出爷爷专喝的碧螺春泡茶，小孃孃把她儿子吃的鸡子饼、脆麻花装了两只盘子端出来。你一句我一句，从来处问到去处，倒像三堂会审一般。

叶采萍一边为大家茶杯里续水，一边耳朵竖得笔笔直。他讲是旅行社里开大巴的司机，住在浦东白莲泾。叶采萍先就倒了胃口，也不想听下去了，借口给热水瓶灌水，下楼去了厨房。她这般态度摆出来，心想尔雅应该明白她的意思。因事先讲好请人家吃中饭的，小菜只好做起来。心里不爽快，生活也做不登样，煎鱼粘去了鱼皮，只好用几根青葱盖着遮丑，酱蹄髈多倒了酱油，拼命加糖仍是咸。

吃中饭期间，叶采萍一直板着脸，不正眼看那位住在白莲泾的大巴司机。饭后，待尔雅送客回来，叶采萍正好在水龙头前洗碗，直拨拨喊住尔雅，道："这个人看上去，你好喊他爷叔了。"

尔雅道："妈你是老花眼了吧？人家才比我大两岁。"

叶采萍道："你准备跟他到乡下去啊？"

尔雅道："妈你不看报的呀？现在浦东大发展，将来会比淮海路更加淮海路的。"

叶采萍道:"你眼光怎么就那么浅?一个开车的就把你魂勾掉啦?"

尔雅噘嘴咕哝道:"你眼光高,挑的人有什么好?还不是黄鹤一去不复返啦!"

叶采萍一口气闷住,停停,才憋出一句:"反正我不同意你跟他交往,趁早给我回断了他!"

正好有邻居进了厨房,尔雅眼皮包着一汪水,别转身跑上楼去。等到叶采萍收拾完灶头回到楼上,婆婆先冲着她数落道:"尔雅头一回交男朋友,你作啥兜头就是一盆冷水?弄得她眼泪鼻涕的。我看看这小伙子倒蛮称心,老老实实,有工作又有房子,有啥不好?"

叶采萍横眼冷冷地看着婆婆,心想:你是捡到篮头里的都是菜,早点将尔雅嫁出去,你们好住得宽舒点,对吧?便道:"正为的是她头一回,又没有经验,被人家三言两语就花倒了。我做娘的总要为她把把关吧?"

夜半三更,叶采萍在壁橱里翻来覆去睡不着。尔雅脾气犟头倔脑,自己如何阻止得了她?虞家人是靠不上的,一个个打着自己小算盘,尔雅嫁得好坏,不关他们痛痒。想来想去,这桩事情只好找章梅芳商量了。

次日午休时间,叶采萍约了章梅芳在红房子碰头。章梅芳盯了她一会道:"出什么事了?急赤白脸地把我叫出来。是徐贵棠欺侮你了?"

叶采萍在她指甲鲜红的手背上轻轻拍了一下,嗔道:"还不是你设了个陷阱让我跳下去的?"

章梅芳摇摇头,道:"好人真是做不得呀!你不用大礼谢媒人,反而倒打一耙……"

叶采萍恨得狠狠地拧她手背,她方才止口。又笑道:"其实我也猜出来了,是为尔雅那个男朋友吧?"

叶采萍诧异道:"你倒是包打听呀,我昨日才见着他呢!"

章梅芳道:"天下就有那么候巧的事,上礼拜天,我去一百芳芳专柜办点事,就让我撞见他们了。"

叶采萍恨声道:"这个人要相貌没相貌,要学历没学历。在旅行社开大巴,且不问赚多少钞票了,将来也没什么发展呀。"

章梅芳道:"我说出来,你也别太急。我看他们搂着腰逛街要好得要命。"

叶采萍愈急了,道:"小姑娘怎么变得这样鲜格格?她根本不听我的话,将来苦头有的好吃了。所以只好来求你想想办法,你看你招了个多少出挑的女婿呀!"

章梅芳沉吟道:"尔雅从小到大没有跟她父亲一道生活,情窦初开,辣猛生头碰到个男人对她千般讨好,她能不悉心扑进去吗?这篇文章急就不成。头一条你不好跟尔雅针尖麦芒对着干,否则你就把小姑娘生生推到对方怀抱里去了。"

叶采萍道:"不急也不行呀,万一生米煮成熟饭了怎么办?"

章梅芳想了想,道:"你听我的,不要再跟尔雅提男朋友的事,当作没有那个人存在。其他的事,你交给我来做。"

叶采萍一喜,问道:"你打算怎么拆散他们呢?"

章梅芳道:"你放不放心交给我做啦?不放心的话,我也懒得管。"

叶采萍忙道:"当然放心啰。不过,光拆散他们还不成,还要帮尔雅介绍一个,要跟你的女婿一样档次的!"

章梅芳点着她道:"叶采萍,我才发现你好贪心噢!"

16

年前章梅芳与一群民企女老板发起成立了海上女企业家联谊会，经常举办各种派对，品牌发布啦，慈善捐款啦，时装展示啦，风生水起，云蒸霞蔚，报纸电视上常常可见她们的飒爽英姿。

一日，章梅芳捧着一本紫红平绒面的聘书来找叶采萍，笑吟吟道："我在联谊会把尔雅夸上了天，她们都同意聘请她为联谊会的旅游顾问，看，我把聘书都带来了。"

叶采萍高兴道："这法子好，索性把尔雅从旅行社调出来，省得她老是跟那个大巴司机搭班，拆都拆不散。"

章梅芳道："硬拆肯定拆不散的，王母娘娘划了条银河都拆不散牛郎织女呢。尔雅旅行社的工作还是不好辞掉的，联谊会又不开薪水。我是想让她见见大世面，提高她的品味，她的眼光自然就会从大巴司机的身上移开的。"

叶采萍虽然觉得章梅芳的设想有些道理，可是这提高品味的事体像广东人煲汤一般，靠的是文火慢工夫。她心里恨不得立时三刻一刀斩断女儿和那大巴司机之间的联系呢。

尔雅仗着爷爷奶奶小孃孃的支持,隔三差五还是将男朋友带回淮海坊。叶采萍忍住了,不正面跟尔雅打仗,却也不愿意就这么默认了那个大巴司机。于是,凡尔雅要带男朋友上门了,她便挖空心思找理由避开。这种状态继续了大半年,叶采萍忧心忡忡,章梅芳实施的方案好像不大灵光嘛!每每给章梅芳打电话询问,章梅芳总叫她不要性急,说尔雅对联谊会的活动十分热心,女老板们都很赞赏她。叶采萍心里恨道:"女老板赞赏有什么用啊?要有男老板赞赏再好呢!"

事情却终于有了转机。渐渐地,叶采萍发觉女儿在家的时间多起来,晚上经常留在家里吃饭,休息天竟然孵在床上睡懒觉了。更重要的是,叶采萍掐指算算,那个大巴司机已有三四个礼拜没上门了。她赶紧把这个信息捅给了章梅芳。章梅芳咯咯咯地笑了一通,道:"我叫你不要急嘛,这就叫做水到渠成。"又追问了一句,"这种时候愈发不可冒冒失失去问尔雅来龙去脉的,就当你没感觉,保持原状。好比你炖一锅子肉,心急慌忙,一歇不停地揭锅盖看它烂了没烂,愈发地不会烂，说不定就烧僵掉，咬也咬不动了。"

叶采萍此刻是将章梅芳奉若神明了，果真装起傻瓜，对尔雅嘘寒问暖，就是不碰男朋友的话题，母女关系反倒恢复了以往的亲近。

叶采萍生日那晚，章梅芳请她去新开张的海鲜自助餐厅开洋荤，还叫了尔雅作陪。叶采萍从来没有给自己过生日的习惯。虞志国对她是没有那份浪漫情怀的，哪怕和徐贵棠有了那层关系后，她晓得自己年长徐贵棠两岁，便死活不肯告诉徐贵棠自己生日的年月日。叶采萍也是有点疑惑，这章梅芳是如何想起给自己过生日了呢？

那家海鲜自助餐厅的环境高雅，食物丰盛，看得叶采萍眼都花了，东也搛，西也搛，托着满满一盆子小菜转回座位上。尔雅捂着嘴笑得直不起腰，终于笑停，道："妈，你不能把冷菜热菜混在一起，先吃冷菜，再吃热菜，再吃主食，最后取甜点水果，懂了吧？"

叶采萍被女儿说得红了脸，咕哝道："吃点东西，哪里来那么多规矩！"

章梅芳叫服务生送了三杯红酒。叶采萍道："这酒还要另加钞票，何必呢？饮料不是畅喝的吗？"

尔雅忙道："妈，你就阿乡了吧？吃海鲜一定要配红酒的。"便捏着高脚酒杯细细的脚，举到叶采萍跟前，"祝妈妈生日快乐，越活越年轻！"

叶采萍连忙两只手捧起酒杯跟女儿碰杯。尔雅却叫起来："妈，你手掌不好捂着酒杯的，掌心热，酒温升高，味道就变了！"

叶采萍慌忙松手，差点把酒倒翻，嗔道："横不是，竖不是，跟你一起吃饭，怎么这样吃力？"

尔雅不理睬母亲的责怪，只将自己盆中的生蚝拨了两只给叶采萍。

叶采萍从来没吃过生蚝，看着硬壳里软绵绵的一坨，皱起了眉头。

尔雅便示范给她看，先抿了口红酒，含在嘴里，再用小勺挑出生蚝肉放入口中，含着红酒咽下肚。笑道："妈，你晓得吧？这一只蚝比你那满满一盆都值钱呢！"

叶采萍发现章梅芳坐在一旁不开言，只掩口而笑，突然醒悟过来，原来她是向自己展示这几月调教尔雅的成就了，自然，那位大巴司机是不可能带尔雅进出这等高档餐厅的！当着尔雅的面不好说穿，叶采萍会意地揉了章梅芳一把，道："你不晓得吧？尔雅在家里一口一个章阿姨长章阿姨短的，我跟她说，你索性喊章阿姨'妈'得了。"

荏苒便到了岁尾。近几年，圣诞夜狂欢在年轻人群中愈来愈时兴起来。有点头脑的商家谁肯放过这大好的赚钞票机会？徐贵棠盼咐他手下的花木市场一口气进了上万盆红腊腊的圣诞花，总公司休班两天，工作人员统统去花木市场卖花，痛痛快快赚了一大笔。章梅芳胃口更大，要借圣诞扩大芳芳童装的声誉，便与市少儿福利院联手，策划了一场圣诞夜"手牵手、心连心，芳芳爱心传递"的慈善晚会，在报纸电台电视台大做广告，一时下形成了满城皆说芳芳的形势。

却说尔雅，这一年跟着章梅芳在女企业家联谊会做事，说说是旅游顾问，但凡有联谊会展示会的活动只要尔雅没有带团出游，章梅芳都叫她过去帮忙张罗。忙虽忙，却忙得有滋有味。出入华堂贵府，结交名流显士，数月下来，尔雅从打扮到气度都像换了个人似的，举手投足，讲话腔调，都带上了章梅芳的影子。

这次章梅芳要做圣诞节的大文章，提前一个月就问尔雅有没有空？尔雅索性跟旅行社请了长假，一心一意给芳芳童装打工了。

虞家的两位老人,原先是满怀期待将孙女嫁出去的,数月不见准孙女婿露面,终于按捺不住了,逮着机会问尔雅:"圣诞节快到了,爷爷奶奶出钞票到美心酒家开一桌,请你男朋友的父母一道过来聚聚,好吧?"

尔雅瞪着二老,诧异地扬起眉毛,道:"难道我没有告诉你们啊?我跟他分手快两个月了!"

当时叶采萍正端了小菜从厨房走上来,尔雅又尖又脆的声音从门缝里钻出来钻进她的耳道,叶采萍一喜,身轻如燕地几步跨上楼梯,差点泼翻了手中的汤,连忙稳牢自己,收干净面孔上的表情。那一顿晚饭,虞志国父母胃口都不开,胡乱拨了几口饭,就放下筷子。叶采萍却愈吃愈有味道,又去添了半碗饭。

饭后,叶采萍借出去倒垃圾的机会,到淮海路上公用电话亭给章梅芳打电话报喜。其实,叶采萍已经有了一部手机,是徐贵棠偷偷送给她的,只为了方便他跟她约定幽会的时间。叶采萍十分小心,从不在旁人面前显露,甚至也瞒过了尔雅。

章梅芳在电话那头的声音有点懒洋洋的,道:"看她的情势,我早就有数了。你才晓得啊?"

叶采萍连说了一串"谢",又紧着道:"梅芳,现在好帮尔雅物色男朋友了吧？你晓得我的条件的，顶好在淮海路附近有房子的……"

章梅芳打断了她，不无讥讽道："叶采萍，你大概得了白内障，只看得到眼皮底下的淮海路。你自己嫁进淮海路有什么好？还不是日日睡壁橱？"

所谓一箭封喉啊，叶采萍无言以对，心口隐隐痛起来。前几日，她替公公婆婆洒扫房间，从床头柜底下捡起一张婴儿的照片，照片背面写着一行字：尔颂百日纪念。还未等她脑子想得明白，婆婆已一把夺过那照片，讪讪道："楼底下好婆重孙子的照片，忘了还给她了。"夜里，叶采萍躺在壁橱里，将这桩事体细细想来，惊出了一身冷汗。底楼好婆重孙子已经三岁多了，怎么会将百日纪念照再拿给人家看呢？从小囡的名字上看，明显是尔雅的同辈之人，莫非虞志国跟外头那个女人已生了儿子？！叶采萍想了一夜天，在心里头将那张照片一分一毫地噬得粉碎！既然已经屏到现在了，总还得屏下去，看你虞志国能如何发付我吧！

17

章梅芳帮叶采萍物色女婿还是蛮巴结的，陆续给尔雅介绍了三四个对象，却都不成功。叶采萍要求对方要有独立住房，住房地段又要好，本人又要赚得动，同时具备这些条件的人都有些年纪了，不是丧偶，便是离异，叶采萍没一个称心的，忿忿道："梅芳，我托你给我女儿找老公，不是找爷叔娘舅呀！这么多年了，你总归晓得我为人的吧？我叶采萍决非忘恩负义之徒，我会重重报答你的！"

章梅芳便动了气："你也把我看轻了吧？我是图你报答吗？你又能报答我什么？条件比皇帝选驸马还苛刻，我是没有本事了。你为啥不托徐贵棠？对了，徐贵棠的儿子也没有讨老婆嘛，你们索性母女配父子……"

"章梅芳！"叶采萍面孔煞白地跳起来，"我拿你当知己，你竟这般损人……"话未说完便哽咽住了。

章梅芳也是一时兴起脱口而说，见状，知是触到了叶采萍的痛处，忙不迭道歉，并拍胸脯保证给尔雅找到乘龙快婿。叶采萍方才收住眼泪，只恨恨地捶了她两下。

章梅芳这般处处让着叶采萍，一是恻隐之心，叶采萍这十多年如同守活寡，又下岗，讲讲住在淮海坊，却只有一只壁橱的地盘容身。这二，章梅芳在帮助叶采萍的时候,心中不无胜利者的满足。当初,这位相貌才情都及不上自己的叶采萍竟然捕获了班上大众情人虞志国的心,章梅芳曾经忿忿不平了好长一段日子!倘若叶采萍跟虞志国夫妻琴瑟和谐至今,章梅芳恐怕就没这份侠义心肠了。

这一日,叶采萍接到章梅芳的电话,章梅芳的声音含着笑意,道:"采萍,中秋晚上,广东一家珠宝行到上海开产品推介会,就在花园饭店,听说请了几位当红明星作代言。我弄到两张请柬……"

叶采萍慌忙截断她:"我不会陪你去的,我们这种人哪配去那种场合?你还是另请高明吧。"

章梅芳噗哧笑道:"谁邀请你啦?我敢邀请你吗?我把你的中秋节占了,徐贵棠要找我决斗了。"

叶采萍被她一语中的,点破心事,心虚虚地应道:"你红嘴白牙,嚼什么蛆!这跟他徐贵棠搭什么界?我就陪你去好了,开开眼界,提高提高素质。"

章梅芳正色道:"我原真不是邀请你去的,我是想带上尔雅,只想跟你打声招呼。"

叶采萍疑惑道:"尔雅学的是旅游专业,她又不识珠宝,更买不起珠宝……"

章梅芳咯咯咯笑了通道:"尔雅本身就是颗上等珠

宝,我带她去亮亮相,一定会有人识宝的。"

叶采萍恍然大悟,抱住话筒喊道:"梅芳,谢谢,谢谢你,谢谢你呀!但愿真有贵人相中尔雅呢。"

中秋那日,叶采萍起个大早,煲老鸭汤,煮芋芳毛豆,她习惯把事情做到仁至义尽。随后,便客客气气跟婆婆招呼道:公司晚上要开中秋赏月晚会,所以自己不能在家吃团圆饭。小菜已端整得差不多了,吃前只需热一热就成了。婆婆也客客气气回道,你有工作,放心去好了。叶采萍自己也觉得不可思议,她现在跟虞家人相处,倒像是房东房客,互相客客气气,心里边都戒备森严。

叶采萍出门前,尔雅还在闷头睡觉。叶采萍坐在她床沿边,拍拍她肩胛,附在她耳畔轻轻道:"别忘了,下午1点到芳芳公司找章梅芳阿姨,她要带你上美容院。晚上的酒会非常重要,晓得吧?"

尔雅不出声,只扭了扭腰身。

叶采萍抬起身子,正碰上婆婆一对怀疑的眼珠子,忙笑道:"章梅芳公司晚上搞活动,又要请尔雅去帮忙。不过她工资开得蛮爽气的。"

在婆婆眼珠子如影随形的护送下,叶采萍噔噔噔地下了楼梯。今日她的心情特别好,因章梅芳给她透了底，广东那家珠宝行老板正筹备在上海开分行，派他的小儿子来上海打理前期事务。章梅芳准备把尔雅正式推荐给他们。章梅芳意味深长地笑道："那位小老板才三十出头，一表人才，虽然离过婚，却没有孩子。为了到上海开拓市场，他爹才在淮海西路鸿发苑为他买下了一套两百多平方米复式的公寓。怎么样？符合你的选婿条件吧？"

这真是"山重水复疑无路，柳暗花明又一村"啊！

叶采萍揣摩下来，只对"有过婚史"这一条略感不满，转而想想，哪里去找十全十美的人呢？能在淮海路上有一套两百多平方米的复式公寓，这样的未婚男子恐怕已是稀缺动物了，仅这一条便胜过别人家千条万条。这么想来，便对章梅芳拜托了又拜托，要她想办法帮自己钓住这位金龟婿。

18

叶采萍脚步匆匆地走出弄堂，淮海路热热闹闹在眼面前铺展开来，像一幅花色斑斓的彩锦。天空竟是一碧如洗，中秋日有这般晴朗的天气，夜里便可欣赏到满月了！这么想着，她莫名地耳热心跳起来。

自从她跟徐贵棠有了那种关系之后，中秋夜便成了她跟他幽会的佳期。因为中秋不是国定假，徐贵棠可以借口外面有客户应酬，不回家过节。他们大都在徐贵棠的老屋里饮酒赏月，而后携手巫山，云雨交欢。叶采萍独处时思前想后，自己都不相信那个跟徐贵棠在一起放浪形骸的女人就是自己。从前的她，是个规规矩矩的女人，跟虞志国过夫妻生活，是从不开灯，从不出声，也从不改变两人的位置和姿态。可是，为了报复虞志国，她鬼使神差地跟徐贵棠发生了关系。初始，每每幽会，她还是别别扭扭，推三推四的。日长日久，她也记不清是从何年何月何日何时开始，她变得愈来愈离不开徐贵棠了。几日不见他，她会思念他；想着他与他老婆同枕共席，她心里会无端地酸楚起来。徐贵棠的身影愈来愈占据了她的思绪，倒把个虞志国挤到犄角旮旯里去了。虞志国一年、两年、三年地不给她信息，她渐渐地竟就习惯了这种有名无实的夫妻关系，也不怨他，也不想他。

徐贵棠十数日前去香港出差，招呼司机上楼帮他拎行李箱，正经过叶采萍办公室门口。叶采萍听得他关照司机："我中秋节下午赶回来，大约3点多钟到浦东机场吧。到时候你打电话问问航班准确时间，不要误事噢,我要赶回家吃团圆饭的。"

徐贵棠本来就是喇叭嗓门,被叶采萍听起来,这句话他就像喊出来一样。她晓得,徐贵棠是喊给自己听的,是在提醒自己不要忘了中秋夜的约会。

叶采萍一到公司,先去找徐贵棠的司机,问道:"小马,徐总是今天下午回来吗?我把上个季度的报表放在他办公桌上了。"司机的回答是肯定的,航班抵达的准确时间是3点40分,徐总恐怕来不及赶回公司了。

叶采萍一颗心落定,暗笑。徐贵棠当然不会赶回公司,他一定会找个借口,让司机送他到老屋!

因为是中秋,公司提前两个钟头下班,好让大家回家做团圆饭。叶采萍先去美发厅做了头发,原想亲手做一桌美味,算算时间来大不及,索性弯到美心酒家,买了醉鸡酱鸭熏鱼一大堆熟食,再买了一盒杏花楼月饼,一瓶五年陈绍兴花雕。她生怕徐贵棠已到了老屋,便破天荒抬手招了部出租车。

叶采萍先是摁门铃,想让徐贵棠替她开门。这门铃是她亲自选的,铃声是周璇《四季歌》的曲调。但听门里边周璇从春季唱到了冬季,仍无人应答。徐贵棠还没到啊?转而一想,也好,她还有时间把自己重新收拾一番。早上出门时化的妆,一天下来,肯定洇了,陈了。

叶采萍从手提包的夹层里取出一枚黄铜钥匙开了门。这把钥匙是徐贵棠特为她配来的,平日她将它单独放在夹层里,秘不示人。

这套位于城乡结合部的两居室老公房,外表已十分颓丧,内里也不曾好好装修,仍旧是洋灰地,墙壁斑驳。叶采萍每次来这里,总会带一两件装饰物,十字绣台布啦,交织脚垫啦,乔其纱窗帘啦,花瓶啦,三四年下来燕子衔泥般,倒也将座旧屋收拾得整洁,温馨。做这样一套屋子的女主人,也蛮惬意的了。这念头每每只在她脑海中零星细雨般一闪而过,她仍然不愿意放弃"淮海坊女人"的身份,那是她用她的青春年华赚来的,是她十多年来孤独煎熬时的精神支柱。

叶采萍估摸着,徐贵棠乘坐的航班一定是延误了。团圈看看,到处都是蒙着薄薄一层灰,算算也有个把月没来这里。连忙脱去外罩,系上围裙,搓抹布擦灰,洗盘子摆放小菜,端整得可心可意。随后点亮顶灯,对镜重新描眉点唇,最近她又换了带珠光的玉色唇膏,将唇线描得饱满,看看像是本色,却水润诱人。望着镜子里丰腴妍媚的妇人,想着待会徐贵棠小伙子般冲动粗鲁的动作,叶采萍心如奔马狂跳起来,周身像被火点着似的。

她从厕所间出来,才发现屋子里已完全昏暗下来,慌忙扑到窗前朝外张望。此地近郊,没有城里的摩天大厦,天地宽阔了许多,却是暮霭沉沉,天际房屋树丛的剪影曲折有致。便在这逶迤的屋脊线上方,一轮浑圆的满月已静静地泊在那里了!

叶采萍见月不喜反忧,暗忖:怎么算徐贵棠也该到了呀!莫非……航班误点?连忙拨通机场问讯热线,却得到十分肯定的讯息,徐贵棠搭乘的那班飞机早已准时抵达上海!叶采萍放下话筒,满手心都是汗,心揪得紧紧的,莫非徐贵棠路上出了什么事?抑或他在香港就没登这班飞机?叶采萍灵光一现,应该给徐贵棠的司机打电话,他总晓得老板的行踪吧?

叶采萍毕竟不是半青不黄的恋爱少女,处世之道应该历练得炉火纯青了。深吸口气,对着话筒不紧不慢道:"小马,会计方才打电话催我了,上季度报表明早一定要交的。你跟徐总说了吧?最好让他去公司看一看,签个字就行。"

司机答道:"叶主任,徐总已经回家了呀。要不你自己跟他打个电话问问？其实明天一早上了班再签字，也来得及嘛。"

叶采萍心陡然落进冰窖里似的，起了一身鸡皮疙瘩。徐贵棠怎么会回家去了呢？难不成谈生意谈昏了头，忘掉今天是中秋了？话筒捏在手中忘了搁好，嘟啦——嘟啦——地直叫。她慌忙将它摁在机座上，生怕对面的小马会窥破自己的心事。

倘若徐贵棠此刻就在跟前，叶采萍会揪住他衣襟捶他，责问他。可是对着这一座旧损驳杂的空屋，一肚子焦躁愤怨竟无处可放。便直冲进厕所间，把脑袋伸进洗手池，拧开龙头哗哗地冲。满池子是粉腻珠玉黛青的水，方才精心描画的妆容如一朵落花被风吹雨打去了！

叶采萍突然清醒过来，想着徐贵棠一定是先回家放一放行李，他一定会找个借口从家里出来的，他当然不会让小马送他来赴约，他一定是打的过来，说不定此刻出租车就快到了呢！望着镜子里洗去妆粉而显得憔悴了的自己，她心惊肉跳。这样一张旧汤婆子般的面孔，如何去见徐贵棠？！慌手慌脚重新打底粉，描眉点唇扑腮，粗是粗了点，总算掩饰得过去。

叶采萍补妆完毕，手脚就像用了多年的旧棉絮，散乱而无力气。定定心，估摸着徐贵棠也许已进了小区，也许正在登楼梯。连忙端坐在沙发，随手从茶几上拿起一本时尚杂志，翻开了，放在膝盖上，端雅地等待徐贵棠咔嚓一下开门进来……

这些时尚杂志都是章梅芳推荐给尔雅看的，章梅芳旨在培养尔雅时尚而优雅的生活习惯。尔雅翻过了，便丢给她，道："妈，你也好好学习学习，不要老弄得跟弄堂里劳动大姐似的！"

时尚杂志里尽是俊男靓女，在叶采萍眼门前晃来晃去。令她好像回到自己二十上下的年代，那时节哪里有什么化妆品？从城隍庙买回一盒百雀灵，省着点用，好用一年。但那年岁的她也是一位"眉不描而翠，唇不点而红"的美人啊。她和虞志国的恋爱循规蹈矩波澜不惊，直到新婚夜方才第一次同床共寝。虞志国过夫妻生活也是按部就班，事先要算好排卵的日子，事后还要清理"战场"，日子长了，两人都索然无味起来。可徐贵棠上了床便像头饿狼一般，极具攻击性，一回一个招势，挑逗得叶采萍情致难禁，不由得放浪形骸起来……

叶采萍猛然惊醒过来，才发现自己蜷在小沙发里迷糊睡去，时尚杂志滑落在脚下。她腾地跳起来，喊着:"贵棠——贵棠——"先拐进隔壁小间,又推开厕所间的门,又转到厨房间,一路喊着,一路叭、叭地开灯。却没有人影,哪里都没有徐贵棠!满屋子的灯光因空廓,愈发地炽亮而刺目。

叶采萍手忙脚乱从包中翻出手机,她猜度徐贵棠一定是被他那位母夜叉般的老婆缠住了身,无论如何,他一定会找机会发条短信给自己的吧?手机屏幕上却没有任何信息,像死鱼的眼睛,白花花一片。叶采萍狠命捏着手机,想把徐贵棠捏出来。她无法接受这个事实:徐贵棠竟然屁都不放一声,就这么放了她的鸽子,撇得她孤孤单单,凄凄惨惨,独对冷月,自怜自叹!

硕大的满月已经无声无息地攀到了中天,纤尘不染地裸露出斑斑驳驳的黑影。老古传说,那是月中嫦娥正俯瞰繁华的人间;科学家说,那是月球表面山脉起伏的影像;在叶采萍眼中,月亮便像是一枚能照透人心的镜子,那斑驳的黑影便是她此刻心中郁积着的万千心事啊!

徐贵棠送给叶采萍手机时,曾给她立下一条军令状:当他回家的时候,千万千万不能给他打电话!可是,此时此刻,叶采萍心中憋着的羞辱和委屈令她都快窒息了，滚他妈的什么军令状！叶采萍的手指像锤子般击打着手机上小小的按键，心扑腾扑腾枯鱼般挣扎着。

"喂——哪位？"

对面传来的声音让叶采萍霎时间停止了心跳，她吹气般回应道："贵棠，是我……你怎么……"

"你打错了，这里没有姓马的！"对方不客气地掷过来这句话后就果断地挂断了，留下荒漠般的寂静。叶采萍愣怔了片刻，再打过去，对方已关机。

叶采萍不晓得自己如何出得房门，如何下得楼，如何乘得车，梦游一般，迷迷盹盹回到了淮海坊。待她脚骨软软地爬上楼梯，却见楼道的八仙桌上，残羹剩菜，杯盘狼藉，明摆出等着她来收拾的局面。虞家人也真做得出。婆婆虽讲有了年岁，你阿琴四肢健全，就不能动动手啦？叶采萍满腹怨气，却也不好发作。系了围单，开始收碗收碟抹桌子扫地。婆婆听到动静，开了房门，探出脑袋张张，道："回来啦？9点多钟了，尔雅怎么没跟你一道回来？"

叶采萍瓮声道："尔雅是帮章梅芳做事去的，大概没这么快散吧。"边说边端了碗碟下楼去灶间刷洗。她正待拧开水龙头，忽听耳畔有人道："嫂子，晚快边我去长春食品商店买调料,碰到你们公司的小车司机,他怎么不晓得公司有中秋晚会的呀?"竟是小姑阿琴!她什么时候也下了楼?难道她在跟踪自己?叶采萍毛骨悚然,言语不出,只将龙头拧大,让哗哗的水声掩饰她的窘迫。

叶采萍收拾好灶头,疲惫地上楼去。公婆和小姑的两扇房门已经掩闭得千年岩石一般。叶采萍给尔雅留着楼道灯,便一头钻进壁橱间自己的睡窠,长长地吁出一口闷气,泪水顿时布满了整张面孔。做人做得如此憋屈,好无趣味啊!

不知过了多久,叶采萍听得有人轻跐脚尖上了楼,吱呀地推开房门,又吱呀地合拢房门。她晓得这一定是尔雅。欠起头看看床头柜上荧光小闹钟,已是凌晨2点敲过了!

19

次日,叶采萍极早赶去公司。凭以往她对徐贵棠品性的了解,叶采萍有把握徐贵棠也会尽早到公司来,向她道歉,作一番解释,说几句肉麻话逗她一笑,两人也就和好如初了。

可是，出乎意料，徐贵棠竟磨磨蹭蹭挨到近午才在公司出现。叶采萍听到他与同事说笑的声音，心慌惴地等着他来找她，他却径直钻进他的老板办公室，没响动了。叶采萍犹疑片刻，心一横，拿起那份报表，摆出理直气壮的姿态，走进他办公室。

徐贵棠正在向司机小马吩咐什么，小马见叶采萍进来，冲她狡黠嘿嘿一笑，便退了出去，随手还带上了门。

叶采萍原是想娇嗔几句，讨几句好话，也就算了。却见徐贵棠沉着个脸，垂着眼皮，当没有她这个人似的，心中不觉忐忑起来。稍许沉吟，便将报表递到他跟前："贵棠……"

"嘴巴管管牢好吧？你当人家都是聋子啊？"徐贵棠低声打断了她。两人眼珠子相碰，叶采萍陡然心惊：徐贵棠目光中全无了往日的情意，冷冰冰凶巴巴，魔鬼附身一般！在他的注视下，她只觉得自己的丑陋与卑贱，恨不得化成青烟在他跟前消失！

叶采萍垂下眼皮，将报表放在他桌上，勉强出声道："徐总，请签字。"她听见自己的声音虚弱得像只受伤的麻雀。

徐贵棠看也不看，便在报表上刷刷签下大名，递还给她,压低声道:"关照过你,我在家时不要给我打电话的!"稍顿,又道,"你晓得吧,昨晚上我被她盘问到深更半夜!"

叶采萍再不敢抬眼看他,更不敢责问他为什么失约,叹气般道了声:"对不起!"便退了出来。万般委屈便只好闷在肚肠里面,任由它发酵,发霉,无处可抛。

正是午休时间,有同事来唤叶采萍一块吃饭去,叶采萍托词拒绝了。这一刻她是满腹的愁和痛,哪里还塞得下一分一毫食物?

端坐在椅子上,看起来端庄优雅,却有谁能洞察她的内心?她还仅存着一丝希望,徐贵棠会不会像往常那样,约她一起去吃西餐?或者买了精致的盒饭亲自送到她办公室?她浑身的肌肉都化石般僵硬着,她的官感却异常灵敏地警觉着,等待着,等待门外响起熟悉的脚步声。

却是桌角上的电话铃乍然响起,她双手扑上去抓起话筒,哽咽地喊了声:"贵棠……"

对面先是送过来一串笑声,大珠小珠落玉盘似的,叶采萍一听就晓得是章梅芳,被她窥破心思,倒尴尬起来,嗔道:"笑,笑,笑!当心笑落下巴!"

章梅芳终于收住笑,道:"哦哟,方才那一声好肉麻,我背脊上的鸡皮疙瘩现在还没退下去呢!"

叶采萍没好气回道:"有话快说,有屁快放,我这里正忙着呢。"

章梅芳道:"好人真是做不得,人家好心好意向你道喜,你就这样来谢我呀?"

叶采萍当她讥嘲徐贵棠的事,气得把话筒重重地摔在话机上。许时,电话铃又朗朗地响起,叶采萍想不接,又生怕是公司业务上的电话,只得拎起话筒,却不出声,候着对面的动静。

依然是章梅芳的声音,像摔过来一把铜钱,咣啷咣啷撒了一地:"叶采萍,你把耳朵掏掏干净,听着!郑廷玉看中你家尔雅了!"停停,冷笑道,"现在你好摔话筒了呀。"

叶采萍一愣,脱口道:"什么……郑廷玉?"

章梅芳气冲冲道:"广州珠宝行郑老板的小儿子呀,就是你睡梦里也想钓的金龟婿!"

仿佛一阵风来,将叶采萍窝蓄了一夜的烦闷一扫而光,她兴奋得语无伦次:"真的呀?他,他怎么……梅芳,对不起对不起……谢谢,谢谢……"

对面重又咯咯咯地笑起来,道:"好了好了,是徐贵棠给你气受了对吧?待我遇到他,实实足足请他吃一顿骂肉!"

叶采萍慌道:"没,没有啊,你不要无事生非好吧?哎呀,你说得清爽点,那个郑廷玉,他怎么表态的呀?"

"昨天晚上,郑廷玉一见尔雅,两只眼睛瞪得像两只大铜铃,蜜蜂沾花似的跟着尔雅转。发布会一结束,当众就送给尔雅一只五粒钻梅花形的胸针!"章梅芳抑扬顿挫说书一般,"你看到了吧?我把尔雅打扮得怎么样?人家郑廷玉漂亮女人见过多多少少?我索性让尔雅走淑女怀旧路子……"

"哎哎哎,"叶采萍急叫起来,"你说什么?郑廷玉要是这样花心,我们尔雅可受不了!"

章梅芳不无揶揄道:"天底下你找得到不花心的男人吗?就要看哪个女人有本事花倒他了!大观园里漂亮女子造造反反,为什么贾宝玉独爱林黛玉呢?"

叶采萍立马想到虞志国和徐贵棠,闷住了,许时,方柔低了声音道:"那,郑廷玉的父亲,那个老板,有什么意见?"

章梅芳道:"我这个红媒可是做到家了,事先在郑老板跟前说了尔雅多少好话?方才,是老板娘亲自给我的电话,就说郑廷玉相中尔雅了!"

叶采萍捧着话筒呜咽住了,不敢开口。

20

尔雅与珠宝商的儿子郑廷玉热火朝天地恋爱了几个月,过阳历元旦就订了婚,春节里头先去香港办婚礼,元宵节回上海举办一次婚礼,那场面那排场,给叶采萍挣足了面子。唯一遗憾的是虞志国没有回来参加尔雅的婚礼,声称公司业务实在走不开,不过总算寄回三千美金的礼金,让叶采萍在亲家面前有了个交代。

在尔雅的婚礼上,叶采萍公司同事就坐了满满一桌。她当然也给徐贵棠送了请柬,徐贵棠却因带全家去新加坡旅游,没赶得上参加。

自中秋节与徐贵棠闹了点别扭之后,叶采萍明显感到两个人之间的情意淡薄了许多。个把月后,徐贵棠方才约了她一次,也是匆匆忙忙,草草完事。叶采萍心里纵有天大的委屈和失落,她对徐贵棠纵有太多的怀疑和猜测,她又能拿他怎么样?她又有什么资格责难他?日常在公司,她连一丝埋怨的表情都不敢流露,反而愈发把细、愈发勤快地做事情,帮他管好公司内勤一应事务,以博得他的欢心。幸亏那段时间忙着为尔雅准备婚事,为尔雅嫁得好人家的喜悦多少冲淡了情感上的忧悒和煎熬。

叶采萍十分满意女儿的住房,也在淮海路上,向西四五站地,新建的酒店式公寓,宽敞,明亮,三间卧房外加客厅餐厅,还有向南的大晒台,比淮海坊虞家的老房子气派得多。女儿附在她肩胛头,悄悄道:"妈,廷玉说了,以后有了孩子,就把你接过来住,你也不要再出去打工了,享享福,相帮我们带带孩子。"那一刻,叶采萍的心安宁平静像一个梦。

可是她这个梦没过多久就被惊醒了。

那一日,下了班,叶采萍先去女儿家,炖一砂锅尔雅喜欢吃的鳝筒童子鸡煲,炒了一只矮脚小青菜,再氽了碗虾米蛋花紫菜汤。女婿郑廷玉生意很忙,常有应酬,常出差。只要女婿不在家,叶采萍就会去相帮女儿做夜饭。

女儿家对马路就有26路公交车站,叶采萍不过二十几分钟就回到淮海坊了。登上楼梯,见公婆小姑团圈围住八仙桌坐着,桌子破天荒收拾得干干净净,桌中央只一张绿纱揭罩,罩住几只菜碗。叶采萍惊讶道:"爸,妈,你们等我吃饭啊?早上我跟阿琴说过的不用等我呀……"

婆婆道:"我们都吃了,这点小菜是留给你的。"

叶采萍倒有点意不过去,道:"哪里要留这么多菜呀……"

婆婆道:"你吃饭吧,吃了饭,我有要紧事情跟你讲。"

叶采萍一个愣怔,这才感受到公婆小姑的神色都很奇怪,一张张面孔紧张兮兮,如临大敌般。她哪里还有胃口吃饭?背脊上冒出一片冷汗,咽了咽口水,嗓子眼紧紧地道:"妈,有什么要紧事?你先说嘛。我在尔雅那里吃过一点了。"

婆婆看一眼公公,又看一眼小姑,然后将一只牛皮纸信封缓缓地擎至叶采萍眼珠子底下。叶采萍瞄了一眼封皮,左上角发信人地址是英文——虞志国来信了?她的心嘭嗵嘭嗵跳得好响,她觉得公婆小姑他们一定都听到了。她抖抖索索抽出信瓤,霎时间血液凝固,心嗖地向无底深渊坠落下去。那信纸开首赫然写着:离婚协议书!

这么多年熬过来了!叶采萍时时刻刻警惕着、提防着、逃避着的就是这一页纸,可是它终于来了!

她张了张嘴，想拒绝？想斥骂？想哭诉？她却终于没有出得了声。

"志国几年前就想办离婚的，是我不同意。我不想委屈了尔雅……上回，你也看到照片了，他们的儿子都那样大了。好在尔雅出嫁了，嫁得又体面，你也有了好结果……"婆婆的声音像一条青皮细蛇，掩卧在草丛中，吐着鲜红的舌，悄悄地朝她游了过来，缠住了她。

叶采萍胸口被愤懑撑得快要爆裂开来，几十年在你们虞家，娘姨一般忙里忙外，你们就想掼掉一块旧抹布般把我赶出家门呀？！她要争辩，她要为自己讨个说法，她运足了气正待开口，却听小姑阿琴在一旁慢悠悠道："其实，你跟你们徐老板的事体，我老早晓得了，一直不点穿你，也是不想让尔雅难堪呀！"

有一瞬间，叶采萍觉得自己已经死去。待稍恢复了神志，仿佛血液全部抽干，四肢冰冷，周身麻木，已全无了争辩反抗的力气。

婆婆的眼珠子滴溜溜从她面孔上碾过，不紧不慢，不高不低地娓娓道来："大家终究在一爿屋檐下住了这么些年啊。采萍，志国他是对不住你，可我这个做婆婆的待你如何？你心中总归有数的，对吧？要是闹到法庭上,大家面孔上都不好看,对吧?"

那条青皮细蛇,用滑溜溜的身体缠住了叶采萍的头颈,箍得她喘不过气来。

婆婆候了她片刻,她仍是泥塑般无声无息。婆婆与小姑对视一眼,变戏法般示出一本紫红封皮的小折子,套起一副笑面具,道:"你也看到的,虞家如今是败落了。可志国说了,再穷也不能亏待你的。这个折子里有三十万钞票,你拿去。不要嫌少,在外面买一套像像样样的两居室是绰绰有余的了。采萍啊,你是晓得虞家底细的,也只有这点力道了。"便将折子殷勤地送至叶采萍手边,紧着追了句,"你要没意见,就把字签了,大家好过太平日子,对吧?"

叶采萍看似无声无息,脑袋里却是翻江倒海,电闪雷鸣。虞家是做好了充分准备,才向自己摊牌的。这一刻,她已被逼至悬崖边上,没有退路了。前前后后得失利弊通通想了一遍,一横心,胡乱在离婚协议书上签了个名,随后,将三十万的存折紧紧攥在了手心里——她这是攥住了她二十几年流逝的岁月和青春啊!

离婚,对于叶采萍来讲,最难过的事体不是失去虞志国这个丈夫——她早已习惯了没有虞志国的生活。

让她难以割舍的,却是搬出淮海坊,搬出虞家,搬出她蜷缩了多少个夜晚的楼道壁橱。从此,她便不是"淮海坊的女人"了——这是她青春少女时代梦寐以求的桂冠,她曾经得到了它,却又浑浑噩噩地将它弄丢了!

章梅芳听到她离婚的消息,竟鼓起掌来,笑道:"祝贺呀采萍,你终于挣脱了那个有名无实的婚姻,终于从那只螺蛳壳里钻出来啦!"

叶采萍揉了她一把,嗔道:"有你这样的呀?总该表示一下同情,安慰安慰几句喽!"

章梅芳高高挑起柳叶眉,诧异道:"难道你还有什么割舍不下的?难道你不是早盼着这一天?"

叶采萍一愣,寻思下来,章梅芳是比自己更洞悉自己的呀!

章梅芳替她出主意:拿着这三十万块钱,赶快到近郊新开的楼盘买下一套房子,租出去,自己则搬去鸿发苑与尔雅相伴。既可以不离开淮海路,每月又有一笔不菲的进账,日子不要太好过了。

尔雅听讲妈妈与爸爸离婚,竟也无有惊慌焦虑之态。一来,她从小就习惯了父母亲天涯相隔的现状;二来,她正沉浸在新婚燕尔的幸福中,无法体会母亲人到中年婚姻破裂的惨痛。她反倒挽住叶采萍的肩胛，高兴道："妈，这样倒好，你就搬来和我住，廷玉老是出差，又不让我出去做事，我心里都快闷出老茧来了。"女儿的意见与章梅芳不谋而合。

尔雅新婚后出落得愈发娇丽秀雅，叶采萍贴着女儿的粉腮，万端心思纠缠，差点落下泪来。

叶采萍晓得章梅芳和女儿都是为自己好，只是她们为她日后生计的盘算中，不会有徐贵棠的位置。可叶采萍能够爽快地在离婚协议书上签字，徐贵棠正是动因之一啊。可以这么讲，离了婚的叶采萍，心里面对徐贵棠的依赖愈来愈重，她愈来愈在乎徐贵棠对自己的态度了。

叶采萍掂掇再三，女儿家随时都可以去住，三十万钞票存在银行里也不会飞掉，她决定趁此机会住进徐贵棠的老屋，索性将两人之间的那层关系铁板铁钉敲敲牢。当初热络时，你徐贵棠不是再三要我搬出淮海坊，搬进你的老屋的吗？叶采萍便给他发了一条短信息："贵棠，虞家要装修房子，我就搬到老屋去住了，行吗？"叶采萍是一大早把短信发出的，便开始忐忑不安的等待。在公司跟徐贵棠面对面碰到了，都不敢正眼看他。一直挨到傍晚，终于收到徐贵棠回复的短信:"我老早就叫你搬过去住了。"

叶采萍一颗悬着的心终于落定下来——徐贵棠愿意她搬进老屋,这说明他对她依然有情有义,有担当啊。正因为有了徐贵棠的这一句承诺垫底,叶采萍搬出淮海坊时,竟无半点沮丧败落的神情,她跟虞家人大大方方、客客气气道了声"再会",头也不别地走出去了。

21

到了这一年秋天,尔雅怀孕了。这个消息对于叶采萍来讲,不啻沉寂中忽闻鼓乐齐鸣,荒渺中忽见梨树扬花,她灰白昏黄的心境忽又姹紫嫣红了。

叶采萍自搬出淮海坊住进徐贵棠的老屋,与徐贵棠的关系未见亲密,反而愈见疏远。半年多时光,徐贵棠来老屋的次数屈指可数。更令叶采萍心寒的,徐贵棠即便来了老屋,却不再与她有肌肤之亲了。有时,坐一会儿,抿着她替他泡好的浓茶,看看电视,便匆匆离去了。有几次也过夜的,她便精心煎炒烹煮,使出浑身解数为他做一桌好菜。他喝了三两杯酒,倒头就睡,哪怕她紧紧偎依在他背脊上,他也毫无动作。叶采萍不敢承认他对自己已经厌倦了,她总是帮着他跟自己解释,他太忙,要操心的事体太多。现在下海开公司的人多如牛毛,生意愈来愈难做了。她总是日复一日地期待他的到来,每日下班便匆匆忙忙赶回老屋,收拾好房间收拾好自己,等待着门铃突然之间唱响。每每等得星低月远,漏断人静,方才心力交瘁地上床,孤衾冷褥,蜷缩到天亮。

叶采萍忽忽若有所失的心终于可以踏踏实实地落在一桩事体上了,那就是关注女儿的身体,关注女儿腹中的小生命。下班后,她不再急着赶回徐贵棠老屋,先去鸿发苑,帮女儿煲汤炒菜烧夜饭。女婿不常着家,虽是请了个钟点工,安徽人,尔雅吃不惯她做的小菜。轮到周末休息天,叶采萍晓得徐贵棠是被老婆看着脱不了身的。她便会在女儿家留宿,娘俩一起逛逛淮海路,到光明邨小吃一顿,再到芳芳童装店替未出世的外孙抑或外孙女买了一套一套的小衣服,差不多好让小孩穿到三五岁了。

即近年底,尔雅怀孕已六个多月,章梅芳古道热肠地拖着叶采萍看了好几家妇产科医院,权衡着尔雅该到哪里生孩子。两人最后选定位于徐家汇的国际妇婴保健院,又是市立大医院,离鸿发苑又近。章梅芳凭借方方面面的关系，跟主任医生说定了，尔雅可在预产期前两天就住进病房。

叶采萍兴冲冲去鸿发苑向尔雅报喜，却见尔雅窝在沙发里掩面哭泣。

叶采萍慌道："尔雅，怎么啦？肚皮痛啊？见红了？"

尔雅摇着脑袋，却哭出了声。

叶采萍急得顿足捣掌："那作啥哭啦？你讲呀！哦哟，我心脏病都要被你吓出来了！"

尔雅抽抽泣泣说出了就中原委，竟是她远在香港的婆婆打来长途电话，要她去医院抽羊水做 DNA 鉴定，确保这孩子是他们郑家的骨血，确保他们郑家的家产不要落入外人手中！

叶采萍一听也按捺不住跳起来："他们凭什么怀疑这小孩子的血缘？尔雅，你……你有什么把柄被他们抓住？"

尔雅委屈道："妈，你怎么也怀疑我？我是那种人吗？"

叶采萍自然相信自己女儿的，便道："你让郑廷玉对他母亲去讲呀，他总归晓得这个小孩子从哪里来的吧？"

尔雅却道:"郑廷玉是个孝子,从来不违拗他母亲的决定,反而合力劝我去做羊水穿刺,还说这种手术很方便,很安全。"

叶采萍气不过,你们是有钞票,可如今社会不都要讲人权保护吗?哪里可以这样欺侮人的?想想当年自己一介平民嫁入淮海坊,虞家好歹也算上等人家,对自己也还是客客气气平等相待的吧?思来想去,一径去芳芳公司找到章梅芳,义愤填膺将郑家控诉了一番,道:"不想这种有钱人家做出的事情这样促刻,不把人当人了!你是大媒,你倒去问问那个老太婆,她究竟想不想要这个孙子啦?"

章梅芳掩嘴吃吃笑起来,道:"我还当什么大事,现今做这种手术的孕妇多了去了,查婴儿是男是女啦,有没有先天缺陷啦,你那么紧张做什么?好好好,我近日正巧要去香港谈点生意,帮你到郑家去讨个说法去。"

连着好几日,叶采萍每天下班都去鸿发苑陪伴尔雅,安抚尔雅,等待着章梅芳去郑家游说的结果。

章梅芳从香港回来,当晚便将叶采萍母女约到红房子吃西餐,笑嘻嘻替她们斟红酒。

叶采萍按捺不住,嗔道:"你不要设的是鸿门宴噢?"

章梅芳不接她的茬,自己先抿了口酒,叹道:"家家有本难念的经啊!"

叶采萍弹立起来,道:"你若要替郑家做说客,趁早闭嘴,我替你省了这顿饭钱了。"

章梅芳翻了她一眼:"叶采萍你不要显得这样没修养好吧?火气太旺,烧伤的先是你自己。听我把话说完,再骂,再吵,也不迟吧?"

叶采萍偷眼看尔雅,兀自转动着酒杯,不言语,便也气鼓鼓地坐下来了。接下来,她们母女听章梅芳绘声绘色地讲述了一段郑家离奇的往事。原来那郑廷玉前头曾有过两段婚姻,头一个妻子偷偷将郑廷玉信用卡上的钞票一笔一笔转回她老家,资助她前男友办起了一爿化妆品厂;第二任妻子倒是生了个儿子,却有先天性心肌缺损,做手术要输血,才发现与郑廷玉的血型不符,那女人竟敢带着身孕嫁入郑家。为解决掉这两段婚姻,郑家破费了好多钱财。郑家是一朝经蛇咬,十年怕井绳啊。

叶采萍心肠软,已经同情郑家了。再则她内心深处也是不想与这样的豪门亲家闹僵掉的,便不表态,拿眼珠子投向尔雅。

尔雅撅着嘴嘀咕道:"他前头遭贼偷,不能把我也当贼嘛。反正我不去做穿刺,他不相信我,离婚拉倒!"

叶采萍有点急,只朝章梅芳使眼色。章梅芳隔着餐桌捉住尔雅的手,轻轻拍拍,轻笑道:"尔雅,你是快当母亲的人了,不能再耍小孩子脾气了。夫妻之间吵架归吵架,就是不能说出离婚这两个字,晓得吧?真离婚,人家反倒要怀疑你肚子里孩子的来历了。何况,你真舍得离开郑廷玉?你还能找到比他更好的老公吗?"

叶采萍见女儿并不反驳章梅芳,才插了句:"尔雅啊,妈妈想想,郑家也是蛮倒霉的,做人嘛,也要将心比心,你说呢?"

章梅芳又拍拍尔雅的手,道:"不就一个小手术吗?章阿姨陪你去做,保管你不痛不痒不惊不怕,证明给他们看看!到时候你便是郑家的无价之宝啦。"

尔雅依旧不出声,撅着的嘴线已经恢复了往日漂亮的弧形。章梅芳便往她盘子里舀了一大坨三文鱼沙拉,笑道:"吃吧,吃吧,红房子西餐味道改进了许多呢。"

这桩风波最终因叶采萍母女的妥协而平息下来。

结局却是非常完美,尔雅去医院做了穿刺手术,证实了腹中孩子的的确确是郑廷玉的骨血,而且是个健康的男孩!郑家人愈是欢喜,愈是觉得委屈了媳妇,便将尔雅接到香港度假去了。

22

尔雅风风光光去了香港,叶采萍一下子人闲心闲,反倒无所着落了。下了班独自闷闷地转回徐贵棠的老屋,想想总要找点食物填肚子,便拉开冰箱,顿时怔住了。冰箱里整整齐齐摞着一盒盒速冻菜肉馄饨、黑芝麻汤团、奶黄包、叉烧包、咸水鸭、酱牛肉,外加一盒压缩浓汤煲,足够她吃上一个星期了。她定了定神,确定自己从没有买过这些东西,顿时心如春潮一泻千里了。肯定是徐贵棠为她买的!徐贵棠来过了!他什么时候来的呢?这一刻,叶采萍好生懊恼,前一段她常常留宿在尔雅家里,为了尔雅的事,竟疏忽了徐贵棠。她想贵棠会不会为此而生气了?方才她离开公司时,看到司机小马还在门房间跟几个保安说闲话,徐贵棠或许此刻还在公司呢?

她犹犹豫豫摸出手机,要不要打电话给他呢?至少该谢他一声吧？揭开手机翻盖，赫然见一条短信，正是徐贵棠发来的："冰箱里没啥吃的了，我帮你补充了粮草，不晓得合你口味吗？若有人问起来，你就说房子是我租给你的，租金每月一千块钱，是从你工资卡里扣除的。切切！勿忘！"

叶采萍将这条短信反反复复念了几遍，前头一句她是体会到了徐贵棠对自己的关爱之心，不免心旌荡摇，恨不得一头扎入他的怀抱。可后一句话，突兀兀，没头没尾，令她疑窦丛生。他好像有意在撇清他和她之间的关系，可他从未有扣过她一分一厘的房钱呀？她把脑袋都想痛了，仍没有猜透这条短信的真正涵义。

叶采萍原打算次日去公司上班，无论如何寻个机会找徐贵棠问个水落石出。可是徐贵棠不是召开中层干部会议做年终总结，就是陪客户吃饭，根本没给她留丝毫单独谈话的机会。隔一日，他便又出差去了。

叶采萍算了算日子，等徐贵棠出差回来，差不多就要过元旦了。元旦假期中，他会不会上老屋来会她呢？叶采萍宁愿给自己肯定的回答，这段日子她便有了期盼。

章梅芳邀叶采萍元旦假期参加芳芳公司职工旅游

团,一起去海南岛散心,叶采萍推辞了,只说近来身体不适,想在家实实在在睡个畅。她一向晓得凡国定假日徐贵棠都会被他老婆拴住,不可能出来与自己约会。却因了那条奇怪的短信,她总觉得他会来给她一个交代的,她必须等待着。

要不人们怎么说,女人的第六感觉每每是十分灵验的呢?元旦上午,靠10点光景,那熟悉的四季调门铃悠扬地唱响了,叶采萍像弹簧般蹦到门口,拉开门,脱口唤道:"贵棠……"她猛然间看到了站在徐贵棠身边的老板娘,她的嘴里像被灌进了水泥,张不得也闭不得,就那样僵持住了。

徐贵棠老婆眼珠子闪着犀利的寒光,面孔上却挂着烂漫的笑容,道:"叶主任,我和贵棠来给你拜年,怎么?不欢迎啊?"

叶采萍咬咬舌尖,用力平静自己,慌道:"哪里哪里,没想到啊……那么客气……请,请进,请坐……"她迅速瞟了眼徐贵棠,徐贵棠却躲开了眼珠,将手中马甲袋里的礼品放在桌上,竟不出一声,蜷到沙发中,顺手抓起茶几上的时尚杂志翻弄着。

徐贵棠老婆却满屋子转悠着,这里看看,那里看看。叶采萍悬着心跟着她,生怕徐贵棠留下的用物被她发现。幸好，徐贵棠这半年极少到此，并无什么痕迹被他女人察觉。

徐贵棠老婆里里外外兜了一圈，坐下了，生硬地笑着，问道："叶主任，房子太旧了，你还住得惯吧？"

叶采萍猜不透她言词背后潜伏着什么，含糊道："蛮好的房子，住得惯，住得惯……"

徐贵棠老婆横了眼沙发里的男人，道："我一直在骂贵棠呢，一间旧房子，借给叶主任住就住了嘛，还收什么房钱？叶主任你为我们公司是立下过汗马功劳的嘛！"

至此一刻，叶采萍陡然明白了徐贵棠发来短信的用意，慌忙道："哪里的话，租房子，付租金，这是天经地义的事体。徐总太客气了，只收我一千块一个月。到别处，恐怕就要翻个倍了呢。"边说着，边替他们泡茶，茶叶撒了一地。

叶采萍先将茶递给老板娘，又替徐贵棠端到茶几上，瞬间与他对上了眼珠，却像撞到两颗木珠子。

徐贵棠老婆抿了抿茶，咂咂嘴唇，道："贵棠，这茶叶好像就是我们老家人送来的那批大佛龙井吧？"

徐贵棠眼珠不离杂志，随口道："嗯，我给公司中层每人都送了两袋尝尝鲜,有福同享,有难同当嘛。"

徐贵棠老婆咯咯咯笑起来:"叶主任,你看我们贵棠,这老板做得辛苦不辛苦?"

叶采萍不知所措,只好跟着她笑。

徐贵棠老婆突然手起刀落地斩断了笑声,一对眼珠飞速掷在了叶采萍面孔上,道:"叶主任,新年新打算嘛。我和贵棠大清老早的来打搅你,一来给你拜个年,祝你身体健康,万事如意。这二来嘛,有桩事体要跟你商量商量。"

叶采萍尚未落定的心又悬空了,讪讪道:"老板娘有什么事尽管盼咐好了。"

徐贵棠老婆道:"我儿子嘛女朋友总算敲定了,要筹办婚礼了呀。"

叶采萍殷勤道:"恭喜恭喜呀!"

徐贵棠老婆便单刀直入:"这不,要给儿子置办新房。现在年轻人呀,都不愿意跟老人住在一起……"

叶采萍头皮一阵发麻,那女人的声音像只苍蝇在耳畔嗡嗡嗡盘旋:"你也晓得,公司的流动资金蛮紧张的,我和贵棠盘算来盘算去,只有将这一处房子卖了,给儿子做首付。所以嘛,只好请你叶主任挪挪窝了……"

女人从背包中抽出一页纸，在叶采萍眼门前抖了抖，"叶主任啊，我跟贵棠讲了，决不能亏待叶主任的。这张支票，二十万块，算是我们贴补你的损失。你到外面租房子也好，买房子也好。"停停，向前倾了倾身子，不无揶揄道，"听讲，你女儿嫁入豪门，房子大得好当足球场是吧？那这二十万你就权当养老金吧！"

叶采萍记不清徐贵棠老婆如何将支票塞入她手中的？抑或是自己从她手中取过来的？她也记不清是如何送走了那对夫妇。她应允他们了吗？她斥责他们了吗？她当着他们的面落眼泪水了吗？

叶采萍终于清醒过来，她方才认清了徐贵棠的狡狯与老辣，不动声色，不慌不忙，不费吹灰之力，就将自己从他的生活中剔除出去了！

叶采萍对镜自怜自叹，眼角密密的细纹，鬓角拔不尽的银丝，这一切都提醒她，再想吊住那个男人是不可能的了。她将手中捏得皱巴巴的支票捋平了，就像捋平自己千疮百孔的心境。这二十万加上先前虞家给的三十万，也有五十万之巨了。凭良心说，单靠自己每月二三千元的工资，猴年马月才能积到这个数目啊。她是想宽慰自己,却止不住泪流满面。

徐贵棠的老婆慷慨地给了叶采萍十天时间,让她到外面找房子。叶采萍却一日都捱不过去了,当即给尔雅挂长途:"尔雅你预产期快到了吧?什么时候回来呀?妈想等你一回上海就搬到你那里陪你,正好帮你坐月子,带孩子……"

"妈——"尔雅长叫一声阻断了她,却嗯吱嗯吱了好半天。叶采萍顿起疑窦,催着问:"你哑啦?到底几号回来?妈好搬场呀!"

尔雅吞吞吐吐道:"妈……廷玉还是想回香港做生意的,他妈妈的意思,要我在香港生小孩,生下来就好有香港身份……他们,他们已经把鸿发苑的房子退了……"

尔雅细细巧巧的声音却像冰棱子扎得人耳痛心痛,叶采萍痛得打熬不住,摔下了话筒,任凭女儿在对面一声一声地喊她。

叶采萍请章梅芳为她寻了一家可靠的房产中介,几日内就在九亭新开发的住宅小区里买下了一套两居室,带宽敞客厅和向阳大阳台的公寓。她搬出徐贵棠老屋的那天,便公事公办向徐贵棠递交了请辞报告。

徐贵棠也公事公办地签了字，敲了章，并按公司章程补发了她三个月基本工资。

叶采萍现在是心里空落落，身上轻飘飘，一辈子都没这般闲逸过。她是闲不住的人，在新房子里困了两天，浑身地不舒服，便又去寻章梅芳，求章梅芳给她点生活做做，薪水少点也没关系。章梅芳刚开了几爿店面，正缺人手，叶采萍做事又勤快又把细，自然是觅宝似的收下了她。叶采萍唯一的要求，不想去闸北、宝山的新店铺做，就想留在她淮海路上的老店里，哪怕多做点时间也心甘情愿。章梅芳晓得她有淮海路情结，乐得成全她。

叶采萍每日从新居乘地铁到淮海路上班，也蛮方便。她特别喜欢童装店里的生活，跟那些领着小宝贝来买衣服的妈妈外婆们聊聊天，为她们孩子的服装出出主意，不知不觉就做成了一笔笔生意。更要紧的是，她依旧没有离开淮海路啊。每日里看着淮海路上车来人往的热闹，她心里就很充实。有一天，她蓦地发现路旁的梧桐树冒出了新芽，整条淮海路便笼罩在一片鹅黄浅绿的薄雾中了。

青玉案

1

玉蚕一觉醒来，怅怅然不知身处何方，心里空得发慌，就像衰草败叶上的一截枯蝉衣。怔忡片刻，眼珠子兜兜转转地寻觅起来，铮地就撞在玻璃窗长方形的一块靛青上，蓦地一个激凌：该起床了，露水一干，桑叶就摘不成了。

她记起来，她和苍籽带着蛾宝是昨天住回家的。今年天暖，未至清明，焐在娘胸口的蚕种十有八九都变得黑青黑青。娘说，刚出的细蚕一定要用带露水的嫩桑叶切成丝来喂。她家的桑园都在远山上，娘有了些年岁，攀不动了。玉蚕夫妇是回来帮娘摘桑叶的。

十年前，远近山村家家户户的女人都养蚕，娘还是县里面评选出来的剡溪十大蚕娘之一。娘养的蚕结的蚕茧，珠光宝色，柔软而有弹性，不易折断，很受大小茧丝行的欢迎。日子如剡溪水汩汩地流淌过去了，县城省城的丝厂一爿爿倒闭了；乡里镇里的茧丝行一间间关门了；山畔溪畔的桑园一座座荒芜了，现如今，村子里养蚕人家已不足十户，年轻的女人宁愿到城里做洗头妹或KTV小姐，谁还愿意披星戴月栉风沐雨地辛劳？只有娘还是兢兢业业地养蚕。爹爹临终前，娘哽咽着对他发了誓：一定会让玉松进大学念书，一定会为玉松造一座楼房。玉松是玉蚕的弟弟。娘在玉蚕五岁那年还养过一个女儿，为了能替爹爹生个儿子，娘一闭眼，就把出世三天的小女儿送了人。爹爹咽气时，玉松才上小学四年级。娘一日都没忘记她跟爹发的誓，于是她愈发辛苦地养蚕，并且狠心让玉蚕辍学做帮手。现如今，玉松已经考取了县一中，家里的楼房也盖到二层了。

玉蚕觉得胸脯一阵阵胀痛，是因为苍籽强壮的手臂正压在她奶水充沛的乳房上？她便用力将苍籽的手臂推开。苍籽哼了一声，啪地又将手臂搭上来。玉蚕在他臂上拧了一把,嗔道:"滚开,蛾宝要吃奶了!"苍籽叭地翻了个身,面朝里又睡了过去。苍籽酣睡的鼻息非常均匀,如同天边远山绵延起伏的剪影,苍籽有了玉蚕和蛾宝,日里快快乐乐地砍竹劈竹编竹器,夜里睡梦里也会笑。

苍籽啊苍籽——

玉蚕轻悠悠地叹了一声,便抱起蛾宝,将乳头塞进蛾宝花骨朵似的小嘴中。蛾宝狠命吮着乳头,玉蚕柔软的心中泛起一阵酸楚,骂了句:"饿狼相!就像你爹!"

玻璃窗那块长方形的靛青稍许浅淡一层,愈发的新鲜,泛着丝绸般的光泽,就像娘围单上的素缎补丁。前日,娘搭蚕架时钩破了围单,玉蚕道,镇上小卖部有卖现成的围单,各种花式花样,也不贵,头两块钱一条,叫苍籽帮你带回来。娘却不舍得花那两块钱,从被柜里翻出一卷素缎,候着边裁下长方的一块,补上了。那卷素缎是当年娘评上十大蚕娘时县政府奖励的,是供娘压箱底的。

乡下的天空就是跟上海的天空不一样,玉蚕茫然地想着。三年前,玉蚕去上海服侍突发脑梗的大姨娘,她睡在客厅的沙发上,清早醒来,从宽大的落地窗望出去，天空是混沌的灰白，像淘米的泔脚水。香萍你就日日看那淘米泔脚水去吧！玉蚕的胸口像被人撕了一块，痛得她直蹙眉。抬手在蛾宝的小屁股上拍了一掌，小祖宗，轻点，没人跟你抢。

香萍是玉蚕娘家邻居小姊妹，前年去了上海投远亲学美发。昨日，娘拿给玉蚕一条包装精致的儿童裙装，说是香萍送给蛾宝的见面礼。玉蚕惊讶道："香萍回来啦？"娘淡淡回应道："听讲回来办喜酒，宿在县城宾馆里，新郎官讲是上海人，口音又不像上海人。"

玉蚕听到楼下灶间里木柴噼啪爆裂声，水瓢哗啦舀水声，慌忙用脚踹了下苍籽，催道："娘在烧水了，快起来。"

苍籽起床的姿势是令人陶醉的，鲤鱼打挺一般，边说道："我早醒了。"

玉蚕撇撇嘴："方才还鼾声如雷呢。"

苍籽便将热烘烘的脑袋拱到玉蚕怀里，像是要跟蛾宝争食一般。平常这般情状，玉蚕心比蜜甜，任由他作闹。这会却觉得腻烦，一把推开他道："弄醒了她，你背她上山！"

蛾宝嘬着乳头睡着了，玉蚕慢慢将乳头从她嘴中抽出。小棉被一裹，抱着她下楼去。楼梯是粗糙的水泥板，一边的扶手还没来得及装。玉蚕抱着蛾宝，尽量靠着墙，小心着脚底，一步一步下了楼。

娘起这幢楼，燕子衔泥筑巢般，积了点钱，起两面墙；再积点钱，再起两面墙。娘心中的憧憬是起一座三层琉璃瓦带前后阳台的漂亮小楼，娘是为玉松争这张脸。现如今楼已盖到两层，二层楼原计划的三间卧房，仅收拾好一间，平常玉松从学校回家时睡，这几日便让玉蚕一家住了。

娘从灶间端出两海碗堆得冒尖的米面，道："先垫垫饥，回来再吃正餐。"米面在当地又叫"啥姆面"，专给坐月子的妇女吃的。娘做的米面里有虾米、笋丝、鸡丝、蛋皮、霉干菜，味道鲜美。玉蚕坐月子时，三餐都吃不厌。

玉蚕将蛾宝交给娘，端起碗肚子已经饱了。见苍籽呼哧一口就吞进去小半碗面，便从自己碗里挑了一半给他。苍籽也不推却，呼哧呼哧，几下子就横扫千军了。

娘抱着蛾宝摇晃着，哼着的笃板小调当催眠曲。玉蚕和苍籽背起竹筐一前一后相跟着进山了。

2

千年不变的是山里的雾障,描画出瞬息万变的山里景致,引逗着文人骚客们留下多少传世佳句。玉蚕嫌雾把人的眼光隔断,压抑得人喘不过气。苍籽却兴致蛮高,拉开嗓门唱起来:"弟兄二人出门来,树上喜鹊成双对,喜鹊从来报喜讯,恭喜贤弟一路平安把家回——"苍籽唱了梁山伯,扭回头看看玉蚕,等着玉蚕接唱祝英台。玉蚕白了他一眼:"省点气力吧,摘了桑叶,你还去不去县城啦?"

苍籽呵呵一笑道:"你同意我去竹器厂上班啦?"

玉蚕朝他背脊上搡了一把,恨声道:"你想得美,我是让你去竹器厂回头那个母夜叉的。你当我不识她十字坡的人肉馒头?"

苍籽苦笑道:"人家孙厂长看中我的手艺,一番诚意邀我加盟。每月有固定工薪,开发新产品还可以提成。你想想,我一个人又要做又要卖,一年能赚几个钱?你娘的屋还未盖全,我们自己的屋不晓得猴年马月才能盖呢!这原是桩求都求不到的好事,倒被你说成母夜叉十字坡打劫了!我说玉蚕啊……"有几句埋怨的话，涌到舌尖又吞回去。苍籽舍不得让玉蚕生气，宁愿失去这千载难逢的好机会。

玉蚕听着苍籽的脚步声重了起来，咯噔咯噔地蹬得小石块塞哩窣落往下滚，晓得他心里不痛快。苍籽编竹器的手艺在剡溪两岸方圆百里是出了名的，玉蚕当然晓得这个机会对苍籽来说是多么重要。可玉蚕十二分地不喜欢那个孙厂长神采奕奕的模样，不喜欢她眉飞色舞地跟苍籽说话的腔调，更不喜欢苍籽目光炯炯地盯着她，聚精会神听她讲话的神态。况且县城离他们村好几里地，苍籽若去竹器厂上班，就得住宿县城，一个礼拜方能回来一趟。玉蚕追着苍籽的脚步默默走了一阵，忽然就迸出了一句："我为了你呢？连上海都放弃了呢！"

苍籽没有回头，很大声地道："你放心，我今天就去回断孙厂长！"

玉蚕投出那句话时，自己也吓了一跳，三年了，蛾宝都五个月大了，原以为早灭了做上海人的念头，哪晓得那个念头从来没死过，只是悄悄地蛰伏着。

3

三年前。玉蚕差一点就成了上海人。

大姨娘是玉蚕娘的表姐，十七岁时，为了逃婚，偷偷乘船沿剡溪跑出大山，参加了抗日流动宣传队，后来又参加了新四军，解放后进上海当了干部，县城档案馆里还挂着她的照片。大姨娘大姨父自己有两个儿子一个女儿，儿子女儿一个接一个出国留学，结果宽敞的公寓里只剩下大姨娘大姨父两个老人了。那年大姨娘突发脑梗阻，大姨父写信到乡下讨救兵，想找个贴心的亲戚服侍大姨娘，娘决定让玉蚕去上海大姨娘家帮工。娘捏着玉蚕粗糙的手，望着她晒得黑黑的面庞叹道："娘晓得亏待了你，你表姐不在姨娘身边，姨娘喜欢姑娘，她会待你好的，在上海替你安排个去处也说不定呢。"

玉蚕是乖巧的，温顺的脾气，勤快的手脚，很讨姨父姨娘的喜欢。喝了半个多月上海氯气味很浓的水，玉蚕的面孔就泛白，透红了。大姨娘捏着玉蚕的下巴横竖打量着，道："这张俏脸要是有哪个导演相中，不定又是个刘晓庆巩俐呢。不要回去了，姨娘想办法让你学个手艺,有合适的人嘛,就成个家。"

玉蚕心怦怦跳着,含混道:"娘身体不好,弟弟还小……"

大姨娘笑道:"傻丫头,你回去能帮你娘多少?还不如在上海赚钱补贴你娘呢!"

数月来,玉蚕已经习惯了上海的日子,习惯了用薄瓷小碗盛饭。习惯了三日两头冲澡,习惯了进屋就换拖鞋……大姨娘果然不食言,待她病情好转能下床了,便替玉蚕在社区学校报了裁缝班,每星期周六周日上两次课。大姨娘不让玉蚕去餐馆做招待,也不让玉蚕去理发店当学徒,更不准玉蚕去歌厅夜总会当小姐。大姨娘对玉蚕的前途是很负责的。大姨娘把家中废弃多年的蜜蜂牌缝纫机拖出来,放在靠阳台的落地窗边上,让玉蚕练习做衣裳。玉蚕学得很认真,她心里对未来有了许多憧憬和向往。

玉蚕原打算过年都不回乡,继续上缝纫中级班。大姨娘便道,玉松成绩考得好,也该给他一个奖励,索性让他到上海玩一趟。放寒假后,玉松就到上海来了。玉蚕陪他逛了外滩南京路,逛了豫园城隍庙。大姨娘还特地让姨父陪玉松去参观了交大的校园。玉蚕这才得知,爹年轻时差点就考上了上海交通大学,却因为祖父是地主成分，没通过政审这一关，才落了榜。玉松当即表示，将来自己考大学，头一志愿就是填交大。

玉松在上海玩得很尽兴。临走前一天晚上，玉蚕帮他整理行李，把大姨娘送给亲亲眷眷的礼物分别包好，写上哪家哪房的名字。她自己也准备了一些乳霜指甲油之类的小礼品送给村里要好的小姊妹。有一把电动剃须刀，玉蚕花的钱最多，用报纸包得严严实实，塞在玉松旅行袋最底部，关照玉松千万记着把这包东西送到上岭村交给苍籽，说是苍籽托她买的。玉松便道："怪不得呢，苍籽哥就要做新郎官了，所以乜讲究起来。"

玉蚕把旅行袋里的东西挪东挪西，愈理愈乱。闷了一阵，问道："苍籽做新郎官？新娘子是哪个？没听他谈过对象嘛。"

玉松道："香萍家相中他了，托村长去保媒。苍籽上哪片竹山砍竹，香萍定归去那片竹山挖笋。村里有人在山里面撞到过他们。"

这日晚饭，玉蚕吃得很少。大姨娘只当她留恋玉松，并不当回事。次日早晨，玉蚕忽然提出想跟玉松一起回乡看看娘，过了年就回来。玉松自然喜欢姐姐与他一道回家过年,大姨娘善解人意,年轻姑娘头一次出来打工,想家想娘也是人之常情,便一口答应了。只是搞车票颇费了一番周折,幸好大姨娘在铁路局找到了熟人。玉蚕离开大姨娘家时,只随手往包里塞了两件替换内衣,大姨娘送给她的许多衣物都没有拿。那一刻,她以为自己不过回乡过个年,很快就会回上海的。

乡下的农历年无非是吃了这家吃那家,吵吵闹闹一晃就过去了。娘杀了两只老母鸡,煮熟了,塞进一只甏里,特为跑到镇上买了一篓上品米面。这些东西都是准备带给大姨娘的,大姨娘越上了年纪,越想吃家乡的东西。

过了财神爷生日,娘就催玉蚕回上海了。你大姨娘毛病才好,又是做不惯家务的享福人,身边少不了一双手。玉蚕在上海学裁缝的消息早已在村里传遍,乡邻们羡慕夸赞的言语让娘心底里对玉蚕的愧疚减轻了许多。

玉蚕手脚利落地抹桌子刷碗,道:"不急,陪你过了元宵嘛。"随即轻轻哼起了《十八相送》,"……英台若是女红妆,梁兄你愿不愿配鸳鸯……"娘只道女儿孝顺,便由她去了。

过了元宵节,娘又催玉蚕回上海。歇了多半个月了,才学的裁缝不要荒废了,可不能辜负大姨娘对你的苦心栽培哟。玉蚕正在往喷药水的罐里倒杀虫剂,道:"再晚几日吧,给桑园打完了药水再说。"几公斤重的喷药罐,轻轻巧巧就背了起来,细巧的腰杆还挺得笔直。娘心里想,女儿毕竟懂事了,偌大桑园,又都在半山腰以上,打药除虫的活是最艰辛的了。

又过了一段,大姨娘的信就到了。姨娘开首就问,玉蚕还来不来上海?若不能来,她准备另外请保姆了。又说,她已将玉蚕的裁缝班延期了。娘将信纸往玉蚕手中一塞,道:"你准备准备,今晚就搭车去上虞,乘明早头班火车去上海!"

"不——"玉蚕一字出口,娘吃惊,她自己也吃惊。

娘尖锐地盯了她一眼,看她红扑扑的脸颊亮晶晶的眼珠,想起她每每从山里回来,娇羞妩媚的神情,已经明白大体了。便道:"玉蚕你要想清楚了。你留下来,将来就和娘一样受苦;你若回上海去,将来就和大姨娘一样享福。你究竟想过什么样的日子呢?"

玉蚕手指缠住衣角不说话。她还顾不上去想将来的事情。她的心已经被一个玉树临风的身影撑满了。

这时虚掩着的房门呼地被推开，苍籽一步跨了进来，也是脸膛红通通，眼珠灼灼亮，道："婶娘，你放心，我会让玉蚕过上跟上海人一样的好日子的。"

娘不响了，娘晓得说什么都没有用。当年自己也是不顾爹娘反对跟玉蚕爹"私奔"的。

玉蚕义无反顾地成了竹篾匠苍籽的婆娘。有很长一段日子，玉蚕沉浸在与苍籽两情相悦，如胶似漆的恩爱中，似乎将上海大姨娘家的那段日子彻底忘却了。后来表姐把大姨娘大姨父接去了美国，上海与玉蚕更是无有任何瓜葛了。

4

山坳里千年不变的雾障隔离了玉蚕和苍籽，他们虽在一面坡上摘桑叶，却互相看不到对方。平常玉蚕总是循着苍籽哼绍兴小调的声音判断他的方位，时不时还跟他对上几句。可今天苍籽没了声息，玉蚕也懒得出声，桑园里变幻莫测的雾障搅动着枝叶刺划刺划摇晃。

待竹筐盛满了嫩桑叶，玉蚕仍没听到苍籽的响动。兜身转个圈，周围雾缠雾绕，没个人影。玉蚕方才心慌起来,喊了声:"苍籽!"

"嗳!"苍籽的声音只隔了丈把远响起,原来人就在近处啊。

苍籽钻出浓雾走到玉蚕身边,他的竹筐已塞得隆起。"走吧!"苍籽朝她咧嘴一笑,玉蚕感到他的笑不似以往的灿烂,有点勉强。

苍籽下山走得飞快,玉蚕却故意放缓步子,慢腾腾地挪。一会工夫就看不见苍籽的背影了。玉蚕恨恨地想,就那个男不男女不女的母夜叉,值得你这么沒命地跑吗?正委屈着,苍籽又折回来了。苍籽把脑袋探到玉蚕耷着的眼皮下,道:"玉蚕,我想赶头班车去县城,爽爽气气回头人家孙厂长,让人家也好早点另寻高明。来,竹筐给我,你慢慢下山。有雾水,道滑,自己小心点!"

苍籽说着拎过玉蚕的竹筐往另一个肩头上一挎,又冲她一笑,便折转身,一步一步地下山去了。玉蚕痴呆呆地望着他雄鹿般矫健的身姿消失在山道拐弯处的灌木后面。她至今仍然迷恋苍籽的英俊憨厚能干。只是几年前,苍籽的身姿像天神般占据了她全部的思想与情感;而如今,苍籽的身姿已恢复到他真实的分寸,这样玉蚕的头脑里便有了空隙,便装进了其他的一些东西,有了其他的一些喜怒哀乐。

待玉蚕踌躇着徘徊着走出山坳,一抹胭脂红的曙色正横在眼门前,雾障稀薄了许多,山涧水从雾脚底下横一道竖一道淙淙地流淌出来,汇成一脉清澈明净的溪流,祖祖辈辈都叫它剡溪。

玉蚕听得村头石桥方向传来嬉笑喧嗔的声音,慢慢走近了去,却见曙色中停着一辆漆黑锃亮装饰着鲜花与彩带的小轿车,倚着车身,是一位着玫红底起银丝缠枝梅织锦缎上衣的女子,漆黑的头发堆云般盘起,斜插枝银簪。这一幅香车美人图衬在绿森森水淋淋的山景上,煞是醒目,倒把周遭叽叽喳喳的人群比得没有了颜色。

玉蚕觉得那女子有点面熟,一时想不起来是谁。对方却拨开人群朝她迎过来,十分夸张地喊道:"玉蚕,玉蚕,总算见到你了!我给蛾宝的裙子还喜欢吗?特为到中百一店儿童专柜挑的呢。"

"是香萍呀!"玉蚕心中一震,血液呼呼地冲上脑袋。她认识的香萍,原是个扁扁脸细细目骨骼粗大皮肤黝黑的乡下姑娘;而眼前的这位摩登女子,眼影深深,纤腰柔柔,巧笑倩兮,美目盼兮,她真是香萍么?玉蚕觉得满嘴的苦涩,她晓得,点化了香萍的是

"上海"!

香萍知己地拉住玉蚕因摘桑叶而污渍斑斑的手，轻声道："玉蚕，你怎么一点都不懂保养自己啊？你看你，面孔都黑了。下次我给你带一套美宝莲护肤霜来。"

玉蚕用尽全力挤出一个笑脸，慌忙又收了回去。她想她一笑，皱纹肯定更多了。她原比香萍高出半只脑袋，这一刻却感到比香萍矮了许多。低头一看，香萍脚上的尖头高跟鞋，那圆锥细跟足有寸半高。玉蚕恼恨地扯了扯自己那件灰脱脱皱巴巴的老布罩衫，真想鱼儿般窜进剡溪逃遁。

香萍却像是戏台上的头牌名角，尽情施展她的演技。嗲嗲地一扭腰肢，喊道："你过来呀，见见我最要好的姊妹嘛！"

便有一位个头不高，西装革履的男人应声而出，腆着发福的肚子，呵呵笑着走近了，两只啤酒瓶底似的镜片在曙色中变成了茶褐色，让人估摸不出他的年龄。

香萍咯咯咯笑了一阵道："玉蚕，我老公，在上海开杭菜馆，有三爿分店。你以后到上海玩，吃饭我全包了。"

那男人彬彬有礼取出一张名片递给玉蚕,道:"敬请光临。"

玉蚕木木地接过名片,她晓得香萍是在向她炫耀,更是在报复她。三年前,玉蚕只静静地往苍籽跟前一站,就将苍籽从香萍手中夺回来了。

人群中有人催香萍上车,河对岸鞭炮声起,惊动宿鸟,黑压压一片朝青黛的山影扑去。

香萍挽住她男人的手臂,笑道:"玉蚕,晚上一定要来喝我的喜酒哦!"走了几步,又回头补了声,"和苍籽一道来哦!"

玉蚕别转身沿着石阶走下河岸,撩起清洌的溪水泼在脸上,把水中自己的影子搅得乱纷纷的。她在河岸下一直挨到香萍的彩车在众乡亲的簇拥下过了桥,沿着新铺的柏油路进村去了,方才立起身。四周又恢复了宁静,村路上扬起的尘土缓缓地落下。半轮金红的初阳跃出山脊,万道霞光晃得她睁不开眼。

5

玉蚕推门进屋,娘抱着蛾宝在堂屋里兜圈子,瞟了她一眼道:"大清老早地却去哪里逛了?蛾宝醒了就闹，只好喂了她半碗粥汤。"

玉蚕含糊地哼了声，眼珠子周遭转了圈，尚未粉刷的水泥预制板墙渗透出丝丝缕缕的清冷寂寞。玉蚕心紧紧地问道："苍籽呢？"

娘道："他没跟你讲呀？要赶头班车去县城，撂下筐，饭都来不及吃，就出门了。"

玉蚕心里又腾起一股恨，就这么急，一刻都等不得啦？不动声色道："噢，他跟我讲了，他要去回头孔厂长。"便从娘手里接过了蛾宝。

娘系上补着一块靛青素锻的围裙，道："饭焖在锅里，有笋干蒸肉。你自己吃，娘先去蚕房，鲜叶放不久的。"

玉蚕忙道："我不饿。"说着便用乡下土布做的背兜将蛾宝捆在背上，拎起一筐桑叶，随娘去蚕房了。

蚕房就在老屋里，老屋就在新屋的后面。新屋的宅基地原是老屋前的一泓池塘，日长势久地干涸了，索性填平了造新屋。老屋是围成品字形一圈青砖黑瓦的平房，雕花门窗，高槛大门，当年在村里也是可数的大户之一。不过到了玉蚕父亲手里，品字形的一大半都已分给其他村民居住，玉蚕家仅住了西向的两间半厢房。老屋承受了近百年的风吹雨浸，已是百孔二痄。门枢蛀蚀，窗棂皱裂。玉蚕娘请娘家亲戚相帮，稍事修整，搭起木架，做了蚕房。

坑坑洼洼的院子里有一口石拦水井，还有一张石案。玉蚕就在那石案上切桑叶，切成丝状，方能喂细蚕吃。满满一箩筐嫩叶切完了，背上的蛾宝咿呀咿呀地醒了。娘将桑叶丝薄薄地铺在竹匾中，道："蛾宝是要吃了，方才那半碗粥汤早尿空了。下面的事我独个能行，你喂蛾宝去吧。"

玉蚕晓得娘也不放心自己给细蚕喂头道食，便抱着蛾宝，攀着木扶梯登上阁楼。

这阁楼原是堆放杂物的，斜顶一排气窗却也是雕花镂草，木色经年雨打风吹，蒙尘积垢，黑黝黝可冒充紫檀。因正房都做了蚕房，娘把阁楼板用水刷得发白，铺了张青竹席，喂蚕喂得乏了，可上来靠一会，养养神。

玉蚕给蛾宝喂奶，在女儿很有节奏的吧嗒声中渐渐迷糊过去，竟做起白日梦来。在上海大姨娘家的客厅里，大姨娘给她介绍了一个青年才俊。那人见了她就上来拥抱她，她使劲推搡，却发现拥抱她的还是苍籽。苍籽使劲地拖她，要她回家，她一步三回头地不晓得留恋着什么。她是被木扶梯咯吱咯吱的声音弄醒的，心还怦怦跳着，睁开眼，却看见一对小小的贼亮贼亮的眼珠子就停在离自己半裸的胸脯尺把远的地方，饿狼一般。玉蚕吓得惊天动地叫起来，"妈呀——"那对小眼珠子慌忙往回缩，用力太猛，整个人骨碌碌滑下扶梯，却被随后的玉蚕娘双手一托，岔手岔脚地趴在扶梯上了。

娘仰着脸提高了嗓门道："玉蚕，人家是上海收古董的蔡老板，村长陪他来看老屋的花窗。你先下来吧。"

玉蚕忙将衣襟拢上，咕哝道："也不晓得先招呼一声！"

玉蚕抱着蛾宝不情愿地走下阁楼，村长跟他们家沾着远亲，笑道："玉蚕啊，这是上海来的蔡老板……"

玉蚕垂着眼皮都能感觉到那对贼亮的小眼珠子黏在自己面孔上，只敷衍地"哼"了声，径直走出了大台门。只听得身后娘跟客人客套着："乡下人家女儿不晓得规矩，蔡老板莫在意哦！"

玉蚕闷闷地回到新屋。所谓新屋，因尚未竣工，墙未刷，地未平，蓬头历齿，比之老屋反显粗陋苟简。玉蚕看着糟心，将横在脚前的长凳踢翻了，嘭的一声，吓醒了蛾宝，嗯啊起来。玉蚕忙摇晃着哄她，自己也觉得自己火气来得莫名其妙。她心里盘算着，就算苍籽回头那个孙厂长要费一番口舌，一上午时间也足够了吧。午后就有返回的汽车，下午3点多就能回到镇上了。这么一想，她忽就有了冲动，要去镇上迎候苍籽。

玉蚕将酣睡的蛾宝放进苍籽精心编制的竹摇篮里，便跨出门，却看见娘正送村长和蔡老板出来，忙缩回身子，她不想跟那个长着一对贼眼乌珠的蔡老板照面。待他们走远了，方才穿过场子。

娘又在石案上切开了桑叶，玉蚕忙上去接过娘手中的刀。娘笑道："蔡老板很中意老屋阁楼上那一排花窗呢！村长说，还有几个村子要跑，明日再转过来。我请他们明日中上来吃饭，能谈个好价钱，年底便可给新屋上顶了。"

玉蚕道："我正好想去镇上转一趟，要买点什么小菜呢？"

娘瞥了她一眼："精神没处使啦？你去蚕房看看，才铺上一层桑丝，眨眼便扫空了。这茬蚕劲大，是个好兆头。"

玉蚕不好意思说去接苍籽，急中生智道："晚上去喝香萍的喜酒,哪里好空着手去呀!到镇上淘淘便宜货嘛!"

娘便不吱声了,将桑叶丝条密匝匝铺满竹匾。娘替细蚕上食的姿势好像戏台上旦角儿翘着兰花指运手一般,煞是好看。

玉蚕紧着把余下的鲜桑叶切完了,扬着声道:"娘,我完工了,就去了呢。"

娘应道:"不吃点东西走呀?饭兴许还有热气的。"

玉蚕推出自行车,道:"到镇上还怕饿肚皮呀?蛾宝在那屋,睡得死沉,我不带她了,你见空过去瞧着点。"

娘追到台门口,道:"有乌鲗鱼带条回来,再切点五花肉吧。"

6

玉蚕把自行车蹬得离弦箭一般。路两旁油菜花开得十分热闹,扑在脸上的风都是黄澄澄的了,撩拨得她愈是心急火燎,但觉晚一步便会错过苍籽似的。三年前,玉蚕从上海回乡,也是急不可待地骑着自行车冲到苍籽村里,冲着他斥问道:"听讲你要娶香萍啦?"苍籽含情脉脉地看着她,铿然答道:"我若有那个心思,上山遭雷劈,下河被水淹!"玉蚕扑哧一笑,嗔道:"谁要你赌咒发誓来着!"珠泪就滚下来了。

玉蚕赶到镇上,先去了汽车站,时钟正报 12 点,离县城班车抵达的时间还有三个钟点呢!玉蚕一下子松弛下来,内衣被急汗濡湿,冰凉凉地贴在背脊上。她才发现自己走时匆忙,都没来得及换件干净点的外罩。想着待会要迎接苍籽一往情深的眼瞳,索性将龌龊的罩衫脱去,内里是件粉红的羊毛针织衫,胸口是银丝机绣的一朵莲花,莲花正开在她丰满的胸脯上,诱人憧憬。这件针织衫是年前苍籽从县城替她买回来的。

近几年小镇也是日渐繁华起来,新辟一条贸易街,有超市,百货商场,各种餐饮店,甚至也有了咖啡馆。玉蚕此刻觉着饥饿了,拣了家点心店吃了碗三鲜面,三鲜三鲜,只有味精的味道,吃罢只觉口干。先绕到老街集市买了肉和鱼,再折回新街,在小商品市场盘桓了许久,终于买下了一块用乡下青花布做的圆台布,镶了蕾丝花边,想想给香萍做结婚礼还拿得出手。路过百货商场,玉蚕在成衣橱窗前立定了。橱窗里的模特,身上套了件真丝衬衣,是水红色的,胸前打满细褶,环领是根飘带,低低地打了个结,乳沟似隐似现,配着下身的银灰开司米 A 字齐膝短裙,青春妩媚,摩登而不张扬。玉蚕将自己的身影与模特重合,她感觉自己穿上这身衣裳一定十分合适而抢眼。驻足片刻,玉蚕用力挪开了身子。乡下小镇上的衣服肯定比上海便宜许多,可是跟玉蚕口袋里的钞票相比,还是让人望洋兴叹啊!

玉蚕决定不逛街了,街上诱惑太多,人抵抗诱惑的能力是十分有限的。玉蚕径直去了车站,就坐在候车亭里等候从县城来的班车。

午后的阳光暖烘烘地浇泼下来,把玉蚕心中疙疙瘩瘩、三弯九折滋生出的种种懊丧忧怨融化了,这一刻萦绕胸怀柔肠百转的都是对苍籽的浓情蜜意。哪个男人能像苍籽那样,结婚数年从来不对老婆说句重话?哪个男人能像苍籽那样,把赚来的钞票悉数交到老婆手中?哪个男人能像苍籽那样,自己的新屋一块砖未砌,却为小舅子造房这般尽心尽力?哪个男人能像苍籽那样,只玉蚕一句不愿意,便巴巴地赶去回头人家孙厂长了?

苍籽啊苍籽!

玉蚕眼巴巴地望着公路上往来如梭的车辆，扬尘的颗粒在日照中历历可数。玉蚕心里对自己说，待会见了苍籽，一定先送他一张温柔甜美的笑脸，再送他一番婉转缠绵的贴心话。万不可让清早的龃龉伤了他的心。

县城来的班车终于进站了，没待车停稳，玉蚕便迎了上去。先一扇扇窗望过去，未见那个熟悉的身影。便挨着车门站着，备着笑脸，紧盯着下车的人。直待人走光了，仍不见苍籽。玉蚕仍不甘心，攀着车门张了张，车厢里早已空无一人。司机公事公办道："你想搭车去县城？先去买票！"玉蚕退下车门时，脚骨发软，差点摔跤。心里面好不容易构筑起的恩爱温柔乡，霎时间遭遇龙卷风一般，一片狼藉，一片空寂！

玉蚕骑车回家，来时一马平川的公路怎就变得凹凸不平起来，轮胎不住地被石头弹起，硌得她屁股生痛。来时那蓬蓬勃勃金黄灿烂的油菜花，怎就那样经不住日晒？几小时下来就耷头耷脑地萎蔫了！

娘听得她停自行车的声音，从蚕房探出身子，道："怎么就去了半天？蛾宝闹了几次。"

玉蚕连跟娘周旋几句的精神都打不起来，只将鱼呀肉呀塞给娘,一把抱起蛾宝,跨出了大台门。娘的声音追着她的背脊:"才给蛾宝喂了菜泥面糊,不要再给她叼奶头了,日后要摘也摘不掉!"

玉蚕抱着蛾宝怏怏地转回半成品的新屋,颓然坐在门口的竹凳上。蛾宝的小手不停地捣她的胸脯,她心神不宁,懒得与蛾宝耍,只撩起衣襟让蛾宝吮乳。

西天,晚照艳丽,夕阳正缓缓地沉入剪影迤逦的天际线。斑斓的农田之间,零散点缀着一簇簇农舍。乌黢黢的青瓦墙中,间或突兀起一幢幢彩砖琉璃瓦的小洋楼。近几年,愈来愈多的人家有人外出打工,积攒了钱回乡造屋,用的建材愈来愈奢华。娘替玉松起屋,原打算沿用青瓦盖顶,眼见得别人家的新屋一座比一座流光溢彩,挨不过了,一横心也准备买琉璃瓦了。

玉蚕盘算着,帮衬娘替这新屋铺上琉璃瓦的顶,起码还要两年工夫。两年后再攒钱盖苍籽和自己的新屋,又要花几个年头呢?那时候自己面孔上的皱纹恐怕赛过竹篱了!

她觉得胸口一痛,啪地敲了蛾宝屁股一巴掌,嗔道:"小祖宗,轻点!"蛾宝被吓着了,吐出乳头,哇地哭起来。正巧娘从蚕房回来,横了她一眼,道:"再不痛快,也不作兴拿小孩出气!"

玉蚕无言可答,站起来,抱着蛾宝哄着。看娘到灶头上忙夜饭了,才冒了句:"苍籽早上走时,没说回不回来吃饭?"

娘瞟了她一眼,道:"我倒是忘记问他了。怎么,他不是该和你一起去吃香萍的喜酒吗?"

玉蚕不响,抱着蛾宝出了门,往进村的路口眺望。夕阳已尽,晚霞渐褪,黛青的田野一派沉静。却从村子里进出一连串鞭炮声,香萍的喜宴就要开始了吧?其实玉蚕哪里有兴致去吃香萍的喜酒?送机会让香萍得以显摆张扬!

村口暮霭中忽地闪出一个身影,那身影俊挺如松,很快将玉蚕的视线撑满了。是苍籽!玉蚕往前迎了几步,又刹住了。

苍籽也早早看见了玉蚕,撩开腿噌噌噌地跑过来,从玉蚕手中接过蛾宝,讨好地笑道:"你怎么站在路当口呀?夜里风大……"

玉蚕白了他一眼,道:"我去镇上长途车站等你,空跑了一遭!怎么耽搁那么久?不成你是从县城走回来的?"

苍籽的面孔藏在荫头里,声音有点虚,道:"是孙厂长派小车送我回来的……"

玉蚕扭头就走,苍籽抱着蛾宝紧追着进了屋。娘道:"苍籽回来啦,你们收拾一下,快去香萍家吧,我听见喜乐已经奏起来了。"

玉蚕板着脸咚咚咚冲上楼梯,娘连忙从苍籽手中接过蛾宝,用胳膊肘搡了他一把。

苍籽追上楼,张开手臂要搂玉蚕。玉蚕狠狠推开他,怒道:"一整天时间,你跟那母夜叉吊膀子吊够了是吧?还有面孔回来见我!"

苍籽涨红了脸,双手捉住玉蚕的肩膀。苍籽一使劲,玉蚕便是挣扎也挣扎不得。苍籽咬着她耳根道:"人家儿子都快上小学校了,你还吃人家醋!孙厂长真是看中我的手艺,甚至答应给我股份。不出两年,我们就可以在县城买房子了。我想来想去把这样现成的机会硬生生推掉,我们真是天底下最愚蠢的人了。"

玉蚕已停止了挣扎,背脊仍硬邦邦地支着。

苍籽便趁机将她揽入怀里,愈发温柔道:"当初娶你时,我跟你娘起誓的,一定让你过上跟上海人一样的好日子。你不愿意啊?"

玉蚕终于撑不住了,背脊一弯,扑倒在苍籽怀里，积了一天的委屈化作倾盆雨往苍籽身上洒去。

娘在楼梯口喊道："香萍差人来请你们了，换了衣裳快点过去吧。"

玉蚕止住悲泣，拿了那块青花桌布下了楼，道："娘，你代我去应酬一下吧，告诉香萍，苍籽在县城赶不回来，他现在是县竹器厂的技术总监，哪里脱得开身？"

娘盯了她一眼，道："花钱买这样的东西，不如把我箱底那块素锻送给香萍，裁身衣裳正正好。"

玉蚕冷笑道："香萍才不会中意你那块素锻呢，你没见她周身上下花蝴蝶似的！"

7

次日清晨，玉蚕和苍籽又上山摘了两大筐嫩桑叶。娘坚决不让玉蚕相帮喂蚕了，孙厂长只给了苍籽一天假，娘要玉蚕替苍籽收拾收拾。苍籽道："也用不着收拾什么，孙厂长让我先住县招待所，日常用品一应俱全。再讲星期五下了班就好回来的。"玉蚕由他说，自顾往旅行袋里横竖塞东西。

娘因为约好村长和蔡老板来吃饭的，便提前从蚕房回来了。毕竟蔡老板是从上海来的,娘不敢怠慢。杀了只老母鸡炖着,又一批肉一批霉干菜压在一只海碗里,隔水蒸起来。不一会,浓浓的香味就蔓延开来。

玉蚕终于将一只旅行袋塞得满满腾腾,苍籽故意松快地笑道:"这一口袋东西拎过去,我好在县城摆地摊了。"玉蚕动动嘴角,算是回应,不敢抬起眼皮,生怕泪珠子断线。苍籽拉过她的手捏在掌心,沉着嗓道:"孙厂长说了,会尽快替我们装一部电话,还要给我配部手机呢。我天天都会给你打电话的呀,玉蚕,求求你,我们别唱楼台会好吗?"

玉蚕叹了口气,嗔道:"呸呸呸,什么楼台会!不吉利!"稍顿,才道,"只要你不当《别寒窑》里的薛平贵!"

苍籽刚想赌咒发誓表心迹,娘在楼底下喊了:"玉蚕,客人到了,你们下来吧。"苍籽连忙换了件布衫,就和玉蚕一起下楼去了。

玉蚕又感觉到蔡老板针尖般的目光戳在自己脸上,虽是恼恨,又不得发作,转身就躲进灶间,帮娘端整碗碟。把平日不常用的一套兰花碗洗净了,用开水烫过。

苍籽在客堂陪村长、蔡老板喝茶聊天。玉蚕端了碗碟出去,听到蔡老板呵呵呵肆无忌惮地笑,笑声滑溜溜像条草蛇在屋里窜来窜去。她浑身起了鸡皮疙瘩,连忙又避进了灶间。

娘的小菜一只只出锅了,玉蚕只好硬着头皮端了去。

村长道:"玉蚕,跟你娘说,小菜够了,蔡老板已经是上海人了,胃口跟猫差不多大。"

娘正端着一砂锅鸡汤出来,道:"听讲蔡老板原也是剡溪人?在上海大酒席吃得腻不腻?今天尝尝家乡小菜,胃口就开了。"便开瓶状元红。

一张八仙桌,上首坐了蔡老板,右首是村长,左首是娘,苍籽和玉蚕坐在下横头。玉蚕垂着头,让一绺头发披拂下来遮去半张面孔,以抵挡蔡老板直逼逼戳过来的目光。

蔡老板举起酒杯先跟苍籽碰了碰,滑溜溜笑道:"祝我们合作成功!"

娘诧异道:"炒两只小菜的工夫,怎么,苍籽就跟蔡老板合作上了?"

村长道:"蔡老板愿意在他的家具店里陈列苍籽设计的竹器,卖掉一件,双方分成。他什么眼光啊?看准商机,咬住不放。"

蔡老板恣意大笑,道:"我们这也是一见钟情嘛!"针尖的目光直指玉蚕娇红的面庞,把玉蚕恨得只朝苍籽翻白眼。

酒过三巡,切入正题。娘开始跟蔡老板切磋老屋花窗的价钱。蔡老板道:"在前头那个庄子,收了两道匾额,都是民国早期的,出了这个价。"岔开拇指与食指比画了一下,"我做生意童叟不欺。你们的老屋阁楼那排花窗,尺寸短了点,每张我出这个价行不?"张开五指举在娘跟前。

娘浅笑着给蔡老板斟酒,殷勤地搛菜,好像没看见蔡老板张着的那只巴掌。

村长是做斡旋人的,笑道:"蔡老板,我们乡下人虽是孤陋寡闻,但市面上行情也多少晓得的。你那两道匾是民国的东西,王家老屋是光绪三十二年起的,屋后石础凿着造屋的年月,这是不好捏造的。"

蔡老板抿了口酒,道:"上个月我去徽州,收了四条渔樵耕读图案的厅堂花窗,真正是乾隆年间的老货,一扇也只出到八百块。一来你们是阁楼后窗,二来花式也简单……"

娘截断他,依然浅笑着:"一来我们从左到右通览有整十扇窗,十全十美这是大吉利的数;二来,花式虽简单,蔡老板你看仔细了没有?十扇窗十种花,没有一扇重复的!"

蔡老板嘿嘿笑道:"看来大嫂子是行家了。我们做古董生意,好比寻到了知音,这比赚钞票更痛快。这样吧,大嫂子你说说你的心理价位,如何?"

村长点点头:"玉蚕娘,蔡老板既然这样爽快,你也爽爽快快讲出来嘛。"

娘又斟酒又搛菜,自己端起酒杯道:"我也不想发财,只想把这幢屋起好。我一个女人家,不易呀。蔡老板若拿出一万块钞票,这十扇窗你当即可以拆下运走!"

玉蚕和苍籽对了下眼,他们也觉得娘开的价有点离谱。

蔡老板仰起脖子喝干了杯中酒,酒杯一放,道:"大嫂子爽快,我也爽快,我出你两万块……"桌子周边其他人都吃了一惊,不晓得蔡老板葫芦里卖什么药。蔡老板紧跟着补了一句,"不过,我有个附加条件!"

娘警觉地问道:"什么条件?蔡老板请直言。"

蔡老板一对小眼红红的,像两点火苗围着玉蚕跳跃。玉蚕只好将脸埋进饭碗里,就听得蔡老板不紧不慢道:"这趟出来,安徽、江苏、浙江兜了个遍,收获不小。回去想办一个江南民间民俗家具家饰展,也是为我们公司做一次促销。现在人家卖车卖房都请漂亮小姐做模特,我也想给我们的展销会请一位销售模特。"忽地收声,是一副盘马弯弓的姿态。

玉蚕已经明白了蔡老板的意思,心怦怦怦地剧跳起来。娘也猜到了蔡老板的意思,淡淡道:"上海滩上漂亮小姑娘还不是一捞一大把的?"

蔡地老板摇摇头道:"漂亮是一层,最要紧能兼具古典家具家饰的典雅神韵,我寻了许久没寻见,今天真是踏破铁鞋无觅处,得来全不费功夫啊!"滑溜溜地笑起来,愈发放肆地盯住了玉蚕。玉蚕双颊烧得滚烫,心底里呼地冒出一株希望的嫩芽。

村长也恍然大悟,笑道:"蔡老板看中玉蚕去做模特呀,玉蚕娘,这倒是桩美差,上海小姑娘想做也不一定做得着。"

娘的脸庞敞亮了一层,仍矜持道:"蔡老板的意思?"

蔡老板这才从玉蚕脸上收回视线,道:"姑娘若是愿意到我们展销会上做促销模特,一万元,是给你们的安家费,除外,我开给她每月八百元的底薪,每卖出一件东西,还可适当提成。"

娘看住玉蚕,玉蚕却拿眼看住苍籽。

苍籽面孔红堂堂的,瓮声道:"谢谢蔡老板的美意,只是我们蛾宝还没有断奶,玉蚕恐怕……"

娘道:"蛾宝可以断奶了,交给我带,你们总归放心的吧?"

蔡老板又盯住玉蚕,道:"姑娘若是愿意,还可以联系上海幼稚园,那里面的条件比农村好多了。"

玉蚕心里面那棵嫩芽是见风就蹿,见雨就拔,一下子枝叶繁茂撑满了胸膛。但她仍固执地看住苍籽。

苍籽撸了把脸,终于松了口:"好吧,只要玉蚕愿意,我没意见。让玉蚕见见大世面也好!"

玉蚕的心哗地松弛下来,好像关久了的一群常务会议雀儿,霎时间飞散了似的。

娘脸上的笑再也屏不住了,绽放得淋漓尽致。娘心里想的是,有了这两万块钱,年底新屋好上顶了!心里高兴,愈发殷勤地添酒搛菜。

随后,蔡老板从随身的拷克箱里拿出两叠钱往桌上一放,又点出三五张百元纸币,说给姑娘整顿行装。事情办得顺心顺意,他的小眼睛放大了一圈,铜纽扣般,笑道:"我还要到剡溪下游几个村子看看去,三日后,我的货车来装货,一并接姑娘去上海!"

8

接下来的几日,玉蚕和苍籽沉浸在既兴奋又忧心忡忡的情绪中,置身在山里千年不变的迷雾之中,急待走出去,又担心外面现状更险恶。加之恩爱夫妻即将分别,离别之苦更是搅得他们心力交瘁。

次日,苍籽就去县城竹器厂走马上任了,原说好这两日下了班天天赶回来陪玉蚕的,却头一天就食言了。孙厂长要他陪同新加坡来的客户吃饭,散席已是中宵之时,加之多饮了几口酒,星汉好似绕着身子旋转似的。只得回招待所休息了。

隔日下了班,苍籽骑着孙厂长派给他的摩托车突突突一阵风赶回村子,玉蚕脸皮灰灰的,眼泡肿肿的,横竖就是不理他;他想抱抱蛾宝,她也不让他沾手。苍籽追在她屁股后面一千一万地赔不是,就差没给她下跪了。玉蚕原想再端一会架子就收蓬落帆了,不想苍籽身上哪一处忽然嘀嘀嗒嗒叫起来。苍籽连忙从裤兜里摸出一部手机接听。却是孙厂长打来的,问问苍籽家人的情况,对昨天晚上耽误他回家表示十分抱歉,又说下星期就会叫电讯公司的人去给他家装电话,临时有事就可以及时通知家人了。苍籽对孙厂长细致入微的关怀自然感激不尽。

玉蚕看他接电话的情状,早就猜到对面是哪个了,冷笑道:"原来送你部手机,是给你套只紧箍咒,时时刻刻好拴住你的心啊!"

苍籽一时对答不上,脸涨得血红,颈子里青筋暴突。玉蚕见他这般模样,心也软了,翘起食指狠狠戳了他额头一下。

这一晚,夫妻俩恩爱异常,说不尽的海誓山盟。合计着以后的好日子,兴奋一阵;想着即将别离之苦,又缠绵一阵。

苍籽破天荒睡不着,搂住玉蚕点点滴滴都关照到了。最后提到蔡老板,苍籽要玉蚕提防着他点,这人眼神不入调!玉蚕嗔道:"你觉得他有邪心,你为啥要替我答应他?"苍籽顿了顿,瓮声道:"我若反对你去上海,你不要恨死我啦?"

玉蚕扑哧一笑,使劲地往苍籽怀里钻。苍籽啊苍籽,这世上,唯你最懂我的心!

第三日,老清早娘就把他们叫醒了,一个要去县城上班,一个要去上海,都得赶早。

玉蚕起床后,还想给蛾宝喂一顿奶,被娘阻止了。娘道:"总归要断的,断就断得爽气点,拖泥带水做什么?"

玉蚕眼中包了两汪泪,只好探头到娘屋里看看熟睡的蛾宝。娘喊她吃早点,她的胃塞满了酸楚,一口也咽不下。

玉蚕只收拾了一季的衣服,装在旅行袋里。因为蔡老板说好的,每季度都放她探亲假回来看看蛾宝。

苍籽将摩托车推出来,呜地踩足了油门,玉蚕跨上后座,双臂紧紧扣住苍籽的蜂腰,将面颊贴住他的虎背上。摩托车箭一般就驶出了村子,一过石桥,就看见蔡老板天蓝色的厢式货车已经停在路边,有几个工人在往车上搬东西,蔡老板从车窗探出半截身子招呼玉蚕上车。

他们真正分别的时刻到了,可他们只能用目光亲昵着,叮嘱着,依依惜别。玉蚕往货车走去,走两步,回头望一眼,苍籽立在摩托车旁朝她频频挥手。待她走到车跟前,蔡老板推开门,不由分说一把将她拉上去了。她再探出车窗去看苍籽,苍籽已跨上了摩托车。汽车发动了,沿出山的高速公路驶去。苍籽的摩托车也发动了,却是走去县城的山路。两条路呈六十度夹角岔开,玉蚕眼睁睁看着苍籽的摩托车渐渐成了一个黑点,消失在雾气氤氲的山影中。

9

蛾宝日日喝外婆熬的新米粥,跟外婆养的蚕宝宝一起日长夜大。待外婆用稻草扎成一座座蚕山,蚕宝宝一条条攀上去结茧子的时候,蛾宝也能下地走路了。

玉蚕娘的新屋终究拾遗补缺地完成了,跟她想象中的一模一样,前后都带贴着彩色马赛克的阳台,屋顶铺着湖绿色的琉璃瓦,日里看像一畦兰草,夜里看像一泓碧潭。新屋十分漂亮,却带着淡淡的落寞。因为人气不足,墙粉和油漆的气味久久挥发不去。玉松原就在县城寄宿中学念书,一星期才回来一次,玉蚕跟蔡老板去了上海,说好每季度都能回来看蛾宝的,头一季度就没回来,蔡老板带她去深圳参加订货会了。过了夏季到秋季,仍没见个影踪。苍籽如今名声愈发大了,县城竹器厂生产由他设计的新颖产品,销路一下子打开了。照说周末他可以和玉松一道回来休假的,也总是忙得脱不开身,总要挨个把月,方才匆匆回来点个卯应个景,吃顿饭,转身摩托车突突一响,就没了影。玉蚕娘不怪女婿,玉蚕不在屋里头,这屋再漂亮,也拴不住苍籽的心啊。幸好近来蛾宝开始嗯嗯呀呀学讲话了,新屋子才有了生趣。

客堂里仍是旧日的家什,唯有茶几上多了一部深紫红的电话机,玉蚕娘当它宝贝疙瘩,擦拭得纤尘不染,幽幽地闪着玛瑙般的光泽。头两个礼拜,一到晚上,玉蚕苍籽轮番打电话,电话机子便嘟嗒嘟嗒地热闹起来。不过几句家常闲话,玉蚕娘听了心里踏实。越往后去,电话铃闹响的次数渐次少了,间隔的时间愈来愈长,电话机摆设一般,十天半月地沉默着。玉蚕娘有时真担心是不是机子哑了?拎起话筒听到嘟嘟嘟的声音,才慌忙放下。玉蚕和苍籽都把手机号码告诉娘的,可娘等电话等得再急,也不会主动打过去。一来是怕打搅他们的工作,二来舍不得多花电话费。

可这一段电话机沉默的时间太长了,玉蚕娘掐指数数,玉蚕都快一个月没打回电话了!苍籽周末匆匆回来转了圈,拿了两件毛衣就要走。玉蚕娘捉住他问:"你和玉蚕总归通电话的吧?你给我关照她,是不是连女儿都不要了?"苍籽屁股已坐上摩托,笑道:

"娘，你打她手机呀，是要好好教训教训她了！"

玉蚕娘盘算，蛾宝快满周岁了，玉蚕去上海也有半年多了。上海的工作再忙再重要，女儿过生日，你个当娘的总该回转来一趟吧？终于拨通了玉蚕的手机。玉蚕娘听到手机那边歌乐喧闹，人声嘈杂，玉蚕的声音好似隔着磨砂玻璃看景致，模糊不清，断断续续："娘，我晓得了……你给苍籽电话……叫他也回来……"

玉蚕娘挂了电话，心里嘀咕："给苍籽的电话，你自己不好打呀？"嘀咕归嘀咕，还是给苍籽打过去了。苍籽应得爽快，玉蚕娘这才放心。

蛾宝周岁生日前一天，玉蚕娘早起便开始往村路上张望，直望到西天流霞映红了剡溪，一部出租车徐徐停靠在村口石桥畔。村里难得有出租车进来，惊动了剡溪边洗衣洗菜的村妇们，她们都仰起了面孔，猜测着，询问着。

出租车门打开，走出一位风情万种的女子，穿着改良的中式短装，下面着一条露出半条大腿的乔其纱蕾丝边黑短裙，披肩卷发乌云环叠，鹅蛋脸庞描黛点红，却似何处来的明星？常有电影电视剧组来剡溪拍戏，村里人明星也见过不少，只是这一位，似曾相识，或许是新人？

忽然这一位"明星"朝她们走近了，荡开甜美的笑靥，一口正宗的剡北官话道："五婶，二姨，都忙啊？淘米千万不要再用河水啰！"

众人终于认出来了："玉蚕娘，这不是你的闺女吗？出去几个月，竟像重新投胎了一般！"

玉蚕娘呆呆地站起来，菜篮顺水漂走都不晓得，还是下水的人帮她截住了。玉蚕娘回过神来，慌忙喊道："蛾宝——蛾宝——你娘回来了——快叫一声娘呀！"

蛾宝原坐在石阶上玩耍，弄得满手满脸黑糊糊的。她瞪大眼看看盛装的玉蚕，却吓得躲到外婆身后去了。玉蚕不顾蛾宝浑身是泥，用力抱起她，使劲往她鼓鼓的脸颊上啄着。蛾宝被她啄得哇地哭起来。玉蚕娘用湿漉漉的手掌抹净蛾宝的脸蛋，嗔道："日日吵着娘呀娘呀，怎么见了面就只会哇啦哇啦了？你要不叫，你娘又要走了呢。"

蛾宝叭嗒着小嘴叫了声"娘"，玉蚕眼泪差点涌出来，狠命屏住，生怕污了眼线。

三人一并回家，站在新屋跟前，娘得意地问道："怎么样？不比上海的楼房差吧？"玉蚕笑笑，她觉得那马赛克的晒台与琉璃瓦的屋顶颜色太艳,但又不愿让娘失望,便嗯了一声。

娘心情特别好,还要带玉蚕去老屋看秋蚕,玉蚕只好推说累了,明日再看吧。娘方才作罢。玉蚕道:"娘,今年收了茧,把蚕架拆了。房子也造好了,你何苦再养蚕?我寄回的钱足够你和蛾宝的开销,是吧?"

娘道:"你寄回的钱我都替你存着,以后给蛾宝上学用。闲着也是闲着,几爿丝厂都抢着要我的茧子,再讲玉松过两年就要上大学了。"

玉蚕晓得说服不了娘的,只轻轻叹了口气。

娘便道:"你跟蛾宝亲热亲热,我去烧小菜。苍籽和玉松约了一起回来的,算算差不多该到了。"

玉蚕莫名其妙地心动过速,怦怦怦,要撞断肋骨似的。

玉蚕给蛾宝买了童话书和芭比娃娃,一样样拿给蛾宝看。蛾宝很快就跟娘亲热起来,黏在玉蚕怀里不动了。这时候就听得门外突突突突——卡刺——摩托刹车声音,玉蚕的心脏在那一刻忽地停顿不动了。

将尽未尽的夕辉斜斜地投进敞开着的大门,在新漆过的地板上投下一条扇形的光带。那光带上先是映出一个细细长长的人影——那是小弟玉松,随即又一个略宽硕些的影子叠加上来——苍籽的身形总是那股健美!

玉松叫了声"姐——"连连摇头道,"姐,我不喜欢你这般打扮,眼圈为什么画得像哭一样?"

"去!"玉蚕恼火地啐了小弟一声。她已经不习惯素面示人了,特别是要面对苍籽,她实在没有勇气不修饰不遮掩。她忧心忡忡,一遍一遍修补自己的妆容,生怕有什么瑕疵被苍籽捉住。

苍籽已站在她跟前了,热烘烘的鼻息喷在她额上,怎不叫她心旌摇曳?若不是玉松立在一旁,她早就扑进苍籽的怀抱了。苍籽只是目不转睛地盯住她看,好半天才吐出一句:"你,回来啦!"

玉松忍俊不禁,道:"姐夫,你不是在说废话吗?"

娘很快端整好了一桌小菜,兴冲冲招呼大家入座,道:"今天是自家人团聚,家常小菜将就将就。明晚上我请了镇上饭馆的大厨来相帮,左邻右舍,摆两桌酒。我们蛾宝周岁,也是大生日嘛。玉松苍籽,你们谁也不准缺席。"

玉松道:"只要姐夫回来,我就搭顺风车了。"

苍籽道:"明早有一个重要客户要会,下午我就请假了。"

玉蚕借着假睫毛的掩护,细细地观察苍籽的神情,确定他什么都没有觉察,悬着的心这才放下。

苍籽和玉松都要赶早,所以都不喝酒,只玉蚕陪娘啜了几口自酿的米酒。苍籽三下五除二,干下去两大碗饭。饭碗一放,道:"一路上吃了不少灰尘,又是一身臭汗,我先上去洗个澡。"横了玉蚕一眼,就离了席。

玉蚕自然是领会苍籽那一眼的含意的,可她仍磨磨蹭蹭,帮娘一起收拾碗筷进了灶间。娘推搡她,道:"去去去,早点上楼去。就几只饭碗,我一双手够了。"

玉蚕便抱起蛾宝上楼,娘又追过来道:"把蛾宝放下,蛾宝还是和我睡!"玉蚕心绪万千地犹豫着,娘朝蛾宝伸出双手,道:"蛾宝,跟婆婆睡还是跟你娘睡呀?"蛾宝便扑向了外婆。

玉蚕独自上楼,原应该轻轻松松,脚脖上却像拴了秤砣,抬都抬不动。

玉蚕刚进房门,就被等候得心急火燎的苍籽拥住了。苍籽气喘得很重,胳膊便愈收愈紧,几乎要把玉蚕嵌进他的胸膛。

他们夫妻已经半年多没有见面了,各自有了新的生活领域,各自都忙。每每相约了回家聚会的日子,不是这边临时有出差任务,就是那边有重要客户抽不开身,便是蹉跎了一个又一个良辰吉日。起初,他们互相在电话里倾吐相思之苦,一只电话总要打半个小时以上。日子久了,一来山盟海誓的言辞再多,总有被说尽的时候,二来,手机费用太贵,也令他们难以承受,通话的次数便不知不觉地减少了,通话的时间也缩短了,隔个三五天,互相问候一声,报个平安而已。

苍籽抱起玉蚕往床上去,玉蚕哽咽着道:"你洗了澡,让我也冲一下。"

玉蚕冲澡的这几分钟,苍籽也舍不得离开,隔着浴帘跟玉蚕说话。苍籽告诉玉蚕,这半年多他已积存了万把块钱,加上年初还有分红,不出三年,就可以在县城买一套公寓,蛾宝将来就可以在县城读书了。

借助莲蓬嘴哗哗水声的掩护,玉蚕尽情地流泪,让郁结胸中好几个月的委屈,懊丧,愤懑随着滚烫的泪水倾泻而出。她终于觉得从里到外地洗涮了自己,心和身子都洁净了,方才关了龙头,撩开浴帘。

苍籽迫不及待地用块浴巾包住了玉蚕,抱着她走到床前,顺手熄灭了灯。这一刻,他们互相对对方的需求真比新婚之夜还强烈。这是他们结婚以来最完美最辉煌的一次结合,也是他们——两个相爱至深的人的最后一次的结合!

就在玉蚕纵情享受苍籽爱情琼浆之际,苍籽忽地从玉蚕身上翻落下来,呼哧呼哧地大口喘气。玉蚕的眼泪无声无息地流淌着,这是幸福至极的眼泪啊!许时,苍籽粗重的喘息低沉下来,渐渐变得游丝一般,渐渐就消失了。房间里安静得像地老天荒,月色悄无声息地给窗棂涂抹上幽幽的银光。玉蚕真希望自己与苍籽就这样一生一世地躺下去,可是身边的苍籽顽石般纹丝不动,连气息都感觉不到,又让她有点害怕。她便仄起半身,伸手去摸苍籽的脸庞。"啪!"这记撞击是那样沉重而巨响,片刻,玉蚕才感觉到手背麻辣辣地痛起来。她不相信苍籽会对自己下这么重的手,她凑过脸去看苍籽,黑暗中,苍籽的两只眼睛瞪得铜铃大,眼珠子火炭似的灼灼发亮。玉蚕无限爱怜地叹道:"苍籽……"一边将脸慢慢地贴向苍籽的胸腔——"啪!"她的脸颊上挨了结结实实的一巴掌!这回她看得很清楚,是苍籽抬起胳膊抡向她的!

玉蚕惊讶:"苍籽——你!"

苍籽呼地坐起来恶狠狠地问道:"你,在上海是不是去做鸡了?"

玉蚕像被子弹射中,心痛得咝咝地吸气。可她必须回答苍籽。"没,没有。"

苍籽恨声道:"你还想骗我?你在床上,从来不这样下作的!"

玉蚕晓得瞒不过了。玉蚕跟苍籽过夫妻生活,最激情的时刻从来不出声音,只是咬住苍籽的肩膀,在苍籽肩膀上留下许多条牙印。事过之后,玉蚕总是害羞地为苍籽揉搓,苍籽从不怪她,还说那弯弯的月牙般的伤疤是他们爱情的印记。

苍籽叭地拧亮了床头灯,目光如炬地逼视着她,问道:"你还说没有做鸡?谁教会你这般吼叫的?"

玉蚕哀怨地望着苍籽,缓缓地摇着头,颈脖像生了锈,咔咔地响。她害怕回想半年前那个可怕的夜晚,蔡老板带她去深圳出差,就在那个气氛暧昧的所谓三星级宾馆里,蔡老板如狼似虎地扑上来,任她苦苦哀求,任她哭喊叫骂,都无济于事。也许,蔡老板在蚕房的阁楼上看到她第一天起就已经设计好了这一切。在深圳余下的日子里,蔡老板带她逛大马路,给她买昂贵的衣服和饰品,带她出入高档的酒店和夜总会。蔡老板心满意足地开导她，既然已经出来了，就尽情享受生活，人生苦短，当及时行乐。玉蚕左思右想，闹开来对自己一点好处都没有，不如趁机从蔡老板身上赚一笔钱，然后，在上海热闹的大马路上开一家自己的成衣店。到那时候，就可以把苍籽和蛾宝都带到上海来，到那时就坚决和蔡老板一刀两断！这以后，她便不拒绝蔡老板了，她虽然很厌恶蔡老板，可是，蔡老板有种种办法调排得她在床上如同一头发情的母兽。

苍籽见她不出声，哼地笑了声（这声笑就像数九寒天的北风砭肌刺骨），套上外衣便往门外走。玉蚕扑上去拽住他的袖子，哀求道："苍籽，不要让娘知道，好吗？"

苍籽犹豫了一下，返回来，把自己的身体狠狠地砸进沙发里。玉蚕明白他的意思，只好独自躺在床上，像躺在荒芜的旷野里。

自然，他们两人谁都没有睡着，都眼睁睁望着窗户由银灰变成漆黑再变成靛青，如同娘围单上的素锻补丁。

苍籽呼隆一下跳起来，咣当撞出门去。玉蚕好想喊住他，却羞愧得没了勇气。隔了一会，她就听得摩托车突突驶去的声音,一阵钻心断肠般的痛楚,她合扑在枕上泣不成声,眼泪如同暴雨后的剡溪水,丰沛而湍急。

10

玉蚕是被一只肉鼓鼓的小手拨弄脸庞而搞醒过来的,她记不得自己哭着哭着怎么就会睡死过去,好像是去十八层地狱趟了一遭,睁开眼,竟是蛾宝在抓妈妈的面孔。玉蚕心头一烫,一把将蛾宝揽进怀里。娘也立在床头,道:"怎么?昨晚没睡够啊?都日上三竿了!"

玉蚕晓得自己眼泡皮一定很肿,怕娘看出端倪,低了头,让额发披散下来,道:"人家难得有这么清闲的日子嘛。"

娘略迟疑,又道:"苍籽天刚亮就走了,玉松是在困梦头里被他拉上摩托车的。"

玉蚕勉强笑道:"他们上班上学,都不能迟到呀。"

这一天,玉蚕强打精神帮娘洒扫庭院,到自留地里去摘菜,铺排桌椅,整顿碗碟。做着历历碌碌的家务事，委顿的情绪可以排解一些。

玉蚕担心着苍籽，会不会赌气不回来吃蛾宝的周岁酒？到时候她如何向娘解释呢？

苍籽却按时驮着玉松回来。玉蚕喜出望外，痴痴地看着他凹陷的黑眼眶，体味他这一天是如何艰难地熬下来的，心里面又是痛又是愧。暗自下了决心，晚上关起房门，由他骂由他打，只要他肯原谅她，她甚至可以放弃上海的繁华与富足，放弃她梦寐以求的成衣店！

可惜，苍籽没有给玉蚕这个机会。

在蛾宝的周岁酒席上，苍籽不露痕迹地同玉蚕一起接受众乡邻的祝酒，谈笑风生，妙语如珠。众人都讲苍籽去县城上班后，水平提高许多，有大将风度了。只有玉蚕晓得他仍在生她的气，因为他的目光总是躲避着她；他虽与她并肩坐着，却紧张着身体，不跟她有些许肌肤接触！

酒尽人散后，玉蚕帮娘收拾残局，正盘算着待会如何跟苍籽去赔罪讨饶，忽听苍籽瓮声道："娘，早上赶去上班太辛苦，我们还是连夜赶回县城去。"

玉蚕端在手中的一叠碗碟差点跌落，心像块硬石往深渊坠下去。她颤抖着声音道："不行，你喝了许多酒，不能开摩托车！"

玉松一旁笑道："是我批准姐夫放开量喝酒的。回来时我们说好的，回去我开车。"

玉蚕心里恼恨小弟啊！这种时候你逞什么英雄？若不是你横插一档，我就有充足的理由拦住苍籽，不让他离开！

玉蚕抱着蛾宝送苍籽和玉松到村口石桥边，一路上，就玉松话多，讲东讲西，逗蛾宝开心。玉蚕竭力用情意绵绵的眼神去捕捉苍籽的目光，只要苍籽肯与她眼对眼地对视片刻，她相信她能化解苍籽的心结，他们夫妻就有和好的可能。苍籽却坚决地低垂着眼皮，把眼珠子深深地隐藏起来。

最后道别时，苍籽只在蛾宝额头上亲了一口，挥挥手，便跨上摩托车的后座。他吝啬得连一个"再见"都没留给玉蚕！

摩托车一眨眼便消失在茫茫黑夜之中。繁星低垂，仿佛银河隔断了牛郎织女一般。

又是一个无眠的夜晚。没有了苍籽的新屋，让玉蚕觉得不堪忍受的清冷孤寂，她若在这屋里再待下去，一定会被那清冷孤寂逼疯了的。她决定明日一早赶往县城，从那里乘火车返回上海！她已经为那个

"上海"付出了太多太多，倘若她不从"上海"索取到自己向往的东西，那她活着还有什么意义？

娘听说她立时三刻就要回到上海，并没有表现十分的惊讶，仿佛娘早就预料到了。娘一脸的云淡风轻，道："你自己想清楚了就好。不要叫醒蛾宝了，哭哭啼啼上路不吉利的。年底总要再回来的嘛。"

玉蚕忍住了要亲蛾宝的冲动，一咬牙，转身走出了大门。她在村口拦到一辆同村人去县城运河沙的卡车，到县城才早上8点敲过。她却不急着去火车站买票，鬼使神差地往县城竹器厂去了。

正是工人们上班的时刻，竹器厂门口陆续有人走进走出。玉蚕隔着马路，站在一块广告牌边上守候着。这张广告牌是竹器厂在推销他们新开发的产品，几十只精致的竹编花瓶的背景上，竟然并排并印上了苍籽和孙厂长的两张笑脸，像拍结婚照似的。玉蚕心里恨道："你说说，你这又算什么呢！做广告也没必要登两个人的照片呀！"她想苍籽总要从厂子大门进出的，只要看到他，她一定不顾一切地拦住他。无论如何，你不能这样不声不响离我而去。

玉蚕终于看到苍籽了！他不是进厂，而是从厂里出来；他不是独个人，而是和孙厂长并肩走着。孙厂长很亲切，很信任的样子，挨着苍籽说着什么；苍籽很专注地听着，不时地点点头，然后两人会心地相视而笑了。

玉蚕的心在滴血，方才鼓起的勇气霎时间消失了。孙厂长虽然年纪长她几岁，可孙厂长的那种自信，那种洒脱，那种坦然，让玉蚕自惭形秽！

苍籽和孙厂长在马路边沿站住了，显然他们是要过马路，正在等候红绿灯。玉蚕侧身躲到广告牌后面，紧紧地盯住苍籽。绿灯亮了，苍籽很自然地揽住孙厂长的肩膀穿过马路。玉蚕彻底绝望了，她猛地转身就走，叮嘱自己：千万别回头，千万别回头，别让苍籽看到自己，别让苍籽以为自己是来盯他的梢的。已经被苍籽识破了真相的玉蚕，还有什么资格去约束苍籽呢？

11

玉蚕搭乘下午的火车，回到上海已是华灯初上的时候了。

她心灰意懒地回到蔡老板为她租用的公寓。电梯间的阿姨见了她笑眯眯道："玉蚕小姐，你老公关照的,你若回来得早,快去顺风酒店陪客。是很重要的客人呢。"玉蚕应了声,径直乘电梯上了楼。她哪里有心思陪客人吃饭!

胡乱冲了个澡,玉蚕倒头就睡。身子困乏得要死,脑袋却不肯息停,搅腾半天也没睡着。

半夜时分,蔡老板酒气冲天地回来了,一见她躺着,破口骂道:"你回来了为什么不到顺风来?害得我在温州大老板跟前好没面子!人家是慕你名,特地想来瞻仰你的风采的。你要敬他几杯,说不定一张大订单就拿到了呢。"

玉蚕轻声道:"回来已晚了,实在吃力不过……"

蔡老板道:"适适意意乘火车回来,怎么会吃力的?怕是你那个乡下男人搞得不得法,才让你吃力的吧?"

玉蚕被他触到了痛处,用脚踹了他一下,恨道:"你个流氓,都是你,把我的日子都毁了!"

蔡老板嘿嘿笑道:"你在乡下过的那叫什么日子?谁让你住上这么高档的公寓?谁让你用上这么些高级的化妆品?谁让你从灰姑娘变成白雪公主的?"

玉蚕像被水呛了一口,拼命咳起来。她心里怨恨自己,一切的一切都怪自己啊!

蔡老板钻进被窝就爬到她身上来了。玉蚕多么想狠狠地把他扒下去,可她没有那个勇气。她想加快速度积攒一笔钞票,她想尽快拥有一间成衣店,她想将蛾宝与娘接到上海来过享福的日子……为了这桩桩件件她想要的东西,她只有忍耐。

蔡老板完事后,狠狠拧了她脸蛋一把,坏笑道:"今天怎么不叫了呢?妈的,心不在焉!又在想你的乡下男人了对吧?"

玉蚕翻了个身,用背脊冷冰冰地对住他。

两天后,玉蚕一大早就接到娘的电话。先看了来电号码,不祥的预兆便袭上心头。娘轻易不会打长途过来,况且自己才离开家。

从遥远的山村曲曲折折传过来的娘声音,断断续续地听不大清楚,娘说苍籽的摩托车撞死了人,玉蚕还以为娘在开玩笑。娘那样历练那样沉着的人竟急得语无伦次:"玉蚕你怎么苍籽了你?他几天不睡还灌酒,你们不为我老婆子着想也要为蛾宝呀……"

玉蚕昏晕了片刻,真正是肝肠寸断啊!她心里煞煞清:苍籽一定是被自己的背叛气昏了头,才灌酒消愁,才出了车祸。她恨自己恨得要扇自己腮帮!娘急促地告诉她,苍籽被拘在县城交警队里,要有十万块的担保金才能放回家。玉蚕脱口道:"去找孙厂长呀,苍籽给厂里赚了多少钞票,她不能见死不救!"娘说,孙厂长已经开出五万块支票,厂里没有多余的流动资金,这五万块还是从她私房账户里出的。苍籽自己万把块存款也取出来了,还差三万多……玉蚕立马道:"娘你莫急坏了身体,我去想办法!"娘在电话里喑哑道:"玉蚕,要快点哟,苍籽关在里面时间长了,怕要疯了的!"

玉蚕这半年多时间有了近万元的存款,可是还有那两万块钱从哪里变出来呢?玉蚕左右寻思,决定去找蔡老板。这只老狐狸,也该让他放放血了。

玉蚕从电梯出来还没到蔡老板办公室,就被守在门外的蔡老板司机拦住了。原来老板娘风闻蔡老板在上海包养女人,便从家乡赶了出来,正和老板摊牌呢!现在去见老板,不是讨揍吗?玉蚕惊出一身冷汗,呆在那里。司机说,老板关照,叫你赶紧去公寓整理东西,待会老板娘要去公寓,千万不要让她捉到蛛丝马迹!

玉蚕一时乱了方寸,茫然失措。平常她常给司机塞小费,司机便拉着她下了楼,载她去了公寓。玉蚕一脑门的糨糊,胡乱收拾了自己的衣物,来时就一只小小的旅行袋，如今却塞了满满两只箱子。司机又把她送到家具城的女职工宿舍，她原先的铺位已经被新来的人占去，只好将两只箱子暂时放在墙脚根。司机说老板今天放了她的假，叫她今天不要回家具城了。可她心里惦着两万块钱的事，执意跟司机返回家具城。做销售的几个小姐妹都用异样的眼光打量她，她晓得自己与老板的关系已经被曝光。她竭力镇静着自己，装作若无其事的样子，照样堆出笑脸接待顾客。

中午时分，听得大门口吵吵嚷嚷的声音，有人压抑着嗓门幸灾乐祸道："老板娘揪住老板去抄检公寓了！"玉蚕惊出一身冷汗，慌忙避到陈列着的家具样品后面。

玉蚕心如乱麻，焦灼煎熬，生怕蔡老板被老板娘缠住，脱不了身，更生怕老板娘获知了详情，寻她问话。她自己身败名裂且不去说了，更无机会向蔡老板借那两万块钞票了！愁绪万端的她一下午竟没做成一单生意。临近下班的时候，终于看见蔡老板一个人垂头丧气地回到店里，此刻的玉蚕见了他，不啻溺水的人看见了一只救生圈。

玉蚕跟随蔡老板闪进了老板办公室，蔡老板把门一关，瞪着眼凶巴巴斥道："叫你收拾得干净点，为什么留了把梳子下来?我费了多少唾沫才把事情说圆了。我警告你,你要想耍花招玩我,休怪我对你无情!"

玉蚕忍气吞声道:"你想到哪里去了?那个梳子你不是用得顺手吗?"

蔡老板沉吟一下道:"最近一段你也不要再到我办公室来,也不许坐我的车。等老太婆回去了,我会补偿你的。"

玉蚕逮住他这句话头,立马接口道:"要补偿就现在补偿,你给我两万块钱!"

蔡老板像看怪物一般盯住她道:"好你个刁蛮女人,你趁机敲竹杠啊!"

玉蚕泪如雨下,泣诉了苍籽出车祸的事情,道:"你不是一直讲你像是我的再生父母一般吗?那你就再行一次好,帮帮我度过这一难吧。"

蔡老板坐进老板椅,脚搁到办公桌上,自顾捧着把紫砂茶壶品茶,不搭理玉蚕。

玉蚕抹去一把眼泪,心头火蓬蓬地烧起来。她冷冷地看住蔡老板道:"既然这样,你无情,我无义,我去公寓找你老婆谈斤头。我还怕什么?反正一切都被你搅乱了!"

蔡老板坐直了身子，摇摇头道："看不出你呀玉蚕，苏妲己再世也及不过你！我可以给你两万块，不过，算你提前支取两年的工钱，你若同意，我马上给你现钱。"玉蚕一横心，当即应承下来。以后两年的日子如何挨？以后再说吧。

次日一早，玉蚕候着邮局开门，邮走了两万块钱，千疮百孔的心稍微有了点补偿。县里的剧团曾经演过一出《陈三两爬堂》，陈三两自卖自身，误入风尘，却把二百两卖身钱留给弟弟李凤鸣攻读诗文，让弟弟得以功成名就！玉蚕好比也是将自己的卖身银钱寄给了苍籽，苍籽可千万不要像李凤鸣那样忘却根本呀！

12

玉蚕寄出钱后就日日等电话，两万块收到没有？苍籽出来了没有？这桩事体最后如何了结呢？算算钱早该寄到了，可是家乡一直没有音讯。玉蚕好几次在手机上摁出了苍籽号码，望着这一串曾经那样亲近的数字，她就是没有勇气撤下绿色的接通键。思量再三，她还是打到家去问娘了。

娘道:"怎么?苍籽没把事体告诉你?"

玉蚕心一沉:"他,他大概怕我太担心吧……"

娘道:"收到你寄回的钱,就把苍籽从交警队保出来了。可是……"娘停顿下来,吭吭地咳着。

玉蚕心急慌忙问道:"娘,可是什么,你倒是说呀。"

娘长叹一声,道:"真不晓得前世作了什么孽,苍籽撞死的人是方从山里到县城来开羊肉铺子的,一对小夫妻,才结的婚,老婆刚有了身孕。男人这一死,叫她如何生计?哭天抢地,寻死寻活的。交警大队的人左右调解才达成协议,七七八八算拢来,也要赔给人家近二十万块,扣去前头保证金,还差靠十万块钱……"

玉蚕脑袋晕沉沉的,几乎支撑不下去,背脊抵住墙壁,费力道:"那,苍籽再去找孙厂长呀,他们厂离不开苍籽的,无论如何总能匀出钱吧?"

娘又是一叹:"我也跟苍籽这么讲的,可苍籽,他说……再不能麻烦孙厂长了,厂里二百多号工人都指着孙厂长发薪水呢。"

玉蚕心里泛起一阵酸苦:都这般地步了,还在为她着想!却听娘轻轻送过来一句:"玉蚕,你看看……

还能不能跟蔡老板商量商量……"玉蚕压抑不住喊道:"娘,你当姓蔡的是好人啊?前头那两万块,我得白白替他做两年呢!"

娘稍顿,道:"我哪里晓得这些关节啊!没别的法子,只好把新屋卖了……"

玉蚕急道:"娘那哪成?你答应了爹的!"

娘道:"现在顾不上这些了,苍籽爹娘死得早,把我当亲娘一般看待,我总得替他担承一些吧?"

玉蚕用细牙狠命咬得嘴唇出了血,横竖想不出个万全之策,方才横了心,吹气般道:"娘,你先别急着卖屋,让我,让我再找蔡老板说说看!"话一出唇,玉蚕旋即后悔了:这不是将自己推到了悬崖边上,不想跳也得跳了呀!

玉蚕没有回头路了,稍事修饰一番,硬着头皮推开蔡老板办公室的门。蔡老板新近又从徽州招来一位促销模特,这一刻正坐在蔡老板大腿上撒娇。见有人进来,慌忙立起。玉蚕觉着一阵恶心,忍住了。

那小姑娘还嫩着,涨红了脸跑了出去。蔡老板若无其事地跷着二郎腿,乜斜着眼道:"乡下人就是改不了乡下人脾气,进老板办公室要先敲门,你懂不懂?"

玉蚕冷笑道:"我要是先敲了门,就看不到一出好戏了。"

蔡老板呵呵一笑:"原来你也会吃醋啊!你放心,她怎么能跟你比呢?"

玉蚕心里恨得不行,面上愈是冷淡:"我哪有资格吃你的醋?只要你老婆醋甏不要打翻就好!"

蔡老板马上警觉起来:"你什么意思?"

玉蚕将粉粉的脸庞凑到蔡老板眼跟前:"我没有其他意思,只请你蔡老板再买我十年的光景!"说罢浅浅一笑。

蔡老板抬手想捏玉蚕的脸,玉蚕避开了。蔡老板手指笃笃敲着桌面,不无讥讽道:"又是你那个乡下男人向你讨钱了吧?你也不想想,你值不值得我买你十年光景呢?"

玉蚕挺直了腰身:"值不值得嘛,你蔡老板是老法师了,心里总归有数的。"

蔡老板走到玉蚕身边,拍拍她的肩膀,道:"玉蚕啊,实话对你讲,我是不可能买你十年光景的,不过你想赚大钱,现在倒有个现成的机会。"

玉蚕道:"有赚钱的机会,你蔡老板会让给我做?"

蔡老板狡黠地笑笑:"这种钱只有你玉蚕能赚。上回你错过的那位温州老板又要来了,他对你可是倾慕已久,只要你愿意。"

玉蚕一下子明白了蔡老板的意思,倘若她手中有刀,也许她会一刀捅进他的胸脯!但她只是冷冷地吐出三个字:"我愿意!"

数日后的晚上,蔡老板在王朝饭店宴请那温州老板。他特地叫玉蚕去美容院装扮一番,打扮得雍容华贵。当她款款走进包房,温州老板眼都直了,惊为天人。蔡老板让玉蚕在温州老板边上入座。桌布下,温州老板胖墩墩的手迫不及待就摸到玉蚕的大腿根上了。

散席后,玉蚕顺理成章地钻进了温州老板的大奔车,温州老板捏住她的手,自始至终没有松开。大奔车沿上海最繁华的马路行驶了一段,停在五星级的贵都饭店。温州老板仍然拽着玉蚕的纤纤十指,引着她走进了顶层的 VIP 包房。

温州老板原只打算在上海滞留两天,因了玉蚕,又拖延了三天,并且爽快地跟蔡老板订下了六十万家具的合同。临去飞机场前,他恋恋不舍地亲着玉蚕的面额,塞给玉蚕一只大牛皮纸袋。玉蚕展开笑颜,侧着腰肢道:"老公,你可不能把我忘了哟!"她自己也吃惊，怎么无师自通地学会了用这种腔调说话？

温州老板走后，玉蚕点了点牛皮纸袋里的钞票，足足三万块！她的眼泪不知不觉滚下来，叭嗒叭嗒砸在纸币上，心里面苦苦地喊道："苍籽啊苍籽！"

玉蚕挣扎着又给娘打电话，要娘去跟死者家属商量，余下的靠十万赔偿金能不能在半年之内分期还清？娘无奈的声音如雨丝风片飘过来："玉蚕，慢慢来，我会去跟她讲的，半年一年都没关系，你也不要太辛苦自己了……"

玉蚕叭一下揿住红色的挂断键。

13

自有了温州老板这件事体，蔡老板便隔三差五让玉蚕陪客了。他在城郊部为玉蚕单独租借了一间农舍，以方便玉蚕化妆打扮。并且有的小老板住不起高档酒店的，就直接闯到玉蚕住处来了。蔡老板看玉蚕的眼光就有了别样的神情，酸溜溜地问道："玉蚕，我给你介绍的生意还不错吧？"玉蚕寸土不让地回敬他："我给你带来的生意也不错吧？"在玉蚕的坚持下，蔡老板终于答应，只要是玉蚕接待过的客户给蔡老板下了订单，玉蚕可抽取百分之二的纯利作回扣。玉蚕只看在金钱的分上，如行尸走肉般地度日子。

这一日，玉蚕接待了一位新加坡客商。此人是位正人君子，只让玉蚕陪他去豫园游览，又在绿波廊吃了点心，塞给她三百块小费，便打发她走了。玉蚕将薄薄的三百元纸币胡乱塞进口袋。今天钱赚得少，她舍不得叫出租车，只搭乘地铁。回到住地，邻居的电视机里正播出中央台的正点晚新闻。

玉蚕远远地发现自己租屋门口蜷蹲着一个人，待她走近了，那人仰起面孔，两人都有点猝不及防的尴尬。

"苍籽！是你……你怎么寻到这里的……"玉蚕又惊又喜，掏钥匙开门时，偷偷用袖管抹去唇上的红艳。

"娘给我的地址……"苍籽进了租房，四处打量了一下，重重地在板凳上坐下。

玉蚕给苍籽泡茶，紧张得握不牢水瓶，水都泼在地上。千言万语堵在胸口，一时不晓得从何说起。慌忙从抽屉里拿出一叠钱，递给苍籽，道："又存了两万，大概用不到半年时间，就可凑齐十万块了！"说罢，殷殷地看住苍籽。在这一刻，她觉得为了苍籽所付出的一切屈辱与创伤,都是值得的。

可是苍籽抬起手掌将那叠钱轻轻地推开了,反从自己的背包里取出厚厚的一叠钱。他的面孔躲在阴影里,嗓门沙哑,道:"玉蚕,这是你前两回寄过来的钱,现在用不着了,还是你留着吧!"

玉蚕疑惑地瞪大了眼:"怎么就用不着了?人家不要你赔钱啦?"

苍籽喉结艰难地蠕动着,道:"玉蚕,我们还是分开吧!"

玉蚕好像被重物狠狠地敲了一下,脑袋嗡嗡地响。血液渐渐地被抽干似的,手脚冰凉。沉默许时,方吐出一句:"苍籽……你听我讲好吧?"

苍籽用手掌抹了一把溢出的泪珠,黯然道:"玉蚕,我不怪你,只怪我自己,昏头昏脑闯了祸……那个女人怀了三个月的身孕,家中无亲无故的,叫她怎么过下去?"

玉蚕愤愤道:"不是要赔她二十万吗?"

苍籽摆摆手:"一时三刻叫我到哪里变出这么一大笔钱?现在只有一个法子……"

玉蚕明白了,苍籽不要她的钱,苍籽嫌她的钱脏!怨愤在她体内涌动着,几乎要爆裂开来!她冷冷地问道:"你有什么办法?"

苍籽终于抬起头,与她眼对眼了。他的眼神虽有哀伤,却是坚定的:"我娶她!我撞死了她的丈夫,就还给她一个丈夫!"

玉蚕咯咯咯地笑起来,笑得肝肠寸断,笑得泪水涟涟。她想责问苍籽,你当初的山盟海誓呢?你那么多甜言蜜语呢?可是,玉蚕还有资格指责苍籽吗?

苍籽刚想伸手扶玉蚕,却又缩了回去,只道:"玉蚕你冷静一点好吧?我这样做,也是为娘着想,更是为你着想。娘可以不要卖屋,你也可以……"

玉蚕断然止住笑,道:"娘,都晓得了?"

苍籽点点头:"我跟娘说,娘永远是我的亲娘……娘叫我来上海找你的。"

"那么蛾宝呢?"玉蚕尖锐地朝他横了一眼。

苍籽忙道:"蛾宝我会养大她的。"停停,含糊道,"她,她也愿意……"

玉蚕心头无比地凄凉:都设好了局,才来通知我一声啊!冷冷道:"她?她叫什么?"

苍籽瞟了玉蚕一眼:"叫挑青。"

玉蚕迟钝地转了个身,正面对着苍籽,道:"挑青?奇怪的名字。她,好看吗?"

苍籽目光停在她脸上不动了,道:"真的,有点像你。"

玉蚕心想:好没意思,天下男人都一个德性,喜新厌旧!哼地冷笑道:"那我就成全你们了!什么时候办喜事?恐怕早就同床共寝了吧?"

苍籽涨红了脸,喝醉酒似的道:"玉蚕,人家怀着孩子呢!只是,要我们先办离婚,我才能跟她去登记……"

玉蚕有点幸灾乐祸的,道:"要是我不跟你去办离婚呢?"

"玉蚕,你这……你不是同意了吗?"苍籽额上屏出了汗,青筋又暴起来了。

玉蚕强忍住钻心的痛,扑哧一笑道:"看把你急的!跟你开个玩笑嘛。你说个时间,我就回去一趟!"

苍籽连忙摸出纸笔,写了时间地点,便起身要走。

玉蚕犹豫了一下,道:"天晚了,没有回去的火车了吧?"

苍籽道:"我在火车站边上的浴室里订了张床位,明天赶早班火车回去。"

玉蚕好想挽留他,好想在他怀里偎依片刻。可她只是默默地送苍籽出门。苍籽只朝她抬了抬手,便不回头地往前走了。步子很大,走得很快。玉蚕扶着门框呆了很久,她晓得她永远失去苍籽了。

14

玉蚕特为去上海食品公司买了几斤精美的高级糖果,她是存心要在苍籽的新娘子面前摆摆上海人的排场的。她在苍籽约定日子的头一天就回家了,似乎有许多话要对娘说,看见了娘,却一句也说不出了。

娘瘦了,人缩小了一圈,一下子苍老了许多,只是系在腰上的围单上那块素锻补丁,还是鲜亮的靛青。娘神情有点奇怪,喊了一声"玉蚕",便没下文了。娘的目光躲躲闪闪,娘东摸摸西摸摸,不晓得在做什么!继而,玉蚕又感觉到屋子里别样的安静,静得听得见门前榆树上麻雀的叽喳声,静得听得见河堤下汩汩的流水声……玉蚕倏地醒悟过来,满屋子一扇扇门推开来寻找,一边大声喊:"蛾宝——蛾宝——娘,蛾宝人呢?蛾宝到哪里去啦?"

娘拽住了她,哀哀道:"玉蚕,玉蚕,你听娘说,你听娘说呀!"

玉蚕狠狠地摔开娘,冲着娘喊:"我不要听,我什么都不要听,你把蛾宝还给我,你把蛾宝还给我!"自来到人世,她头一遭对娘这般凶狠。

娘跺了下脚,未语泪先流,哽咽道:"玉蚕,娘对不住你……你晓得那个女人是谁吧?她就是二十年前娘送给山里人的那个闺女,她是你的亲妹妹!"

玉蚕化石般定在那里了,许时方出声:"不可能,天下哪有这般巧的事?娘,人家是哄你呢。她想赖上苍籽,编出这等故事!"

娘撩起围裙擦眼泪,道:"不,不是她编的,是娘认出来的。你妹妹出娘胎,右肩上带着一块鹅蛋大小乌青的胎记。娘听她说名唤挑青,觉得别扭。再问缘由,她就给娘看右肩膀上的胎记,娘不会认错,形状,颜色一模一样,略长大了点。"

玉蚕冷笑道:"天底下长胎记的人多的是!"心里嘀咕,难怪苍籽讲那人长得跟我有点像啊!

娘道:"玉蚕,娘晓得你心里委屈,你就当替娘还债,娘求你了。当初为了给你爹留个种,娘是扯断肠斩断筋,把她送了人。怎知她会吃这许多苦?养她的爹娘死得早,刚嫁人,丈夫又被苍籽撞死。你现在已经是上海人了,也不会回来了,对吧?这也是没有办法呀!"

娘已说到这般田地,玉蚕还能说什么?

夜里,玉蚕蜷缩在空荡荡的大床上,听窗外山野过来的风修修地盘旋。她在黑暗中睁大了眼睛,拉洋片似的,将这一年来发生的事体回顾了一遍。她想她的遭遇都是从蚕房阁楼上那一排花窗开始的!银牙一咬,翻身起来到灶间拿了把菜刀,冲出大门,冲去蚕房,冲上阁楼。花窗被蔡老板拆去后,娘一直没顾得重新安上窗户。玉蚕抡起菜刀,狠命地朝空空的窗框砍去,一刀又一刀。

"玉蚕,玉蚕,你怎么啦?"娘是半夜起来给蚕喂食的,扑上阁楼,死死抱住她的胳膊,苦苦道,"玉蚕,你有气朝娘来好了。这里是蚕房,你不要惊动它们。它们马上就要登山结茧了呢。"

玉蚕歇了手,大口喘着。阁楼下,蚕吃桑叶吃得正欢,一片沙沙沙,沙沙沙,细雨连绵似的。玉蚕手中的菜刀掉在楼板上,她终于撑不住了,扑在娘怀里,号啕大哭。

次日清晨,玉蚕早早就起来装扮自己,细细涂粉,淡淡描眉,轻轻点唇。描画半天,却叫人看不出描画的痕迹。人楚楚,云婷婷,还是天生的美佳人。玉蚕终于有勇气去面对苍籽和挑青了。

玉蚕赶往镇政府，远远就看到苍籽了。心口一热，加快了脚步。忽然瞥见苍籽身旁站着个瘦小的女人，心又倏地一沉，脚步连忙煞住。深吸口气，努力拉出笑容，方才不急不缓地迎上去。

苍籽略显尴尬，用胳膊肘搡搡那个女人，道："叫……叫姐姐呀！"

那女人一张面孔尖尖黄黄的，一件簇新的格衣两用衫罩住她微微腆起的腹部，羞怯地一笑，轻唤了声："姐姐。"

玉蚕挑起眉道："哪里敢当啊，就叫我玉蚕好了。"

苍籽凑上脸，压低声："娘没告诉你？她是……"

玉蚕冷下脸："她是什么？又不是编戏文。"扭头往乡政府大门走进去。

结婚登记处与离婚登记处门对门隔着一条走廊。玉蚕记得当年她跟苍籽也是在这座楼里登记结婚的，那时候她心里充满了幸福的阳光，以为自己一定会跟苍籽白首到老的。当时，他们看到有夫妻哭哭啼啼吵吵嚷嚷走进对面的离婚登记处，他们觉得不可思议。既然两人因相爱结为夫妇，为什么又要吵到必须分开的地步？可是，今天他们却也要走进离婚登记处了！

玉蚕泛上一阵阵酸楚,真希望日出西山,岁月倒流!

办离婚的工作人员面熟陌生的,好像是晓得他们之间的事体,审阅离婚协议书时,不断抬起眼皮瞄他们一眼。最后问了句:"没有什么财产纠纷吧?"苍籽摇摇头。玉蚕道:"原就没有什么财产,住娘的屋,吃娘的饭!"

那工作人员一边填写离婚证,一边问道:"玉蚕,上海老公已经找好了吧?"

玉蚕夸张地笑道:"是啊,这里办完手续,回去就请酒啦。"伸手从包里摸出一把上海带回的高级糖,掼在办公桌上,"喏喏喏,喜糖,喜糖。"

苍籽黑着脸,抓起桌上的离婚证,掉头就走。挑青在走廊里迎上来,轻轻问道:"办妥啦?"苍籽点点头,两人对视一下,便朝对过结婚登记处走去。

"苍籽——"这一声喊,绝望凄苦,令人毛骨悚然。苍籽和挑青站住了,与玉蚕面对面。玉蚕又夸张地笑起来,从包里拿出一袋精美糖果,道,"我特为从上海给你们带来的,你们办事的时候派得上用场。"

苍籽垂着胳膊不接手,还是挑青接过来,细声道:"谢谢,姐。"

苍籽和挑青进了结婚登记处,玉蚕努力撑着的架势轰然倒塌,拽住楼梯扶手才不至于跌倒。这个地方对她来说已经没有什么可留恋的了,她咬牙径直去了汽车站等候回县城的班车,希望能赶上午后去上海的火车。

独自坐在候车椅上,玉蚕思一阵,痛一阵,悔一阵,恨一阵,横竖不是个滋味,正无法排遣时,听得一声娇滴滴的"娘——"抬眼看,心一软,竟是小蛾宝,张开小手扑了过来。玉蚕抱住女儿,贴着女儿的小脸,潸然泪下。猛然抬头看到了娘,还有苍籽和挑青,连忙蹭着蛾宝的肩胛擦去眼泪。

娘道:"玉蚕,娘请客,娘想和两个闺女一起吃顿团圆饭。"

玉蚕抬脸道:"娘,我不是跟你说了吗?办完事就直接回上海的,我只请了两天假嘛。"

苍籽嘴唇嚅动了一下,终于没出声,只搡了挑青一把。挑青黄黄的面颊上有了两朵红晕,道:"姐,你放心,我不会亏待蛾宝的。"

玉蚕没好声气:"跟你说不要那样叫我,就叫玉蚕!"又亲亲蛾宝,道,"乖乖,好好跟外婆过,等你满两岁,娘接你去上海上幼稚园。"

苍籽出声了:"明年,我带蛾宝去上海。孙厂长已决定派我去上海开分店……"

玉蚕的心像被利锥狠狠戳了一下,早知今日,何必当初啊!

汽车进站了。挑青张着手要抱蛾宝,玉蚕却将蛾宝塞给了娘。她头也不回地跳上了车。不想让他们看到自己扭歪了的面孔。

隔着车窗玻璃,玉蚕却看见蛾宝已抱在挑青的怀里,苍籽长臂紧围着挑青的肩,好一幅幸福一家人的画面。她慌忙狠闭上眼睛。待她缓缓地再睁开眼,他们——她的亲人或仇人,她所爱的抑或她所恨的都不见了,只有青山巍峨,剡溪长流。

15

玉蚕和苍籽的故事至此原应该结束了。他们在县城租了房子,把蛾宝接到县城一道生活。苍籽为了竹器厂打开大上海的销路,忙得分不开身,便把蛾宝全部托付给了挑青。挑青经历了人世间最惨痛的悲剧,但重新找到了一位实心实意的丈夫,还意外找到了生身母亲及姐姐。挑青将感激之心全部放在了蛾宝身上,尽心尽力照顾蛾宝。小孩子天性"有奶便是娘"，蛾宝很快就跟她亲热起来。挑青自己腹中的胎儿也一天天长大了。

如今，千辛万苦造起的新房子里，只有玉蚕娘独自留守。可她并不孤单，她有上千条蚕宝宝陪伴她。只要儿女们在外面过得好，玉蚕娘便无其他奢望，只顾定定心心养她的蚕。

秋蚕上了山，玉蚕娘便空闲下来，只静静等候着蚕结茧，等候县城茧行来收茧了。玉蚕娘早起洒扫了庭院，便坐在客堂里给玉松织件套头毛衣。偶尔抬眼看看宁静的村庄，薄雾萦绕间，田野一片斑斓，远处的山脉红叶璀璨，都是她看得熟稔了的景致。玉蚕娘复又低头织毛衣，虽说玉蚕从上海给玉松买了各种款式的羊毛衫，玉蚕娘固执地认为，还是自己手织的毛衣御寒保暖。忽而就听得有人唤她："玉蚕娘，你在家呀？"

玉蚕娘抬起头，门口竟有三四条身影，背光，好一会才辨出眉眼。为首的是村长，另外三位都穿着警察的制服。其中一位面孔有点熟，好像是镇上派出所的；另两位面孔白撩撩的警官，全然陌生。她才舒坦了没多少时候的心又七上八落起来，却不动声色，笑脸相迎，让座，奉茶，问道："村长这工夫倒有空串门子啊？"

村长面有难色，朝三位警官望着。一位警官便单刀直入问道："你女儿王玉蚕是在上海打工吗？"

玉蚕娘心别别跳："是啊。我们村有好几户人家都有去上海打工的，这没有违反政府法规吧？"

警官并不回答她的问题，又问："你女儿最近回买过吗？"

玉蚕娘道："上个月回来过呀，不怕同志见笑，女儿是回来跟女婿办离婚手续。乡长，这种事情现在也见多不怪了，镇政府发了证，都敲了红印的。"

村长道："玉蚕娘，你不要紧张，这两位同志是从上海来的……"

玉蚕娘腾地跳起来："玉蚕在上海出事啦？"

上海警官没有情面，公事公办道："王玉蚕涉嫌一桩凶杀案，现在逃逸，希望家属协助警方工作，规劝其自首。"

玉蚕娘咚地跌坐在竹凳上，喃喃道："不会的，玉蚕不会杀人的，玉蚕心善，我家蚕房里死了一条蚕，她也要抹眼泪。她在上海做得好好的，钱也赚得不少，平白无故为什么要杀人？"

警官就问："有个蔡老板，你认识吗？"

玉蚕娘一愣:"蔡老板,他怎么啦?"

警官道:"前天,蔡老板被人用剪刀戳中要害,死在你女儿的借住屋里了。经过缜密侦察,王玉蚕为最大嫌疑人。这两天,她跟你有过联系吗?"

村长挨近她道:"玉蚕娘,这可是杀人的大罪,你是明理的人,倘若有玉蚕的消息,你一定要配合政府,劝她来自首。坦白从宽,你总归晓得的。对吧?"

玉蚕娘茫然地看住村长,村长却觉得她不是在看他,她的目光穿过他不晓得落到什么地方去了。村长便上楼转了一圈,对警官道:"玉蚕确实没有回家,村子巴掌大的地方,来去一个大活人,瞒得过谁呀?"

警官们给玉蚕娘留下一张名片,便告辞了。

待他们一群人离去,玉蚕娘跳起来将门关上,连连拨打玉蚕的手机。玉蚕的手机却一直处于关机状态。玉蚕娘转而给苍籽家打电话,是挑青接了话筒。玉蚕娘上下牙齿咯咯咯地打战,道:"挑青,你姐出事了,她把蔡老板给杀了,她跟苍籽联系了没有?"

挑青的声音有点犹豫:"没,没听苍籽说起呀。苍籽天天在忙到上海开展销会的事体……"

娘便道:"警察已经到村里来调查过了,你告诉苍籽,看他有什么法子尽快找到玉蚕,主动坦白,还可以保住性命！"娘说出这句话，已经泣不成声。

挑青心事重重搁下电话。近两天，苍籽总是弄得很晚才回家，说是工作忙，一回来倒头就睡，几乎跟她说不上一句完整的话！挑青不敢往下想，好像脚边就是万丈深渊。

这一日，晚上10点敲过，苍籽才回家，一脸的疲惫困顿，擦了把脸，就横倒下来。挑青替他宽衣，像不经意似的细声细语道："娘打来电话，问玉蚕姐的行踪。听讲从上海来了两个警察……"话未尽，苍籽鼾声已起。挑青无奈叹着，替他脱鞋。挑青看见苍籽的鞋帮上沾着泥，鞋底上还有几根枯竹叶。挑青怔住了。

苍籽哪里睡得着呢？那一天，他接到玉蚕的电话，玉蚕恸哭着告诉他，她把蔡老板杀了！

蔡老板一时兴起，又跑到玉蚕租借屋强行跟她发生关系，穿好衣服就要走人。玉蚕拽住他要钱，玉蚕想，自己好好的日子被你搅得千疮百孔，除了钱还能要到什么呢？蔡老板当即翻了脸，道："老子睡你还要付钱？你不是已经两万块卖给我两年了吗？"当时玉蚕什么也没说，顺手从桌上抓起把剪刀，狠狠地插入蔡老板的胸口。这个动作她脑袋里已经演绎过上百遍，所以做起来熟练而准确。

　　玉蚕杀了蔡老板,天蒙蒙亮就搭车回到乡下,头一个就给苍籽打电话。苍籽心里痛得要命,如今自己跟挑青的小日子富足又安定,可玉蚕却过得那样凄苦!苍籽心里只有一个念头,他要帮助玉蚕渡过这个难关。苍籽叫玉蚕躲进从前他上山砍竹时住过的竹寮,那竹寮隐在悬崖下,有茫茫竹林遮蔽,不易让人觉察。下了班,苍籽骑摩托车赶几十里路为玉蚕送去日用品和食物,还有他曾经努力想斩断的、却又怎么也斩不断地对玉蚕的情爱。

　　苍籽作出鼾声如雷,挑青的言语却句句钻进他的耳洞,令他心惊肉跳。次日,他请了两个小时的假,提早出了县城,往山上去了。苍籽把摩托车停在路边一丛荆棘中,徒步走进竹林。玉蚕冲出竹寮,不顾一切扑进苍籽怀里,两人抱头痛哭。暮色中,风动竹丝策策作响,竹叶如雨般飘落下来。

　　苍籽抱紧了玉蚕道:"娘打来电话,说警察已经下乡来调查了。这里已住了两日,怕不安全。过两道梁,有个岩洞,从前我避过雨……"

　　"不——"就在离他们不远的竹丛中,传出一声凄厉的长啸,把苍籽和玉蚕吓得搂得更紧。苍籽抬眼望去，他撞见了一对绝望的跟玉蚕像极了的眼睛！

"挑青！"苍籽慌得松开玉蚕。

挑青腾地站起，扭身就跑。苍籽连连喊着，追了上去。挑青被一截陈年竹桩扎了小腿肚子，人晃了晃，就倒了下去。苍籽追到跟前，伸手扶她，却摸到了一巴掌血。苍籽慌了，大喊："玉蚕，玉蚕，过来帮帮忙。"

玉蚕帮忙将挑青扶到苍籽宽阔的肩背上，苍籽背起挑青头也不回地跑出竹林去了。

苍籽用摩托车送挑青进了镇卫生院，医生说，再晚来一步，肚子里的孩子就保不住了。苍籽想象不出，挑青挺着大肚子，如何爬上山梁，如何摸进竹林。他悔恨得一句话都吐不出来，只是捏紧拳头捶自己的脑袋。

挑青拉住他的胳膊，虚弱得抬不起眼皮，急促道："苍籽啊苍籽，你这样非但救不了姐姐，反而连你自己也搭进去了。你晓得吧？你已经犯包庇罪，你若判了刑，我们这个家就彻底毁了。现在只有一条路可走，你马上给派出所民警打电话，或许还可以因功抵罪！"说着，把手机塞进苍籽手掌中。

苍籽用手狠狠捋了把面孔，喑哑着，道："挑青，你放心，我不会让这个家毁了的。明天下了班，我去领玉蚕自首去。这样，玉蚕的罪也可以减轻些。如果我先给派出所打电话，他们抓住了她，那可是死罪呀！"

挑青将手放在苍籽掌心里，闭着眼，静静地躺着。

苍籽没有对挑青说谎，第二天下了班，他真的打算劝动玉蚕跟他去派出所自首。可是当他赶进竹林，竹寮里已空无一人。他呼喊着，在林子里盘桓寻找，仍不见玉蚕踪影。他又返回竹寮，才在权作凳子的石板下发现一张用血写在草纸上的诀别信：苍籽，你好好跟挑青过！你们若去上海，就把蛾宝交给娘！你叫警察到悬崖下边来为我收尸吧！

苍籽扑到悬崖边往黑洞洞的深渊探去，只见灰蒙蒙湿漉漉的浓雾正冉冉地从崖底升腾上来，霎时间便弥漫了整片竹林。

懒画眉

1

母亲在朱蓓蕾少女时候就叮嘱过她:"女孩子要紧的,万不能一点小事体就窝在心里头作梗发酵,那样面孔上就会长雀斑,黑芝麻饼一样,五官再端正也不好看了。"

朱蓓蕾长得眉清目秀,加之皮肤又白,打小起就是弄堂里出名的美人胚子。也是因为长得好,被众人宠成了重不得轻不得的小姐脾气,常因一丁点事不顺心,便怄气,不吃不喝抹眼泪。母亲就拿长雀斑的话来吓她,好让她改改她的小肚鸡肠。

这一日,朱蓓蕾下了夜班,到医院集体宿舍的淋浴房冲了个澡。对着水汽氤氲的镜子涂抹护肤霜时,忽然发现自己下眼窝黑沉沉的两摊龌龊,怎么搓也差不去。慌忙抽了两张纸巾抹干镜面上的水雾,凑近了再看,吓了一大跳:竟是密匝匝细小的雀斑集簇成的色素沉淀。两只巴掌倒了许多美白爽肤水在眼睑下拍打了一阵,又涂上一层美白精华霜,再挑了一大坨美宝莲 BB 霜遮盖上去,那两团色素才隐淡了。做完这一切,朱蓓蕾不由得长叹一声,近来,被那桩事体纠缠得寝食不安,面孔上不长雀斑才怪呢!

朱蓓蕾医专护理专业毕业直接就分到市中心一座著名的三甲医院当护士。朱蓓蕾的老公原是总工会的一名科级干部,年前调任总工会下属职工疗养院总经理。他们俩的独养女儿已上中学,长得跟朱蓓蕾年轻时一般乖巧可爱。他们虽然不是大富大贵人家,却温饱有余,家庭和睦,小日子过得平平安安顺顺当当,朱蓓蕾还会因什么事体寝食不安呢?

这桩事体朱蓓蕾自己都觉得说不出口,又怕人笑话,又怕人眼红,便闷在肚子里,开始连老公都不告诉,独自绞尽脑汁想对策。

2

朱蓓蕾搭乘地铁回家,进小区已是早上8点钟光景了。不断有匆匆上班去的邻居跟她打招呼,她只哼哼哈哈敷衍着。

朱蓓蕾的家在近郊一座新兴的小区里,是上个世纪九十年代市政府动迁时搬过来的。才来时,周围一片荒芜,什么店家都没有,买棵葱也要乘几站公共汽车。只十多年工夫,却已是高楼林立,商铺比肩,俨然繁华闹市了。

四层楼的两居室,南北通透的客厅,厨房卫生间再加向南的大阳台,朱蓓蕾对自己的家十分满意而珍爱。医院的护理工作要日夜倒班,再忙再累,她总把家收拾得窗明几净纤尘不染,打蜡地板锃亮可鉴。她也效仿时尚,凡来客,必在门厅里脱鞋换拖鞋。早些年,父母健在时,蓓蕾接双亲来新居小住,偏就父亲不肯脱掉脚上换了几次掌底的旧皮鞋。蓓蕾拗不过他,只好拿了两口塑料袋套在他皮鞋外面,气得父亲当下就走,再不肯上她家来了。后来母亲告诉她父亲脚上的袜子不是露脚趾就是裂后跟,他怕难为情,才不肯脱鞋。父母亲节省了一辈子，轮到好享儿女福了，却又相继去世。想到这些，朱蓓蕾心中会泛起淡淡的伤感。

朱蓓蕾到了家门口，不揿门铃，掏出钥匙开门。她晓得这种时候家中不会有人。女儿上高二，是十分关键的一年。学校每天早上7点半就要早自习了。老公的职工疗养院位于青浦淀山湖边上，一个月只有一次休假。有时候要接待团体会议之类的重要任务，便连续几个月不能回家了。

朱蓓蕾进屋先去厨房看看，不出所料，灶头水池中杯盘狼藉；又转去女儿的小房间，果然也是凌乱不堪，被褥团成一堆，衣裳东一件西一件耷拉着。朱蓓蕾苦笑着摇摇头。如今的青春小少女走到外面穿着都光鲜亮丽，在家里却都是父母的小宠物，手从来不碰擦布扫帚，连闺房也不晓得打理。朱蓓蕾虽是慎怨着女儿的懒，却仍旧心甘情愿地帮女儿收拾残局。日日都是这样，朱蓓蕾早就认命了，并且还为能有个女儿让她操操心而感到充实。

朱蓓蕾轻车熟道手脚爽快地收拾整齐了厨房和女儿的闺房，又用干拖把团团圈圈抹了一遍地，前后左右巡视了一圈，整个家在早晨透明的日光中洁净而冷清。接下来应该为自己做点早餐吧？她从冰箱里掏出了隔夜的冷饭还有酱瓜腐乳皮蛋，嗅了嗅又将它们塞回冰箱了。胸口里面堵满了东西，一点胃口都没有。接下来做什么呢？当然应该睡觉去，今晚上还要上一个夜班呢。于是折回自己房间，掀去床罩，一屁股坐在床沿上。脑袋却清晰得像一件色彩明丽的粉彩瓷器，哪有丝毫睡意？

那只黄底粉彩福寿纹茶壶，父亲一直双手捧着，把玩着，时不时凑着那黄蜡蜡鸭脖似的壶嘴美滋滋地呷一口茶，这是父亲晚年的常态，踱方步、晒太阳、看电视，甚至打瞌睡，壶都不离身。

那壶，明黄底色，一侧画着三颗水红粉白的寿桃，衬在葱翠嫩绿的桃叶中；另一侧画着两只褐红的蝙蝠，振翅欲飞的样子。这一掬满满的色彩斑斓，映着父亲灰脱脱的衣襟，愈发地夺人眼球。

近来，这把壶总是在朱蓓蕾眼前晃来晃去，浓艳绚丽的色彩搅得她心神缭乱。原来，就是父亲这把茶壶纠缠得她寝食不安啊！

3

父亲是老胃病了,最终被确诊是恶毛病时,坏细胞已经转移到其他器官,医生也无力回天,父亲在病床上挣扎了三个多月就撒手人世了。

父亲是个很吃硬的人,总是不想打扰小辈。家人看他每每把那把漂亮的粉彩壶压在胸口,还当是忚珍爱那壶呢。后来才晓得他是借那把壶里的热气缓解胃的疼痛。有一次他力气用得太大了,壶把手都拗断了。是母亲用块白胶布把那截断了的把手粘了上去。

父亲去世后,母亲终日郁郁寡欢,将父亲留下的这把断臂粉彩壶宝贝似的护在怀里,面孔在壶身上蹭啊蹭啊,蹭得那三颗寿桃沾了雨露般鲜活,两只蝙蝠在月色朦胧中苏醒过来似的。

朱蓓蕾关照母亲,不好用父亲这只壶喝水的,父亲生的是恶毛病,当心有病毒,要传染的。母亲哪里肯听她的?偏偏要用父亲的壶喝水。两年后,母亲终于如愿以偿到天堂与父亲团聚去了。

朱蓓蕾的哥哥从西安交大毕业后就留在当地工作,并在那里成了家。待母亲去世,朱家老屋就没人住了。老屋位于八仙桥附近一条老式里弄里,是一座三开间石库门住宅二楼的东厢房,虽只有十五六个平方米大,却十分敞亮,向南一长排木檽窗,花格,木枢纽。房子已十分陈旧,地板墙壁都已皴裂,厨房卫生间又是上下几户人家公用,十分不方便。朱蓓蕾却对它很有感情,因为她是在这间东厢房里长大成人的,直到结婚才离开它。每到休息日,朱蓓蕾便会换乘两部公交车去老屋扫洒一番,推开木格窗通通风,听那木枢纽吱吱喽喽地哼吟着,那是她儿时听惯了的催眠曲。

不久,父母的老屋也轮到动迁了,据说是香港一家财大气粗的企业要在这块黄金地盘上打造一座集商业与娱乐为一体的新天地。弄堂里有些人家哪里肯爽爽气气跟动迁组签合同?趁机谈斤头,要求多分房或者多分钱。朱蓓蕾的哥哥在电话里关照她,不要学那些小市民分斤劈两的腔调,政府是有政策的,不会让老百姓吃亏的。哥哥是西安一所设计院里的高级工程师,大小也是个部门负责人了。哥哥还说,动迁得的钱他一钿不要,全留着,给外甥女儿以后出国留学用。这让朱蓓蕾感动得哽咽住了,一个"谢"字都吐不出来。哥哥比朱蓓蕾年长了十多岁,哥哥的儿子去年考取了美国一所大学的研究生,而且还获取了奖学金。朱蓓蕾便常常以此来勉励自己的女儿要努力学习。朱蓓蕾从小崇拜哥哥,十分听哥哥的话。于是,朱蓓蕾成了弄堂里头一个跟动迁组签约的居民。

虽说父母并没有什么值钱的东西留下来,朱蓓蕾整理老屋也花了她三四个休假日。卖的卖,丢的丢,让她看得上眼值得留用的家什没有几件。父亲没发病前喜好养花弄草,顶楼公用的晒台一角,有父亲侍弄的十多盆花草,都是些贱养易长的寻常草木,蔷薇啦,杜鹃啦,凤仙啦,还有一棵铁树,不理不睬也日长夜大的。楼里的邻居到晒台来晾衣物,有时会夸赞几句父亲养花养得旺,是有福之人,父亲便孩子般地开怀大笑。父亲病倒之后,无人管理这些花草了,便陆续地枯萎下来。晒衣服的邻居都嫌这些空花盆碍事,便将它们七歪八斜地摞在墙角。看见朱蓓蕾来清理老屋,便对她说:"蓓蓓啊,这些花盆你最好也处理掉,你们那边新公房总归有独用的晒台的,拿过去种种花种种草还能派上用场。"朱蓓蕾寻思,自家的阳台已经用塑钢窗封死,做了老公的书房,将这些花盆五斤哼六斤地拎回去也没用,又没地方堆,便找出一只旧纸箱,将花盆摞进去。看看还有空处,厨房里有一些油腻嘎叽的锅碗瓢勺，她也不想要了，便一把塞进纸箱，其中就包括父亲的那把花黄底粉彩福寿纹茶壶。

在处理这把壶时她稍有些犹豫，毕竟是父亲的心爱物。可是，当她从碗橱的角落里摸出那把壶时，不禁皱了皱鼻子。那壶因经久没人使用，壶身上蒙了层乌亮的油腻，壶嘴望进去黑洞洞的，厚厚的茶垢上长出一簇簇的绿毛，散发出一股霉味。壶把上的胶布早已脱落，那截残肢也不知去向。这么把破壶，再保存着有什么意思？说不定还会把病菌带进自己整洁干净的家。这么一转念，她便决定舍弃它，随手掼进旧纸箱里了。

朱蓓蕾拎起纸箱一角试试，还蛮沉的。她正犯愁，如何将这一纸箱盆盆罐罐的送到弄堂口的垃圾箱去呢？但听得楼板叽里阁落响了一通，有人上晒台来了。朱蓓蕾便候着，若是熟悉的邻居，正好相帮她把纸箱抬下去。

声音比人先到："蓓蓓，你还没走啊？这一会马路已经堵得要命了呢。"

朱蓓蕾一见来人便喜了，道："唐老师你来得正好，帮我把这箱垃圾抬下去好吧？"

唐老师高挑个头却精瘦干瘪，一件灰蓝对襟羊绒衫套在她身上，像吊在衣架上似的。窄窄的面孔上架着一副无框深度近视眼镜，看上去像是朱蓓蕾长一辈的人，其实比朱蓓蕾大不了几岁，跟朱蓓蕾是从小一起踢毽子造房子玩大的闺蜜。唐老师大名叫唐亚娟，师专毕业后在一所初级中学当数学老师，弄堂里许多人家的小孩请她补过课，所以大家都喊她唐老师。朱蓓蕾少小时候称她亚娟姐，后来自己女儿上学了，自然也要请唐老师补课，便随众人改口喊她唐老师了。

唐老师探头朝纸箱望望，又伸手倾呤哐啷翻拨了一下，中指推推眼镜，道："这么好的花盆你要丢掉啊？"

朱蓓蕾道："我们家没地方种花，往哪儿放呢？"

唐老师便道："你丢给我好了，这回我分到一套底层的房子，前头有块豆腐干大小的天井，正好派上用场。"唐老师住在这座石库门的三层阁里，也是她父母的房子。唐老师近三十岁才谈婚论嫁，男方家也逼仄，没有多余的房间让他们结婚。唐老师的父母便双双去了养老院，让出三层阁给女儿做婚房。唐老师这回也是头一批就跟动迁组签约的户头，这些年她吊在三层阁里吊怕了，就想接接地气，所以选了大多数人家不愿意要的底层房屋。

朱蓓蕾双手合十，笑道："物尽其用，太好了，要不我们把那几个破锅子拎下去摔摔掉？"

唐老师道："放着放着，你就不用操心了。隔日我把好派用场的盆挑出来，不要的东西叫我们家老孟去摔。"唐老师的丈夫姓孟，成天喜欢"之乎者也"地显派他肚子里的墨水，于是弄堂里的人都叫他"孟夫子"了。唐老师又道，"帮我把被单收收，就在我们家吃了晚饭再走，正好避开马路上车辆的高峰。巧了，我煲了一锅老鸭汤，是你爱吃的。"

朱蓓蕾忙道："不了不了，巧巧今天在家，等着我给她做晚饭呢。"

唐老师一边收被单，一边问道："巧巧这学期年级统考多少名啊？"

朱蓓蕾帮着叠被单，道："这学期名次上去了，进了一百名以内了。亏了你帮她补的数学，拉了不少分。"

唐老师道："巧巧脑子还是活络的，不像有的小孩子，讲上去像石头丢在烂泥墙上，回音也没有一个。"

她们俩边说边走出晒台，一个要上三层阁，一个要下楼了。唐老师一脚踏在楼板上，回头道："巧巧是马上要中考了吧？抽个空我再帮她理一理初中代数几何，考上高中是没问题的，再努力一把，说不定能拼进重点。"

朱蓓蕾已下了一级楼梯，仰头道："唐老师，我家巧巧的中考我就拜托你了。"又下了一级楼梯，忽想起什么，侧转身子道，"唐老师，那纸箱里还有一只断臂茶壶，是我爹爹用过的。当喷壶浇浇花还可以，万不可入嘴，怕有病菌。"

唐老师应道："是朱伯伯常用的那只粉彩壶吗？我见过，蛮漂亮的，待我看了以后再说……"声音未落地，人已不见了。

后来，朱蓓蕾千百遍地回想那一刻的情景，百思不得其解，当时自己的脑筋是不是出了毛病？为什么要特为提醒唐老师有这只壶的存在呢？日后想起，朱蓓蕾每每恼恨得恨不得扇自己耳光。

4

准确地说，朱蓓蕾近来的烦恼是因偶尔看了一档电视节目引起的，这档节目就是中央电视台热播的《百家讲坛》。

朱蓓蕾平素从来不看这档节目。护士工作很辛苦，要翻三班，下班回家除了必要的家务，就是抓紧时间睡觉，连社会上很热门的电视连续剧她也没劲头看了。

那一日恰巧老公休假回来，朱蓓蕾下了夜班，稍微在床上眯了一会，便起来洗切煎炒，弄得满屋子醉人的香味。老公一个月才休假一次，朱蓓蕾尽心尽力翻着花样为他做好吃的小菜。油面筋塞肉炖白菜，芹菜丝炒鱿鱼，萝卜丝红烧带鱼，葱油芋艿，外加一碗小排山药汤，一只只菜碟端上来，都是老公爱吃的小菜。女儿上学中午是不回家吃饭的，朱蓓蕾特为温了一小壶绍兴女儿红，跟老公对斟对酌，你搛我一筷，我添你一勺，恩恩爱爱，叙叙家常，这就是朱蓓蕾的幸福时光。

老公姓乔，弄堂里的人先是背地里称他为"朱家贵婿乔老爷"，因从前有部著名的喜剧电影就叫《乔老爷上轿》。后来大家叫得顺了，当面也叫他乔老爷，连妻子和女儿有时也戏谑他乔老爷了。

乔老爷有滋有味喝了两盅女儿红，看看时钟已近一点，忙放下筷，将电视机打开了，说是《百家讲坛》节目开始了，他是一集也不肯落下的。乔老爷大学上的是历史系,虽则后来到机关工作,但对历史文化还是情有独钟。朱蓓蕾因老公难得回家,万事都顺着他,便陪他一起观看。

朱蓓蕾记得,那天坐在百家讲坛上的是一位长脸小眼睛的中年男士,老公告诉她,此人姓马名未都,可是位了不得的草莽英雄。上世纪八十年代初,芸芸众生对古代艺术品还浑浑噩噩弃若敝屣的时候,他已经开始收藏这些宝物了。如今,他开办了中国第一家私立博物馆,并且著书讲学,传播中华文明。

马未都先生用通俗有趣的历史故事讲解中国古代瓷器的发展历史,乔老爷一边听一边还做笔记。朱蓓蕾却似懂非懂,因欠睡,还不停地打哈欠……忽然,眼门前锦绣一片,把她给唤醒了——原来电视荧屏上出现了一只漂亮的橄榄形瓷瓶,瓶肚上一只遒劲曲折的桃枝上颤颤巍巍悬垂着数颗蜜黄水红的熟桃,皮下的蜜汁似乎要流淌出来。

朱蓓蕾心底一动,这幅图案似曾相识,入目为何那般亲切熨帖?待瓷瓶徐徐转至侧面,赫然见一只绛红的蝙蝠。朱蓓蕾弹簧般从沙发上蹦起来,手指戳着电视屏幕,叫道:"它它……它!"

乔老爷急道:"它什么呀,别挡住我好吧?"

朱蓓蕾也急了，跺下脚，道："它跟我爹爹那把茶壶上的花纹一模一样，只多了几只桃子呢！"

乔老爷笑道："中国画里一样的图案是很多的嘛，特别画到瓷瓶上，一般都会模仿来模仿去的。你坐下，听马老师讲下去呀。"

朱蓓蕾激动不安地坐回沙发，紧张地盯着荧屏，那位被老公崇拜得五体投地的马老师微微含笑吐出的一句话："……2002年中国古董艺术品春季拍卖会的最大新闻，就是香港苏富比拍卖的这只粉彩福寿纹橄榄瓶，成交价是四千一百五十万港币……"

犹如一支利箭嗖地射入她的耳膜，脑袋轰地就炸开了。不晓得多少时候，也许好几分钟，也许仅仅几秒，朱蓓蕾是没有知觉的，待她回转神来，心口就突突突地跳得厉害。她不露声色入定般呆坐着，却视而不见，听而不闻。久违了的父亲那只断了臂的茶壶，如同盛暑当午的太阳呆呆地悬在她头顶上，她闷闷地问自己：这只瓶卖了四千一百五十万元港币，爹爹的壶图案跟它一模一样，不过少了几只桃，个头略小了一些，一千万港币总归值得吧？一千万港币啊！

电视屏幕上，马先生眼睛眯成一条缝，笑着跟观众们道声再见，乔老爷意犹未尽地叹道："马老师真是有学问，见识广啊。"又道，"可惜我在单位没时间看全这档节目，听讲马老师出了书，去当当网搜搜看，买本书回来学习学习。"

朱蓓蕾突然道："刚才马老师说了吗？那只带桃子的瓶是谁买走的？"

乔老爷想想道："好像说是一个企业家买下的，否则谁有这么大的力道？后来他捐给了上海博物馆。对了，有空的话带巧巧去博物馆参观参观，增加增长知识。"

朱蓓蕾忽地又没了声息，她很想把心里面嗖嗖嗖冒出来的懊丧悔恨和蠢蠢欲动的企望咕噜噜吐给老公听，可是她终于没张口。她生怕老公耻笑她没文化，有眼不识宝物。

乔老爷赔笑脸道："老婆，你晚上还要值夜班，我们不如现在抓紧时间睡一会，巧巧5点钟之前不会回来的吧？"

朱蓓蕾体会得到老公的心思，夫妻俩要个把月才小聚两日，老公自然是想跟自己亲热亲热啰。便依着他，宽衣解带，钻进被窝。

乔老爷百般温存，要在往日，朱蓓蕾早就化成一摊水了。可这一日她却怎么也兴奋不起来，只是由着他，敷衍了事而已。她的脑子却一刻都没有息停过，数年前，在父母家的晒台上发生的那一幕，轰轰然击穿岁月的尘埃，纤毫毕露地横亘在她眼门前，就像戴着眼镜看惊悚的3D电影一般。当年那个傻大姐似的朱蓓蕾，无知地将父亲留下的宝物当垃圾丢进了废纸箱，慷慨大度地送给了唐老师，还特地关照着，不要用那把壶喝水噢，当心有病菌……唐老师是怎么应答的呢？对了，她胸有成竹道："是朱伯伯常用的那只粉彩壶吗？待我看了以后再说！"要命的是，唐老师那时候就晓得那壶是粉彩瓷。朱蓓蕾却是今日听了马先生的讲座，方才知晓粉彩瓷在中国陶瓷发展史上的重大意义，它是唯一能够挑战霸主青花瓷的强劲对手啊！她要早晓得，打死也不会丢掉那只壶的，哪怕上面沾满病菌！

乔老爷完事后便酣然入睡了。做护士工作的女人大都有洁癖，平素，房事完，朱蓓蕾一定要里外清洗一番才肯入睡，此刻她破天荒一动不动地躺着，死死地盯着天花板，她看到的是父亲捧在手中的那一掬色彩斑斓！

朱蓓蕾琢磨着唐老师说最后那句话背后的含义，愈想愈是焦躁不安。唐老师是数学老师，脑筋不要太活络噢,她的老公,那位道貌岸然的孟夫子,下海办公司前是工艺美术工场的销售员。他们夫妻俩才不会像自己这般愚昧呢。他们肯定一眼就看出那个壶的价值了,孟夫子有销售渠道,说不定已经将壶变卖了呢!

这么一想,朱蓓蕾的心痛得丝丝吸冷气,白痴!弱智!二百五!朱蓓蕾搜寻最恶毒的词汇骂自己,还狠狠地掐自己的大腿,掐得乌青块都出来了。可是,再严酷地惩罚自己又有什么用?不成自己就这么成天被无尽的悔恨折磨着,憋憋屈屈地打发日子。

"不!"朱蓓蕾从心底迸发出的声音,很响,惊动了梦中的老公。乔老爷呼地仄起身子,问道:"老婆你怎么啦?"

朱蓓蕾做出懵然无知的口吻,嗔道:"你做梦做到什么啦?一惊一乍的!"

乔老爷嘿嘿一笑,扑通又仰倒了。

朱蓓蕾痛定思痛,将近几年自己与唐老师交往的过程有条不紊地分析了一番,慢慢地,心便平复下来。她和唐亚娟是从小一起长大的小姐妹,相处密切而又默契。说实在,她不相信唐亚娟真得了自己那么大的好处会一声不吭?真会在言谈举止中掩藏得密云不雨？回想起来，唐亚娟近两年一直在抱怨自己的房间太小。当初她的三层阁换了底层一室户的动迁房，他们夫妻结婚多年没有生养，夫妻两人住住也还过得去。后来要她补课的学生越来越多，如果多一间房间，或者有个客厅，她就可以在家里开小班，又可多收学生，又省了租教室的费用。唐亚娟也动过换房子的脑筋，她辅导学生积下一笔钱。可她家的孟夫子辞职下海开公司，要有启动资金，结果将她的积蓄全部投了进去，却血本无归，唐亚娟就是为了这桩事情跟孟夫子吵得差点离婚。朱蓓蕾心想，如果唐亚娟已将那壶变卖，赚了大钱，她早就可以换大房子，也不会跟孟夫子吵得不可开交了。如此看来，唐亚娟还没有把壶卖掉，也许，他们并没有识透粉彩瓷壶的价值连城？也许，她真就用它做了浇花的水壶？也许，他们还在等候识货的买家？也许，那只壶早已被他们丢弃在哪个犄角旮旯里了？这种种"也许"都有可能发生，唯有问过唐亚娟才能知晓真相！

这么一想，朱蓓蕾躺不住了，一掀被子坐了起来。乔老爷哼哼地问道："几点了？巧巧回来了吗？"

朱蓓蕾道："你再睡会，巧巧回来了我喊你。"将被子替他塞严实了，自己迅速穿上衣裤，跑到客堂间，拨起话筒，滴滴滴滴摁了几个数字，忽又停住，啪，摔下话筒！

朱蓓蕾呀朱蓓蕾，再不可冒冒失失做戆大了。你怎么开口跟唐亚娟提那只壶的事？当初又不是人家强讨强要的，事情又过去了好几个年头，突然要问人家讨还，会不会反而引起唐亚娟的猜疑？唐亚娟可不是弄堂里只晓得跟菜贩子为一毛两毛铜钿纠缠不休的婆婆妈妈，她是数学老师，脑袋比不上一台计算机嘛，总可当得一把算盘吧？她若意识到那把粉彩壶的价值，哪里还肯爽爽气气将壶还给自己？必定要想出个万全之策，既可表明自己的意图，又不能让对方起疑心啊！

朱蓓蕾在电话机旁苦思冥想了半天，也没想出个好主意，直到巧巧下学回家，老公胡乱套了件 T 恤衫，就跟女儿头挨头坐在电脑桌前打游戏了。平素朱蓓蕾是严禁巧巧玩电游的，老公回来休假，便开放了。朱蓓蕾暗自叹口气，起身洗菜做晚饭。

5

朱蓓蕾设想了多种方案去向唐亚娟要回那只壶，

譬如，装作讨教养花草的经验去唐家，要做出很无心的模样随意道："哦哟，这只壶浇浇花倒蛮方便的，我拿回去用喽！"可是，万一唐亚娟没有用这壶浇花呢？又譬如，买一串大闸蟹拿到唐亚娟家，只称是老公从青浦度假村带回来的，巧巧她们小少女嫌烦，不爱吃，自己一个人吃不了，要跟唐亚娟夫妇共享美味。然后就有理由进唐家厨房察看究竟，借机要回那只壶。可是，万一唐亚娟没有把壶放在厨房里呢？岂不是枉费了那么多钱买螃蟹！

朱蓓蕾为此事纠缠得寝食不安，下眼窝处都冒出了一片雀斑，却仍没想出几句自然妥帖又万无一失的言词来。这日又轮到她上夜班，早上，下了班回家，按理是该定定心心睡上一觉的，却哪里定得下心来？坐在床沿上发了一会呆，却听得电话铃声"得啦啦……得啦啦……"叫救命似的响起，朱蓓蕾悚然跳起，抓起话筒就叫出声："是唐老师吗？"她如今已似惊弓之鸟般了！

"蓓蓓，你心里只有个唐老师对吧？不过，你可不能霸占唐老师哦。你家巧巧明年要考大学，我们阿龙也要升高中了呢！"话筒中爆出的声音刮辣松脆，像撒了一地的铜钱，随即又飞出一串哗哗哗的笑声，下了场倾盆急雨一般。

朱蓓蕾自然听出来了，没好气道："金娣，痴头怪脑的！谁敢跟你抢唐老师啦？再说唐老师已经教不了我们巧巧高中的数学了。你呀，把个唐老师当作城隍菩萨般供着，关键还是要小孩子学得进才好呢。"

金娣又哗哗哗地笑起来："我们阿龙哪有你们巧巧聪明呀？不过唐老师可不是尊慈眉善目的菩萨，我们阿龙回来讲，唐老师上起课来像城隍庙里的四大金刚，凶神恶煞，小孩子都怕她。"

朱蓓蕾心里面哼了声，当了面把唐亚娟捧成王母娘娘一般，背后头就这般损她呀？嘴上道："当老师是要凶点好，都像爹娘般宠，小孩子哪里肯听她？"

金娣忙道："我是讲唐老师好嘛，所以才把我们阿龙托给她呀！好了好了，言归正传，下午碰头，你把你们巧巧高一时的课本带过来好吧？我让阿龙先读起来。"

朱蓓蕾狐疑道："下午碰什么头？"

金娣喉咙哇地响起来："朱蓓蕾，你脑瘫啦？今天是什么日子？上半年的聚会你也没有来，你是想跟我们绝交啊？"

朱蓓蕾一惊，扭头看挂历，果然已是十月末尾了！忙冲着话筒道："你不晓得最近我夜班多，日夜颠倒，日子过得木知木觉。你不要穷凶极恶喊，弄得我耳朵都痛了。待会我找找看，有些课本巧巧复习要用，用不上的下午我先给你带去。"

金娣哗哗一笑，紧忙压低些声，却斩钉截铁道："淮海路武康路口的喜客咖啡厅，不准迟到一分钟！"又笑道，"最近买了什么新款衣裳？穿过来欣赏欣赏噢。"

原来，这位叫金娣的，也是朱蓓蕾父母老屋弄堂里的邻居。金娣的父母是援疆知青，金娣从小是跟爷爷奶奶长大的，初中毕业就辍学，到一爿剃头店学手艺，后来就自己开了家"金艺发型设计工作室"，其实就是小小一个理发店，十几平方米的地方，两把理发椅，一只洗头池而已。金娣家的老屋是街面房子，整条弄堂都动迁了，独独留下沿街的两幢，说是保护老街区的风貌。所以金娣一家至今仍旧住在市中心，爷爷奶奶早过世了，底层一统厢房，前店后屋，金娣一家三口倒也很实惠。

朱蓓蕾和唐亚娟青春少女时代就要好起来，她们家境相仿，一个上医专，一个上师范，在这条老弄堂里也算得出挑了。她们起初都有点看不起金娣，总是觉得剃头店里女人有点不干不净。后来金娣自己的理发店开起来了,弄堂里有了点口碑,说金娣手艺不错,且服务态度好,价钱便宜,还能赊账。于是朱蓓蕾和唐亚娟也试着去金艺发型工作室做头发,果然很称心。金娣对她们也是倾慕许久,为她们打理头发分外尽心。一来二往,三人便成了无话不说的闺蜜。朱蓓蕾长得好看,追她的人很多,也是三个人中头一个谈恋爱的。每次跟男朋友出去约会,次日便一五一十地向两位小姐妹汇报,金娣和唐亚娟会帮她出主意,下次约会该如何如何的。轮到金娣谈恋爱,朱蓓蕾和唐亚娟都反对她跟从安徽来上海做装潢生意的阿施交往,无奈阿施追得紧,金娣一不小心就成了他的人。唐亚娟临近三十还没有对象,朱蓓蕾和金娣自然为她着急,四下打探合适的人。还是阿施在工艺美术工场的门店做装潢时认识了才离婚不久的孟夫子,金娣见他谦谦君子儒雅模样,人又活络,便介绍给了唐亚娟。一个要寻老婆,一个急于嫁人,两人一拍即合,倒成了一段姻缘。金娣每每以唐亚娟大媒人自居,硬让儿子阿龙认了唐亚娟做干妈。

  她们这条弄堂拆迁造大商场,三个闺蜜就此东西南北地住开了。开始都怅怅然依依难舍,便相互约定，每季度定规要碰一次头。时间约定三月六月九月十二月的头一个礼拜天下午；地点挑来挑去挑中淮海中路思南路口的仙踪林茶室，一是此地于三个人的住址交通都很便利，二是此茶室下午茶有无限畅饮的优惠。

　　头一年头一次聚会，三个人都早早到达仙踪林。朱蓓蕾特为穿上新买的黑色长丝绒薄大衣，里面是枣红的羊绒套衫配上一袭银灰开司米的长裙，原就身材婀娜，愈发地风致韵绝仪态万方了。金娣拖住她又恨又爱地叫道："蓓蓓，你还让不让我们做女人啊？"其实金娣也是精心挑选的衣裳，橙黄红绿自由花蝴蝶袖毛衣，头颈里套了两串闪闪烁烁叮叮当当的长项链，真像一只飞来飞去的花蝴蝶；唐亚娟虽还是老派的衣衫，可头发明显修饰过了，蓬蓬松松，还拉出一绺刘海来。总之她们都非常看重这次聚会，都有一肚子话要倾诉，话题一个还没结束，另一个就抢先开始了。她们的茶水续了又续，都淡得没味道了，可她们的兴致却一直浓郁。直到天擦黑，橱窗外霓虹灯路灯忽喇喇都亮起来，系着花格子围裙的女招待客客气气对她们说，小姐，我们店下午茶结束了，你们要不要点晚餐呢？她们方才磨磨蹭蹭地离席，又互相叮咛，下次聚会别忘了哦!

　　第二次聚会是在六月,朱蓓蕾的女儿和金娣的儿子都面临期末考试,两个人在席间就有点心神不宁,唐亚娟也说晚上有学生来补课,不能坐太久。于是天南海北闲扯了一通,只续了两潽茶就散了。下半年的两次聚会愈是不成气候,不是这位迟到,就是那个早退,各家都有各家的烦心事。她们倒还能互相体恤,大家一商议,都说聚会还是要聚的,只是把每季度聚一次改为半年聚一次,放在五月和十月的最后一个礼拜天,地方也改到武康路附近的喜客咖啡店。因为那家仙踪林不能承受淮海路年年涨价的房租,已经关门打烊。而这家喜客价钱虽贵些,但环境幽雅,更重要它也有下午茶无限续杯的优惠。

　　这一年5月份末尾的那个礼拜天,正巧乔老爷休假在家。朱蓓蕾权衡了一下,老公赚钱养家这么辛苦,难得回家,不陪陪他,真有点说不过去。跟唐老师金娣的聚会嘛,反正平时也经常通电话,真碰了面也是没太多新鲜话题。便给金娣发个短信,借口医院临时调班,请不出假,就没有去赴约。

　　倏忽竟又到了下半年聚会的日子!朱蓓蕾近日来脑筋里只有那只壶,却把聚会的事情忘到八荒之外去了。经金娣这么大声一喝,将她魂灵儿唤了回来。放下电话,定定神,暗忖:"倒是一个机会呢。碰到唐老师,寻个空档,当面问她,反显得随意。而且还可察言观色,看她说的是真是假。况且还有金娣在,更可以调剂气氛,避免两个人的尴尬。"这么一想,倒对下午的聚会有了些期待。

睡觉是睡不成了。朱蓓蕾先是去小区里的一爿美发店洗了头,重新吹了个大波浪的发型。回家后,对着镜子自己又梳理了半天,方才差强人意。自搬迁后,离金娣的理发店远了,她一直没找到合心的发型师。小区里倒是有好几家理发店,做出来的发型都硬翘翘像假发套,必得自己重新梳理一番,将头发调教得自然一些才行。

朱蓓蕾的五官纤巧精致,特别是两根脉脉远山般的眉毛,亦颦亦蹙,令人遐思。只是随着年龄渐长,眉形也疏落松散些许。平素,朱蓓蕾只用深灰色的眉笔稍加描画,便浑然一体。此刻又添了眼影和眼线,愈发柔情绰绰起来。

接下来便是挑选衣裳。朱蓓蕾咣地拉开大衣橱,衣橱里挤挤插插都是她的衣服,老公的几件西装和夹克衫被挤在角落里。朱蓓蕾翻拨了一阵,却找不出一件合适这个聚会穿的。去武康路口的咖啡店,那是个有文化底蕴的高档场所,总不能穿得太背时太土气,又不能太花枝招展三陪女似的。朱蓓蕾穿衣服还是有点品位的,衣料质地要考究点,色彩要含蓄点,款式要典雅点。其实符合这几个标准的衣服她并不缺,只是大都是旧物,金娣唐亚娟都看她穿过。方才金娣电话里还叮嘱她要穿新买的衣服去赴约呢。自搬迁到近郊小区居住,上下班花在路上的时间多了一倍,朱蓓蕾医院到家,家到医院,真有好长时间没去逛南京路淮海路上的百货商店了。小区附近的镇上虽也有服装店,可哪里有入得了朱蓓蕾眼界的东西?

朱蓓蕾犹豫片刻,便抽出一件墨绿色长款收腰的羊绒衫,一条水磨蓝牛仔裤,虽是旧衣,却不同的搭配,也可穿出新意。关键在于她想今天赴约的真正目的是去向唐老师讨还那只粉彩壶的,还是素简点好,不是说哀兵易胜么?

想着下午茶点有点心水果,朱蓓蕾只煮了一小碗水泡饭,就着酱瓜腐乳胡乱地倒进肚子。随后套上衣服,在镜子前转了一圈,清丽素雅一妇人,自己还很满意。

朱蓓蕾正待出门,电话铃又闹。她揣摩定是金娣来催自己了,便没好气道:"你是白无常还是黑无常?索人命啊?"

话筒里冒出来却是男人的声音:"小妹,你跟谁吵架?火气那样大?"

朱蓓蕾一听是哥哥,忙抱住话筒,笑道:"哥,我还以为是金娣呢。"

原来在西安工作的哥哥刚办了退休手续,准备过年回上海探亲,要朱蓓蕾替他们一家预订下榻的宾馆。

朱蓓蕾伤感道:"哥,何必订宾馆?我让巧巧跟我们睡,你跟嫂子住巧巧的房间。除非你嫌我家狭小,容不下你这位大教授。"

哥哥在遥远的那座古城中快乐地呵呵大笑:"小妹,哥怎么会嫌你家狭小呢?想想从前,我跟你挤在阁楼上睡觉的日子,不是也很开心吗?你嫂子说,你要翻三班,不给你添麻烦,住宾馆,省得你操心我们的衣食起居了。"

朱蓓蕾放下电话,心情因感受到哥哥传递过来的亲情而松畅许多,忽然就有灵光一现:对呀,何不假托哥哥回来探亲的名义去向唐老师打探壶的下落呢?哥哥好像就是老天派来帮自己渡难关的使者啊!朱蓓蕾主意一下子定笃下来，且信心满满。少女时代，哥哥曾是整条弄堂里青年人的楷模，也是女孩子们暗中崇拜的白马王子啊。

6

朱蓓蕾从地铁口钻出来，劈面撞上半街灼灼的阳光，连忙取出墨镜戴上，原以为秋渐深，日照应该温煦柔和了的。一张阔大的半是金黄半是焦红的梧桐树叶叭嗒落在她肩上，又顺着她手臂壳落脱掉在地上，被她一脚咕嚓踩扁了。

过了马路，拐个弯，朱蓓蕾便看见喜客咖啡店那古雅的墨绿色木格落地橱窗了，忽然就有一张浓妆艳抹的圆脸贴近玻璃，朝自己挤眉弄眼说着什么，只看见那红的唇一会儿撑圆一会儿撮起，却听不见声音，正是金娣呀。朱蓓蕾紧着步子推进门去，金娣已从沙发座椅中跳起来，哇哇地招呼着："蓓蓓，这边，在这边……"引得其他顾客纷纷引颈寻望。

朱蓓蕾轻轻嗔道："嗳嗳嗳，轻点声好吧？又不是小菜场卖菜的，要拔直喉咙吆喝！"说着，脱了米色风衣，坐下了。

金娣早习惯了她的指责，不恼她，也不理会她，依然亮着嗓大惊小怪道："蓓蓓，你身上这件羊绒衫好多年了吧？还在穿啊？为什么不穿新衣裳？我又不会要你的。"

朱蓓蕾真是哭笑不得，道："人家刚出了夜班，晚上还要做夜班，回到家补睡都来不及，哪有心思换衣裳？哪像你这般养尊处优哦……"一边就拿眼睛上上下下地剜她。金娣今天穿了件十分时尚的豹纹绒线连衣裙，只及膝盖，圆鼓鼓的小腿上套着网状黑丝袜，愈显得粗硕。朱蓓蕾使劲忍住了没有笑出来，她从来不敢苟同金娣的审美观。往深处想想，如果金娣不这么嚣张地打扮，她还能怎样打扮才好呢？

金娣撒铜钱般咯咯笑起来，不无得意道："我怎么养尊处优啦？每天要服侍多少只脑袋？站得脚骨都麻了。"

朱蓓蕾心想，你再不这样站，腿更要粗过象腿了！嘴上为她留了点情，因问道："唐老师……她今天来不来？"

金娣扬起描成细铅丝般的眉，道："当然要来，我都停了半天生意，她哪敢缺席？她要换两部车，现在一定在路上了。"忽就把丰满的胸脯往前耸了耸，隔在桌面上，压低声道："待会她到了，千万别提她家的孟夫子，他们俩现在闹得死去活来……"杏眼骨碌碌四周转了圈，大惊小怪道，"孟夫子外面的野花被唐老师捉住啦！"

朱蓓蕾翘食指压住自己的唇，嘘的一声！金娣虽已是收着声音，却还是聒噪得很。朱蓓蕾早就晓得唐亚娟的婚姻会有这种结果。当年她跟金娣做唐亚娟的伴娘，身为新郎的孟夫子暗地里好几次在自己身上摸一把捏一记地揩油，朱蓓蕾心里就明白，这男人花拆拆，不会太太平平跟相貌老气的唐亚娟过日子的。她瞪了眼金娣，嗔道："还不是你做的好媒人！"

金娣冤枉鬼叫起来："我不过介绍他们认识，唐老师自己一眼相中的嘛！要怪也怪她自己没有手段抓住男人……"忽就闭了嘴，因隔着玻璃，正看见唐亚娟急匆匆地横穿马路。一辆电动自行车在她跟前紧急刹住，差点没撞着她。那骑车人挥着一只手，气急败坏地冲她说着什么，她却毫无知觉般只顾闷头向前冲。金娣拍拍胸脯道："吓死我了。我骑车子最怕碰到唐老师这样的行人，穿马路像在自家客堂间里，横冲直撞的。"朱蓓蕾抢白道："我穿马路最怕碰到你们这种骑电动车的人，好像都得了色盲，红绿灯颜色都分不清。"两人正抬杠,唐亚娟推开咖啡厅的弹簧门过来了。

唐亚娟跑得急,待坐定,仍一口一口喘着气,眼镜片上蒙上了一层白雾,便脱了,用纸巾使劲擦拭着。在咖啡厅澄黄幽静的光线中,唐亚娟瘦削狭长的面孔愈发显得蜡黄憔悴,枯叶片似的。

朱蓓蕾一边帮她抽纸巾,一边关切道:"唐老师,跑这么急干吗?我们三人碰头,又不是单位里开会,早点晚点有什么关系?"她内心暗暗庆幸唐亚娟脱了眼镜,一定是看不清旁人面孔上的表情的,正好让自己掩饰情绪,把脸上的笑容调节得自然一些。

唐亚娟终于擦净了眼镜片,将它架上鼻孔,朝金娣一抬下巴,道:"你问她,她在电话里说,迟到一分钟,就要罚我替她儿子白补一学期的课!"

金娣捂住嘴笑得弯下腰,笑定,点着唐亚娟道:"人民教师也这般财迷呀?为了一点讲课费,跑出心脏病来,亏得更大了呢!"

唐亚娟在金娣厚厚的背脊上刮了一下,恨道:"你说说你呢?下午歇掉半天生意,夜工不开到 11 点不会收场的。蓓蓓,你信不信?今晚我们到她剃头店打秋风去！"

朱蓓蕾笑道："好呀，我正想让金娣替我修修发型呢。你看看，我们那边的理发店，做出的头发，一点腔调也没有。"说着，摇摇脑袋，让头发蓬松一些。

招待小姐已经在她们桌边站了一会了，看着她们嬉闹。金娣忙坐直了，正经道："各位喝点什么？咖啡还是茶？尽管要，今天我来买单。"

朱蓓蕾忙道："你已经损失半天生意了，我来我来。"

唐亚娟道："大家都不要争，还是老规矩，AA制爽快。"

于是金娣要了珍珠奶茶，朱蓓蕾点了卡布基诺咖啡，唐亚娟叫了壶茉莉花茶，另有曲奇饼干、开心果、薯条等小点心。

朱蓓蕾小小地吮了口咖啡，暖暖的感觉从喉口一直贯入肺腑。就在她三人互相调侃互相谦让的这几分钟内，她像又回到从前的老弄堂里，她跟唐亚娟、金娣一有空就凑在灶披间后门口，叽叽喳喳说着少女之间说不完的话，也要争，也要吵，却心无芥蒂，愈争愈吵愈要好。她极想将这种融洽感保持下去，不料那只色彩艳丽的粉彩壶忽地跳了出来，撑满她的思绪，将她才松快了一时的心又揪紧了。她立马笑容勉强，目光游移起来。一个念头蛇一般纠缠着她，百般挣扎也摆脱不了：该在什么时候、用什么语气跟唐亚娟提那只壶的事呢？

已婚女人聚在一起，经典的话题便是老公和孩子。可是先前金娣已关照过朱蓓蕾，唐亚娟两口子正在闹离婚，千万别提孟夫子，于是她俩只好东拉西扯其他话题。金娣就说她剃头店里的八卦："现在这些九〇后的小姑娘，蓓蓓，你家巧巧排除在外，奇出怪样的想法真叫人看不明白了。前日来了个姑娘，看看长相蛮登样的，偏要我把她两鬓剃得煞清，头顶心留下一撮还要染成酒红色。我好心劝她几句，她反倒笑我不懂时尚。笑话吧？我金娣不懂时尚，还敢在这闹市区开发型工作室？"

朱蓓蕾笑道："你就差了一口气，这种叫做搏出位，吸眼球，懂吧？"说着偷眼看唐亚娟。唐亚娟专注地品茶，茶的热气又模糊了她的镜片，她又摘下眼镜擦拭着。朱蓓蕾也想到病房里的一则奇闻，便道："不要讲年轻人心思活络，七老八十的心思也活络起来。我们病区有个老头子，来做心脏搭桥手术的。老婆天天熬了营养的汤送来。老婆前脚走，隔脚就有一个徐娘半老的女人过来，跟他一道分享美食。老头子还美滋滋告诉病友，这女人是他的舞搭子，两个人是在公园里跳交际舞认得的，跳来跳去就跳到一张床上去了……"故事未说完，朱蓓蕾只觉得桌底下脚尖被狠狠踩了一下，痛得断了言语。刚要叫，看见金娣凶巴巴地朝自己瞪眼，忽然醒悟自己讲的故事恐怕会触痛唐亚娟的神经，连忙话锋一转，道，"不过那老头子前几天莫名其妙翘辫子走了。"

金娣附应道："天报应！老天眼睛是雪亮的呀。"

她们两人同时去看唐亚娟的反应，唐亚娟依然在擦镜片。她终于擦净了镜片，戴上了，眼珠躲在镜片后面，便显得自如灵活起来，浅浅笑道："你们不要等我讲新闻噢，我上课的时候若是弄点奇谈怪论出来，家长哪个敢把小孩子送到我手中啊？金娣，先你就要骂死我，对吧？"

金娣连连点头，道："唐老师上起课来，小孩子都毕恭毕敬，动都不敢动的。"

唐亚娟嗔道："你把我描写得凶神恶煞似的，你问你家阿龙，我是那样的吗？"

金娣忙道："唐老师你不要误会，我是讲你教学方法得当，小孩子都爱听嘛。"

朱蓓蕾便把带来的课本拿出来,道:"金娣要我捎巧巧高一的课本带给阿龙,唐老师你看看,阿龙有必要先看起来吗?"

唐亚娟拿起课本翻了翻,道:"金娣总是恨不得一时三刻把她儿子培养成天才!性急吃不了热豆腐,你既然把阿龙交给我,你自己就不要再横插一脚轧闹猛了,否则让阿龙到底听谁的呀?"

金娣头点得幅度更大了:"当然一切都听你唐老师的啰!"不过仍将朱蓓蕾带来的课本塞进了自己挎包旦去了。

招待小姐来为她们各自的饮料续了杯,唐亚娟却站了起来,道:"肚皮里灌下一壶水,我去趟洗手间。"

朱蓓蕾心一动,机会来了。便也立起身道:"我乜去洗手间,金娣,你在这儿看住包啊。"她想,还是先单独跟唐亚娟说壶的事,免得让金娣把事情搅得鸡飞狗跳的。

朱蓓蕾跟着唐亚娟进了洗手间,却根本不想上厕所,装模作样关了门,立了一会,又哗地抽了下马桶,只为让唐亚娟听见。两人并排站在洗手池边洗手,唐亚娟又褪了眼镜,用清水冲了冲,再抽纸巾擦干。趁她还未戴上眼镜之际,朱蓓蕾从镜子里盯牢她,用随意的口吻道:"唐老师,我哥退休了,过年要回来探亲呢。"

唐亚娟一边仔细地擦着镜片,一边道:"你哥回来,我们聚一聚。当初还是他鼓励我考的师范。"

朱蓓蕾紧咬着她的话尾道:"我哥说,想把我爹常用的那把茶壶带回去,当个纪念。唐老师,那把壶你派了什么用场?我买把新的给你,你把那把破的壶还给我好吧?"

唐亚娟正好戴上了眼镜,眼珠显得雪亮,在镜子里冷峻地横了眼朱蓓蕾,道:"什么壶,你爹用的茶壶怎么会在我这儿?"

朱蓓蕾的心格登撞在肋骨上,暗自恨道:装傻!慌忙稳住情绪,勉强扯出个笑,道:"咦?你忘啦?那年我在老屋清理东西,理出一纸箱旧锅旧碗旧花盆,你说你家有天井,好派上用场的,我就都给了你的。那把茶壶就在纸箱里,我还特为关照你,我爹用的,怕有病菌,当浇花的喷壶是可以的。"

唐亚娟皱了皱眉头,道:"哦——好像是有这么回事,不过花花草草瓶瓶罐罐的事体向来都是我家老孟处理的,我回去问问他,再给你回音。"

朱蓓蕾张了张嘴还想说什么，唐亚娟已经朝外面走去，朱蓓蕾只好合拢双唇，跟在后面回到餐桌边。

金额娣兴致勃勃道："我又要了份意大利肉酱面，一份总汇三明治，索性吃个尽兴，回去省得吃夜饭。"

唐亚娟却道："不行不行，我差不多要走了。原本下午有学生要补课的，我让他们晚两小时来。"抬腕看了眼手表，便起身穿风衣，又拿出一百元钱放在桌上，道，"路上怕堵车，我先走一步了。你们俩慢慢聊吧。"竟头也不回地出门去了。

金娣恨道："唐老师现在赚钱赚疯了，补一小时课，一个学生五十元，十个学生便五百元。两小时呢？三小时呢？这才叫做见利忘义呢！"

朱蓓蕾哑然，她没料到唐亚娟会如此迅速地一走了之，真让她有点猝不及防。她本打算分别时再跟唐亚娟关照两句，唐亚娟却完全不给她这个机会，这说明唐亚娟心中有鬼！什么有学生补课，分明是临时想出来的借口啊。这么一分析，朱蓓蕾的心陡然沉重起来——看来要讨回这只壶还没那么容易呢。

意大利肉酱面和总汇三明治端上桌，朱蓓蕾哪里还有胃口？挑了几束面，塞入口中味同嚼蜡。金娣跟她说这说那，她老走神，对答牛头不对马尾的，把金娣惹火了，隔着餐桌伸手拍了她额头一下，气咻咻道："怎么唐老师一走，就把你的魂灵带走了啊？"

朱蓓蕾忙赔笑道："哪里呀，我晚上要上夜班的，得赶回去替巧巧把晚饭端整好。"

金娣夸张地把脑袋摇得像拨浪鼓："得得得，心不在这里了，空坐着做啥？我也无趣，回吧回吧。"便招呼招待小姐买单，又将吃剩的意面和三明治打包，塞到朱蓓蕾手中。朱蓓蕾又推还给她，道："你晓得的，巧巧嘴巴刁，不爱吃人吃剩的……"一想不妥，忙截住了。

金娣倒也爽快，道："巧巧是金枝玉叶嘛，我家阿龙原就吃百家饭长大的，不计较这些。"便将打包盒塞进了挎包里。

金娣骑上电动自行车轰隆隆地跑了，朱蓓蕾走下地铁口，略回头，看到地面上风赶落叶抖抖瑟瑟地翻滚着，心想，从前要好的轧扁头的小姐妹，难得聚会一次，竟就这么草草收场。胸口蓦地化开一丝伤感。

7

近几日，朱蓓蕾手机二十四小时地不关机。她们在病房值班，规定不能随意接听电话。她就把手机调到振动挡，放在贴肉的裤兜里。她生怕错过唐亚娟的电话。可她心心念念地等了三天，唐亚娟始终没有给她回音。

朱蓓蕾暂压住满腹的焦虑，仔细回想聚会那日唐亚娟的神情，愈想愈觉得疑心。唐亚娟先是矢口否认，你爹用的茶壶怎么会在我这儿？后来抵赖不过，只得承认好像有这么回事，却一股脑儿推给孟夫子，说回去问问孟夫子再给自己回音。金娣不是说她跟孟夫子闹离婚，孟夫子被她逐出家门了吗？她怎么去问孟夫子啊？再想到唐亚娟托词给学生补课匆匆离去的行径，分明心怀鬼胎，不敢与自己对质呀！这么一路想下来，朱蓓蕾心中堵满了悲怆之情，愤愤道："亚娟啊亚娟，只为了那只粉彩壶，你就忍心抛弃我跟你几十年珍贵的友情吗？"心里面的问号一掷出，倒把她自己问住了：为了这几十年珍贵的友情自己能不能不再去追问那把粉彩壶的下落了呢？

朱蓓蕾挣扎好一会儿，却因那壶可能赢得的巨额钱财而使她不能释怀，并终于为自己找到了理由：这只粉彩壶原本就是朱家门的东西，是爹爹的遗物，我去追回它理所应当且义不容辞呀！这么一想，她便理直气壮起来,决定主动出战,索性直截了当给唐亚娟打电话。

朱蓓蕾捏着话筒,听着对面"得拉拉——得拉拉——"的呼唤声,心就莫名地悬到了喉咙口。

"喂,哪位?"对面终于回应了,声音压得很低,密语似的。

"是我呀,唐老师。"朱蓓蕾攥紧了话筒,好像捉住唐亚娟的手臂,不让她逃遁似的。

对面沉默了一会,还是密语般的低声:"哦,蓓蓓,我这儿有几个小孩子在补课呢,晚上我给你打过去。"

"嗳嗳嗳,我就一句呀。我爹的那把壶,你问过孟夫子了吗?"朱蓓蕾像摔掉拉了弦的手榴弹般把话吐出口,等待回答时,仿佛心猝停,透不转气。

"哦——我家老孟说,那年他只捡回几只完整些的花盆,其他东西都丢掉了呀。"唐老师说这句话时一点不打嗝楞,顺溜得似小学生背书一般。

朱蓓蕾却急了,机关枪似的道:"怎么可能丢掉呢?当时你自己说的,那只粉彩壶蛮漂亮的,我还关照你,不要当茶壶,怕有病菌,可以当浇水壶的……"

"蓓蓓,"唐亚娟声音抬高了些,打断道,"我骗你做啥?一只断臂破壶,难不成我吞咽了它?好了好了,不说了,小孩子等我批题目呢。"话音未落,喀哒,电话已挂断了。

朱蓓蕾呆呆地盯着话筒上的小洞,恨不得钻进去一把抓住唐亚娟。她认定唐亚娟是在骗自己,明明晓得那是把粉彩壶,现在倒说它是破壶了,真当我是她手中那些小孩子了!

唐亚娟一口咬定那把壶已经丢掉了,这让朱蓓蕾的情绪降到了冰点以下。一时下,她的脑壳像中了病毒的电脑屏,一片漆黑,不晓得接下去该如何措置这桩事体。再打电话追问吧,唐亚娟死不改口怎么办?就此放弃吧,这么值钱的宝贝活生生被别人占去,又于心不甘。正焦灼无奈间,巧巧放学回来了。

巧巧一进家门就嚷:"妈,我要早点吃晚饭,跟初中同学约好了,晚上去唐老师家送蛋糕去!"

朱蓓蕾悚然一惊:"怎么突然想起给唐老师送蛋糕了?"

巧巧嘟起嘴道:"妈,你更年期啊?今天是唐老师生日呀。也是你说的,做人不能有事有人,无事无人,不能忘记唐老师的功劳。"

朱蓓蕾心骨碌翻了一下，真把唐亚娟生日忘了！那年巧巧中考，唐亚娟突击替她补了一阵数学，果然考上了区重点。朱蓓蕾当时是发自肺腑地关照巧巧，永远不能忘记唐老师的恩德呀。忽然心头一亮：何不趁巧巧去唐亚娟家送蛋糕的机会，让她做一次"小侦探"呢？转身进厨房替巧巧端整晚饭。有隔夜剩下的罗宋汤，炸两块猪排，炒了盘青豆蘑菇蛋炒饭，热腾腾地端上桌，招呼巧巧来吃。

朱蓓蕾坐在巧巧一侧看女儿吃得狼吞虎咽，这是做母亲最大的享受。巧巧长得不像妈妈那般纤柔秀美，却像爸爸般敦厚可爱，朱蓓蕾是横看竖看愈看愈喜欢。巧巧很快就把一大盘蛋炒饭扫光了，便有滋有味地啃猪排。朱蓓蕾笑道："吃慢点呀，又没人跟你抢。"又道，"你待会去唐老师家，妈托你一桩事体，好吗？"

巧巧满嘴的肉，只"嗯"地应了声。

朱蓓蕾道："你还记得从前外公用的那把茶壶吗？"

巧巧歪着脑袋叭嗒叭嗒眨了会眼，道："是不是有两只桃子的那把壶呀？"

"对呀对呀，"朱蓓蕾为巧巧还有记性高兴，道，

"小时候你老是爬到外公膝盖头要去摘那两只桃子,外公就摸出钞票给你买真桃子吃。"

巧巧颇为得意地晃了晃脑袋,问道:"妈,这把茶壶呢?我好久没见着了。"

朱蓓蕾忙道:"这把壶我送给唐老师了呀,她家有天井,可以种花,可以用那把壶当浇花的水壶。唐老师开口要,妈当然就送给她了呀。"

巧巧已经啃光了两块排骨,抽了张餐巾纸擦着油光光的嘴,问:"送就送了,妈,你要我做什么事呀?"

朱蓓蕾吸了口气道:"你大舅打电话来,他想要这把壶留作纪念。妈都没敢告诉大舅壶已经送人了,大舅肯定要责怪的……"

"妈,你想让我帮你去跟唐老师要回这把壶呀?"巧巧到底是个精明的孩子,一语点穿朱蓓蕾的心思。

"不是不是。"朱蓓蕾慌得摇头,巧巧哪里是唐亚娟的对手?不被唐亚娟训斥几句才怪呢。"妈晓得的,你看到唐老师开不了口的。妈只想你去她家留意观察一下,看看那把壶唐老师放在哪里?在派什么用场?倘若只是当浇水壶,妈去买只质量上乘的浇水壶送给她,将外公的壶换回来,岂不两全其美,对吧?"

巧巧不语,只顾喝汤。喝了几口便放下了调羹,嚷着:"胀死了胀死了。"立起身,背起书包往外走。朱蓓蕾追着她道:"妈关照的事记住了吗?"

巧巧不屑道:"记住了,这点小事!妈我走了!"

朱蓓蕾奔到楼梯口,听得女儿噔噔噔噔鹿儿般下楼的脚步声,喊道:"早点回来,打出租车——"却已经没有回应了。

朱蓓蕾明日是早班,凌晨5点便要出家门的,靠在床上却毫无困意。她想,总归要等巧巧回来问个究竟才好定心啊。只要巧巧在唐亚娟家看见了那只壶,自己便可胸有成竹地再给唐亚娟打电话,不怕她再抵赖了。

巧巧过了9点方才回家,她以为妈妈肯定睡着了,便蹑手蹑脚推开自己卧室的房门。朱蓓蕾正煎心揪肠地等女儿带回要紧的"情报"呢,自然不会放过一丁点动静,巧巧开门锁的咔嗒声早就传入她耳朵,便扬声道:"巧巧回来啦?"

巧巧担心妈妈会嗔怪自己回家得太晚,只探进一只脑袋,讨好地笑道:"妈,你还没睡呀?明早你不用替我买早饭,我去新亚大包吃咸豆浆好了!"话一出口就缩回头,不容朱蓓蕾盘问。

朱蓓蕾却趿着拖鞋追到巧巧房门口,问道:"妈托你的事呢?"

巧巧正脱外衣,怔忡道:"什么事?"

朱蓓蕾急道:"咦,不是让你留心观察一下,外公那把茶壶,唐老师在派什么用场呀?"

巧巧"噢"的一声,道:"事体我问过唐老师了,她说那把壶本来就断了臂,浇起花来很不方便。她不当心滑脱,摔得四分五裂,早就丢掉了。妈,跟大舅说一声,大舅不会计较的。好了,妈,我要睡了。"

朱蓓蕾不晓得自己如何回转房间的,胸口头因塞满了愤懑而隐隐作痛。巧巧的话愈是证实了唐亚娟存心在吞没这只粉彩壶了,你看她跟自己说一套,跟巧巧说的又是一套,撒谎都不用打草稿!可自己还能有什么法子去揭穿她,去讨还这只壶呢?

便又是万千遍的辗转反侧,彻夜未眠。

8

次日,朱蓓蕾上班时头重脚轻心不在焉,差点把两个病人的针药搞混了。幸而多年护士工作养成了她进针前检查一遍药品的习惯,才没酿成大祸,自己都吓出了一身冷汗。护士长看她失魂落魄的样子,摸了摸她额头,因问道:"蓓蓓,你是不是病了?"朱蓓蕾连连摇头,自己咬自己舌头,提醒自己上班时脑筋不要开小差。医院里年年评先进,年年都有朱蓓蕾的份。朱蓓蕾还是很爱惜自己的名声的。

好不容易熬到下午2点,上中班的同事来接班了。朱蓓蕾照例去淋浴房冲澡。当热蓬蓬的水夹头夹脑浇下来时,朱蓓蕾的脑袋霎时间清爽灵活起来,暗忖道:"对呀,何不找金娣帮下忙?她儿子还在唐亚娟那里补课,她是经常去唐亚娟家的呀。再则,金娣为人八面玲珑,巧舌如簧,再难听的话由她嘴里吐出来,也像朵花似的动人了。生意人嘛,自己只消给她一点好处费,想来她是不会拒绝的吧?"这么想定了,朱蓓蕾才觉胸口头舒畅了一些。

朱蓓蕾隔着家门就听到家中电话"得啦得啦"扯着嗓地叫,连忙掏出钥匙开进门去,拨起话筒"喂"了声,便喘着气等着。对面哗啦啦先流淌过来一阵笑声,朱蓓蕾倒是一喜,正打算给金娣电话,不想她电话就来了,这是不是有点天意,老天让金娣来帮自己一把了呢?

金娣的话语倾呤哐啷风铃一般飘过来:"蓓蓓,你看我掐算得准吧？就晓得这个时候你可以到家了。你们医院短命的规矩，一点人性都没有，做护士的上班时间不好接电话，万一人家家里出人命了呢？"

朱蓓蕾心里高兴她来电话，嘴中却不耐烦嗔道："金娣你不要咒我好不好？有啥要紧事？闲聊就等我困一觉起来，我给你打回去。"

金娣破天荒竟支吾起来，道："要紧事嘛……也不怎么要紧，不过嘛……也蛮要紧的。"

朱蓓蕾又好气又好笑："金娣你装什么斯文呀？有话快说，有屁快放！"

金娣哗啦啦又笑开了："我们向来文雅贤淑的蓓蓓也会粗口了。其实嘛……好了好了，就跟你直说了吧。你是不是为了你爹用过的一把旧茶壶跟唐老师闹得不开心呀？"

朱蓓蕾先是一愣，唐亚娟竟然恶人先喊冤了！旋即冷笑道："原来你是为唐老师当说客来的呀！你倒说说看，我怎么弄得她不开心了呢？"

金娣道："喏喏喏，难听吧？什么叫说客呀？我是因我们三个人亲姐妹一样的关系，不要为了一把破壶给糟蹋掉了，所以自告奋勇来当个和事佬。蓓蓓，俗话说泼出去的水嫁出去的囡，送出去的东西讨不回。

伯父伯母留下来的老东西总归还有的吧？另外找一样给你哥哥当纪念，我想阿哥断不会不同意的吧？"

朱蓓蕾的声音像劈开的柴爿薄削削，支棱棱，硬邦邦："是唐老师告诉你的？她讲那是把破茶壶吗？她的近视眼大概愈加深了，好坏都分不清了！"

金娣又笑了两声，笑得有点勉强，嘿嘿的，像吐痰，才道："蓓蓓你不要那样促刻嘛。伯父那把壶从前我也看到过的，花样颜色是蛮漂亮的，不过后来不是被父母拗断了壶柄？讲它是破壶也不为过呀。"

朱蓓蕾气不打一处出，乒乓球近台抢攻般道："你晓得那把壶是粉彩瓷的吗？你晓得粉彩瓷在瓷器中老姐大的地位吗？你晓得一只花式跟这只壶差不多的粉彩瓶拍了四千多万港币吗？"

话筒对面一时间没了声息，朱蓓蕾一吐为快，又"喂喂"叫道："金娣，你在听吗？"

金娣出声了："既然这么珍贵的东西，又是你爹留下的，当时你作啥要送给唐老师呢？"

这只问号箭矢般真正是戳到了朱蓓蕾的痛处，便不无悔恨道："只怪我们没文化，有眼不识无价宝。要不是最近看了中央台的《百家讲坛》节目，我还木知木觉呢。可是唐老师应该懂的呀，她家孟夫子本身就是做艺术品买卖这一行的,哪里会不识货?既然我们这么要好的姐妹关系,你晓得这只壶的价值,你总该提醒我一句对吧?就这样闷声不响占为己有,是不是有点不上路啊?"

话筒对面再次陷入沉寂,深潭一般。朱蓓蕾认为,是金娣被自己说服了,立场已转到自己这边来了,只是碍于儿子的前途捏在唐老师手中,不好表态而已。愈是取进攻的态势,道:"金娣,我并不是要你去谴责唐老师,生分唐老师,谁还没有个私心啊?何况我们又是这样的交情。我只想托你帮我劝劝她,让她把那把壶还给我,我替她去买把新的,任她喜欢的图案样式……"

"怪不得呢!"话筒对面突然窜出金娣的声音,好像潜水长久的人猛地浮出水面深呼吸一般。

朱蓓蕾一激灵:"怪不得什么?"

金娣像是收拢了声音,从话筒眼中钻出来,蛇一般缠绕着:"昨天我带阿龙去唐老师家补课,看见孟夫子回家了!前头吵得只差去民政局了呢……"

朱蓓蕾疑惑道:"你的意思,孟夫子回家跟这只壶有关?"

金娣又嘿嘿笑了两声:"蓓蓓,你有时候幼稚得跟小姑娘似的。你想嘛,他们夫妻俩吵架还不是为了钱?孟夫子把唐老师补课辛辛苦苦赚来的钱都赔光了。孟夫子做生意像个无底洞,唐老师死也不肯再给他投资了,这才闹得天翻地覆的呀。如今,他们晓得你爹的壶价值连城,钱,就不成问题了嘛,他们还离什么婚呢?孟夫子自然要回家啰,唐老师还得靠他把壶变成钱呢!"

朱蓓蕾曲折地长长地呼出一口气,道:"金娣你太有才了,你好去做心理分析师了。"随即愈发地揪心,怨道,"这么看起来,唐老师横竖不会把壶还给我的。你晓得,我哥做事老顶真的,他又是个大孝子,他若晓得我将爹爹的遗物随便送了人,他要骂死我了……"便哽咽起来,自己编的故事讲顺口了,像真的一样了。

金娣忙道:"蓓蓓,不要哭呀。有我在,你还怕要不回那只壶?"说罢放开嗓哗啦哗啦笑起来,笑停了,又道,"蓓蓓,我帮你讨回壶,你要给我发劳务费哟!"

朱蓓蕾抽缩了一下鼻子,道:"那当然,应该的,你开个价嘛。"心里却鄙视起来:到底是个剃头的,就看重钞票!

金娣的笑声又滔滔地涌过来:"蓓蓓,我是给你开玩笑的呀!"

这回轮到朱蓓蕾说不出话来了。

9

朱蓓蕾捏着话筒走了神,好一会不言语。金娣在对面急得吼起来:"蓓蓓,这点玩笑都开不起呀?你到底要不要我帮你呀?"

朱蓓蕾耳膜被震痛了,方才回转神,忙道:"当然要你帮忙啰,我不是开玩笑,我一定要给你报酬的。"

放下话筒,朱蓓蕾独自埋进沙发,静悄悄地蜷缩着,其实心里正掀起十二级飓风!有一个念头像发酵了的面团,呼呼地膨胀起来,渐渐撑满了她的思绪。方才她正是被这个不经意冒出来的念头牵绊着才心猿意马起来的。此刻,她正瞻前顾后地梳理这个念头,细针密缕地考核它的可行性,究竟能有几分取胜的把握?这个念头只因金娣一句"孟夫子回家了"而起,朱蓓蕾为自己突然冒出这样念头而羞愧,莫名地出了一身冷汗,却又抵御不住这个念头的诱惑,内心蠢蠢欲动而惴惴不安。

朱蓓蕾心里十分清楚孟夫子对自己是垂涎已久的，所以平素她一向刻意疏远他。以往送巧巧去唐老师家补课，她总不进唐家门。在唐老师家附近找爿麦当劳或者永和豆浆店，要一杯可乐或咸豆浆，慢慢呎，等巧巧下课。偶尔会在什么场合下遇到孟夫子，她便尽量坐得离他远点，省得他的手不三不四地不规矩。而此刻，占据了朱蓓蕾整个思绪的念头是：何不利用孟夫子的色心色胆，趁机打探出那只粉彩壶的真实下落？

这个念头才出来，还没想好如何去"挑逗"孟夫子，朱蓓蕾已经两颊燥热，心击如鼓了。这是拿自己的贞操去冒险哪！想起孟夫子狎昵猥亵的眼光，朱蓓蕾就浑身起鸡皮。她双手合十默默祈祷：爹爹，为了你留下的那只粉彩壶，就是刀山火海我也要去闯一闯！爹爹你在天之灵一定要护佑我哟！

朱蓓蕾苦思冥想了半天，终于设计好了自己的计划。虽不能说万无一失，拼死吃河豚，全靠自己临场的发挥了。

挨到朱蓓蕾轮休，她又称家有急事，跟同事调休了一天。她盘算，有三天工夫，大概总可以约到孟夫子了吧?于是便给孟夫子的手机号码发了条短信。有生以来头一次用这个号码,当初孟夫子嬉皮塌脸地硬要把这串数字留给她,她差点没删除掉。

朱蓓蕾的短信是这样写的:"孟大哥,我单位有个同事家传一尊镏金佛像,想请懂行的人鉴定一下。我想你是这方面的专家,能劳你大驾帮下忙吗?我同事说,一定按市面上的规矩付你鉴定费。听金娣讲你跟唐老师闹别扭了?故不去惊动唐老师,直接给你短信,千万别见怪哟!"

不过半小时,孟夫子就回了短信:"你蓓蓓的事便是我的事,谈钞票就俗了。只要蓓蓓你一声令下,我老孟赴汤蹈火在所不辞!盼能早一刻一睹你蓓蓓的曼妙秀姿,我老孟便如贫得宝,如暗得灯,如饥得食,如旱得云也!"

朱蓓蕾肚子里冷笑:真是狗改不了吃屎!老不正经!恨不得狠狠地骂他一通,可箭在弦上,不得不发,便咬牙切齿地在手机上摁出时间、地点发过去。时间定在隔日午后2点,朱蓓蕾算好了,这时候唐亚娟准定在学校教书;地点选了靠近唐家的一爿茶室,那里地处偏隅,比较清净,碰到熟人的几率很少。毕竟单独与孟夫子"约会",朱蓓蕾自己都觉得羞耻。孟夫子的短信很快就回过来了:"一言为定,不见不散!"朱蓓蕾恨恨地将他的短信删除了,满腹的委屈,竟呜呜咽咽地饮泣起来。

这一夜朱蓓蕾哪里还睡得着?一会儿斗志昂扬,信心满满。像孟夫子这种贾宝玉式的"多情种",最爱在漂亮女人跟前摆谱,作豪爽洒脱状。只要自己"引逗"得当,他一定会透露粉彩壶的去向,说不定一慷慨,就答应将壶还给了自己呢!可一会儿,她又忧心忡忡,惕息不安起来。倘若唐亚娟和孟夫子已经在壶的问题上结成同盟,孟夫子趁机揩自己的油却又不透露壶的讯息,岂不是偷鸡不着蚀把米?最怕的是,被孟夫子捏了自己主动挑逗的把柄,日后牵丝绊藤地来纠缠怎么办?于是又将如何跟孟夫子套近乎,如何委婉却又要让他明了地提出还壶的问题等等,一词一句在心里反复斟酌,反复演习,直至东方渐白方才迷糊了一会。

早晨起来,朱蓓蕾发现自己眼泡皮肿肿的,眼窝下的雀斑似乎又浓密了许多,自己看自己怎么那样难看?孟夫子看到苍老憔悴了的自己,还会上钩吗?看看时间是来得及的,便去小区里的美容店做了整套的紧致毛孔补水美白的护肤保养,花了她三百多元钞票。平素她是从不踏进这种"野鸡"美容院一步的，今日也是病急乱投医了。

回转家已近中午，哪有胃口吃中饭？坐到梳妆台前化妆。照照镜子，肤色似乎滋润了一些。于是，按部就班，爽肤水，精华乳，粉底霜，一层层拍上去，脸庞便像熟鸡蛋般白皙光滑了。

接下去应该是涂眼影，画眉毛，勾眼线了。平素做得熟练了的，便捏着眉笔凑近了镜面，仔仔细细涂抹勾画，不一会，一位艳光四射的美女，便在镜子里映现出来，朱蓓蕾自己也惊呆了，自己竟还有这般勾魂摄魄的魅力啊！忽然就犹豫起来：这般精心打扮，不要让孟夫子以为自己真的是那种放浪的女人了！慌忙跑到洗手池边，拧开龙头，掬起一捧凉水往面孔浇去。哗啦哗啦，将妆粉都洗净了，也将满脸的燥热冲散了。

朱蓓蕾重新坐回梳妆台边，重抹了爽肤水和精华乳，不画眉毛，不深的眼影，不勾眼线，稍稍打了点腮红，只用肉色唇膏轻轻点了点唇。这样看上去素朴一些，端庄一些，也别有一番动人之处。

朱蓓蕾决绝地朝镜子里的自己呼地吹口气，里面那位清雅的少妇便被薄薄的雾霾吞没了。

10

朱蓓蕾提前二十分钟就"潜伏"在对马路的超市里了，装作挑选日用品，不时地透过玻璃橱窗眺望茶室门前的动静。她终于看见孟夫子步履轻捷地沿马路走到茶室门口，先朝里张望，随后便推门进去了。朱蓓蕾偷着冷笑着，并不着急赶过去。随便挑了几盒口香糖，慢吞吞去收银台付了账，这才不急不缓地穿过马路。

深秋的天气，高爽而清朗。近郊新开发的街区，是用香樟做的行道树，依然是满冠的黛绿，在和煦的秋日中显得敦厚凝重。

茶室里的灯光被调弄得昏黄幽谧而暧昧。朱蓓蕾踏进门，从亮处乍到暗处，眼门前黑勤勤什么都看不清，只呆呆地立着。忽然就有一个人从笃底的厢座里站起来，朝她招手，边唤道："蓓蓓，在这边！"那声音磁性中透出亲昵，是那种恋人之间的口吻，弄得朱蓓蕾浑身起鸡皮。

朱蓓蕾恨恨地趟过去，低声嗔道："你哇哇叫什么？人家都在看我们了！"

孟夫子呵呵一笑，道："谁爱看就看呗，我们是正大光明的，怕什么？"边说边拍拍他身边的沙发椅，示意朱蓓蕾坐下。

朱蓓蕾愈发恼火，照他的说法，倒好像是她心里有鬼，怕别人看见似的。又不好辩解，便扭身坐在他对面的座椅上，两人中间隔着张餐桌，省得他手脚不规矩。

孟夫子只笑眯眯地放出眼珠在她面孔头颈直到胸脯这一段肆意地横扫辗转。朱蓓蕾后悔将外面风衣脱了，上身的羊绒衫又太合身，将她的曲线完美地勾勒出来。她只得假意看菜单，把硬皮的菜单竖起来，挡住他的视线。

孟夫子轻叹一声，道："蓓蓓，老天何以如此钟爱你？岁月怎么在你身上不留下些许痕迹？依然是那样雅致、秀美，嘿嘿，性感！"

往常，孟夫子一说这种痴头怪脑的话，朱蓓蕾非骂他个狗血喷头不可。而今天，朱蓓蕾要的就是这个效果，便只嗲嗲地翻了他个白眼，嗔道："孟兄赞扬女人的词汇好出词典了，遇见一个，只顺手挑几个词，便可出口成章了。"

孟夫子一派正经的模样，道："蓓蓓你可冤枉我了，我是极少赞美女人的。女人就像艺术品，我的眼光很挑剔的，看得中的没有几件。若被我认定了，那必定是货真价实的了。"

"去你的，你把我们女人当什么了？回头告诉唐老师，让她教训教训你！"朱蓓蕾说罢扑哧一笑，道，"你喝茶还是咖啡？或者蔬果汁？今天是我求你办事，我请客哟。"

孟夫子伸手从她手中拿菜单，趁机捏了下她的手指，笑道："蓓蓓，哪里有让女士买单的道理？我刚才已经为你点了份雪梨芹菜汁，美容的，行吗？"

朱蓓蕾暗忖：也不能让他觉得太拿捏得了自己了！便道："我们这把年纪了，再美容也来不及了。还是给我来杯咖啡，不要放糖。那雪梨芹菜汁就留给我朋友吧。"抬腕看看表，"她应该马上就到了。"又乜斜着眼道，"孟兄，今天你要请客就请两位哦！"

孟夫子道："蓓蓓你不要寒碜我好吧？"便招手女招待点单。

不一会，招待小姐便端来咖啡和雪梨芹菜汁，孟夫子自己要了壶普洱茶，另还有几小碟坚果，松饼之类的茶点。

朱蓓蕾往咖啡里调了些牛奶，呷了一口，眼皮从杯沿边抬起来,看住孟夫子道:"孟兄,你跟唐老师到底怎么了?我是听金娣说的……"

孟夫子摇摇头,一脸的苦大仇深,道:"蓓蓓,你还不晓得唐亚娟的脾气?我真想广告天下未婚男人,不要娶当老师的女人为妻。她们会把丈夫当作灰孙子般来教训,横也不好,竖也不好,这种日子真受不了!"

朱蓓蕾冷笑道:"现在这个社会,外头诱惑那样多,男人不管教,哪里收得住心。特别像孟兄你这般风流才子,唐老师当然要严加管束喽。"

孟夫子朝朱蓓蕾跟前欠了欠身子,觍着脸道:"她那张脸原就逼仄,训起人来,眼乌珠都弹到面孔外面去了,我看着就惹气。要是你蓓蓓来管束我嘛,再凶再狠,我也当补药吃了。"说着,桌子底下的脚就撞了朱蓓蕾一下。

朱蓓蕾将脚藏到座椅下边,笑也不是,嗔也不是,只好抬腕看看表,又朝店门口张望了一下,道:"咦,都过时间了,她怎么还不到?"

孟夫子正来劲呢,笑道:"没关系,她晚点到最好,我们俩好多谈谈。"

这时朱蓓蕾包里的手机"嘟嘟,嘟嘟"地闹起来——其实是她预先设好的闹钟——朱蓓蕾对孟夫子道了声："对不起，我看下短信。"便翻开手机看了看，皱起眉头道，"你看讨厌不讨厌？我朋友说，临时单位有事，来不了。我倒为她调休一天呢！"瞟了眼孟夫子，见他一脸坏坏的笑，生怕他看穿自己的把戏，便立起身，道，"孟兄，实在对不起，也耽搁你了。茶钱一定我来付。"便抬手唤招待买单。

孟夫子忙起身阻止，趁机捏住朱蓓蕾的胳膊，道："蓓蓓，这么着急做啥？你反正已经调休了，乔老爷又不在家，他在度假村里不定怎么快活呢。不如我俩多坐会，难得好跟你说说心里话嘛！"边说边推着她坐下，他自己也趁机坐到朱蓓蕾边上，膝盖就蹭着膝盖。

朱蓓蕾瞬间被笼在一股烟味酒味混杂的男人气息中，双颊蓬地烧起来。她想推他回原座，却又想：这不正是自己想要的氛围吗？便忍着尽量收紧身子，免得触碰到他。

孟夫子自己为自己斟了茶，仄着脑袋深情款款盯着朱蓓蕾无限沧桑言道："蓓蓓啊，人活尘世上，不如意事常八九，可与人语无二三，也就是遇见你了！想我老孟也不算庸碌之辈吧？人家讲商场失意情场得意,偏偏我是商场失意情场也失意……"

朱蓓蕾连忙截断他,咯咯一笑道:"孟兄,你也太贪心了,亚娟姐那样能干的女人,又能操持家务又能挣钱,你还不满足啊?"

孟夫子撇了下嘴,道:"蓓蓓你心好,总看见别人的好处。你将真心托明月,谁知明月照沟渠,我们也可算得同声相应,同气相求了。"

朱蓓蕾听出些端倪,索性单刀直入,问道:"近日,亚娟姐是不是对我有些怨言呢?孟兄,你就明白告诉我,我决不会加恨亚娟姐的,也让我晓得点人情世故,该哪儿收敛些。"

孟夫子身子悄悄往里挪了寸把地,胳膊便挨住朱蓓蕾了,极其认真的模样,道:"我也有一句说一句,素来她是道你好的,近日却唠叨你不近人情,见利忘友什么的。说是为了一把破壶,翻箱倒柜了好几天呢!"

朱蓓蕾因孟夫子靠得太近,不便侧脸看他表情,听他言语实在很难分辨真假,便甩出杀手锏,叫了声:"孟兄!"先咽住,也真是左右为难,不能自已,泪珠子骨碌碌滚下来了。

孟夫子抓起一叠纸巾就替她擦眼泪,声道:"蓓蕾，蓓蓓，别哭别哭呀，你这一哭，我的心都化了。你说，要我为你做什么都行！"整个胸脯就压在朱蓓蕾的肩胛上，臭烘烘的唾沫就溅在朱蓓蕾的面颊上。

朱蓓蕾强忍着，不躲避，仍哽咽着道："亚娟姐说，那只壶是被你丢掉了。其实我也不在乎，丢了就丢了。偏生我哥想要它做纪念，要晓得我把爹爹留下的壶送给人家浇花用，先就要骂死我了。若得知壶已不见了，不晓得会怎样呢……"便又是低低的啜泣。

孟夫子索性一只胳膊搂住了朱蓓蕾的肩膀，箍得紧紧地，嘴巴几乎贴着她耳根道："天地良心，我从来都不晓得有这么一把壶，若晓得是蓓蓓你家的壶，我哪舍得拿去浇花？来不及将它供起来了。唐亚娟自己把壶弄丢了，生怕你气她，便推到我头上来了。"

朱蓓蕾依然作悲泣状，脑子却紧张地思索着：这夫妻俩打太极拳似的你推我，我推你的，究竟是真话，还是商量好了来糊弄自己的？看这孟夫子的情状，又不像说谎话。接下去该如何诘问他呢？忽然感觉到孟夫子的手正沿着她的背脊徐徐地向下滑去！再不能由他猖狂了，便一扭身挣脱开来，站起身，嗔道："孟兄既然你跟亚娟姐一起来哄我，那还有什么可说的？算我眼珠子被戳瞎了。横竖等我哥来收拾我好了……"便要往外挤。

孟夫子被她掀倒在沙发椅上，慌忙撑起来，拽住她的手臂道："蓓蓓，你要怎样才能相信我呢？只差不能把心剖开来给你看了。"忽然他也跳了起来，"这样吧，你现在就随我去我家找壶，随你天翻地覆，只要找出来，你就拿回去，讲也不要跟唐亚娟讲！"

朱蓓蕾顿时怔在那里：她反复斟酌的计划中并没有去唐亚娟家找壶这一步呀。而且单独跟孟夫子去他家，孟夫子显然是不怀好意的，到时候自己该如何脱身呢？正迟疑着，孟夫子却推搡着她，道："亚娟今天晚上还要给人补课，不到8点钟不会回家的，我今天下午也正好空闲。走呀，正好帮你一起找嘛。只要那壶在，总归找得出来的。"

朱蓓蕾终于动了心。所谓不入虎穴焉得虎子，这么好的机会自己若再放弃，便再怨不得任何人了。

唐亚娟的家是直筒筒的一室户型，开门进去便是开放式的厨房加客厅，约莫有十平方米左右；厕所在右侧，再进去便是十五六个平方米的卧室，卧室外有个小小的内阳台，阳台外便是天井了。还是当初唐亚娟搬新居时，朱蓓蕾和金娣一起来贺乔迁之喜的，一晃已过去好多年了。

孟夫子开了门,让进朱蓓蕾,不住地摇头,道:"让蓓蕾见笑了,本来早就想换大房子的。你孟兄运气不好,生意做得不顺,至今还蜗居于此啊!"

朱蓓蕾不动声色地转动眼珠团圈打量了一遭,屋子还是原来的屋子,多了许多家什,杂乱了许多。目力所及,并未见壶的踪影。

孟夫子殷勤地帮朱蓓蕾脱外衣,又蛮横地将她摁进沙发中,又张罗着要给她泡茶摆糖果。

朱蓓蕾生怕他要出什么花头,便立起身道:"孟兄,不是说帮我找壶吗?你不用倒茶,方才在茶厅已灌了一肚子的水。我们还是找壶吧!"

孟夫子道:"好好好,蓓蓓说找壶就找壶。"便伸手将厨房的橱门一扇扇打开了,"蓓蓓,你仔细找哦,平常这些锅瓢碗碟我是一律不管的。"

朱蓓蕾真就一只只橱柜仔细看过来,自然是没有。

孟夫子又推开厕所间的门笑眯眯盯住朱蓓蕾问道:"这里面也找找看吧?"

朱蓓蕾感觉到他笑脸背后还有一张脸,暗忖:他这样主动要我找的地方,必然是不会藏匿什么的!心中冷笑,道:"亚娟姐怎么会把壶放厕所里呢?我记得当初她说当浇水壶用的。孟兄,我们去天井找找看好吗?"

孟夫子是一派百依百顺的样子,念着"好好好",便引朱蓓蕾穿过卧室,推开了通天井的落地窗。

这一方天井虽不大,却收拾得干净齐整,铺着花格地砖,沿围墙摆放着大小不一形状各异的花盆,有几丛观音竹和慈竹;有尊贵的君子兰,也有普通的草花;还有两盆松柏和铁树的盆景,更多的是蔷薇、月季、杜鹃各色花朵,姹紫嫣红,十分热闹。

朱蓓蕾做出十分惊异的表情,双手合十,道:"好漂亮的院子啊!孟兄,想不到你还有这番雅趣。"

孟夫子道:"这些花花草草倒都是唐亚娟侍弄的,我哪里有这闲空?当初她就是看中这块豆腐干大的天井,才执意要住底层的。"

朱蓓蕾斜度里扫了他一眼,道:"可亚娟姐说种花种草都是你的功劳呢,你们夫妻倒很谦让哟。"

孟夫子不晓得真听不出朱蓓蕾的话外之音,还是装戆,呵呵笑道:"不是有社会学家评判说,夫妻之间太相敬如宾,也不正常吗?"

朱蓓蕾懒得探究他们夫妻间的奥秘,自顾沿着围墙走了一圈,探头往盆与盆之间的旮旯里张望着,不见壶的踪影,看见院角一只水池,水池下塞满杂物。

便蹲下身,将那些破罐碎盆都拖了出来,一爿爿翻拨着,依然没有壶的影子。

孟夫子站在落地窗前的台阶上,摊开双手朝朱蓓蕾耸了耸肩,道:"我说我从来没看见什么壶嘛,现在就剩卧室没找了。"侧着身,不无揶揄地看住朱蓓蕾。

朱蓓蕾不搭腔,拍着手上的尘土跨进屋子。孟夫子咣啷咣啷将大衣橱五斗柜的门都拉开了,招呼道:"蓓蓓,你来翻,索性搜得彻底,也见得我没有骗你。"

朱蓓蕾却像入定般立着不动了!进屋时她的目光不经意划过落地窗旁的写字桌,桌面玻璃板下压着许多照片,其中一张鱼饵一般勾住了她的眼珠:那是唐亚娟和孟夫子的合影,孟夫子跷着二郎腿坐在沙发中,唐亚娟胳膊肘撑着沙发靠背,托住脸颊,微微含笑。在他俩身旁,五斗柜上,一台老式座钟的左前方,红木雕花的座底上正放着那只色彩鲜艳的粉彩壶。

霎时间朱蓓蕾心跳加剧,口干舌燥,想动弹却动弹不了。待她缓过神来,只听得耳后一声紧一声粗重的喘息,背脊被一具热烘烘的身躯贴住了,并且腰部下有硬邦邦的东西顶着。她慌了,四肢绵软,心脏胀大。欲挣扎，突然有两只手坚定地从腋下插入，狠狠地捂住了她的胸脯，并将她往床上拖。朱蓓蕾终于尖叫出声，并用双肘猛向后戳去。只听嘭咙通一声，孟夫子仰面倒地。朱蓓蕾不顾一切奔出卧室，从门钩上抓起背包和外衣，狠命撞出门去。

朱蓓蕾一路小跑奔向地铁站口，一路泪似泉涌。下地铁站时，她先擦干眼泪，深呼吸平定心情。回首望望方才逃出来的那堆房屋，在初起的暮色中影影绰绰像小孩子搭的积木。她真希望自己只是做了一场梦。

朱蓓蕾噗地吐出一口恶气，恨恨地想：无论如何，至少证明了那只壶，你们曾当宝似的摆设着的！

此时，漫天的晚霞正惊心动魄地辉煌着。

11

朱蓓蕾惊魂未定地回到家，听得巧巧房中传出凤凰传奇的歌声，她晓得巧巧已放学，便先去厕所洗了把脸，将印在脸上的气恼、羞愧、不安和不甘擦拭得干净了，才轻叩女儿的房门，叫道："巧巧，巧巧，晚饭吃过了吗？"

巧巧咣地拉开房门，嘟着嘴道："妈，你今天不是调休吗？我连物理补习课都请假了，想拉你到徐家汇去逛美罗城的！"

朱蓓蕾忙赔着笑脸道："好呀好呀，妈也好久没去徐家汇了呢，我们现在就走。"

巧巧一扭身子："这么晚了，人家一大堆功课呢！"

朱蓓蕾哄她："没关系的，我们叫出租车去，晚饭总归要吃的嘛。我们去必胜客吃比萨好吧？"

巧巧道："妈你欠我一顿必胜客。今天不去了，我已经叫了外卖。"

朱蓓蕾的目光越过了巧巧朝里望进去，看见巧巧书桌上散落着肯德基的包装袋，还有一堆啃剩下的鸡骨头，因笑道："妈妈欠着你，那你做功课去吧。"便退进自己的房间。

朱蓓蕾筋疲力尽地仰面躺在床上，闭上眼睛，就看见孟夫子贼秃兮兮的坏笑。她合扑过来，把脸埋进松软的枕头。脑海里又浮现出爹爹的那只粉彩壶，花团锦簇地撩得她心乱。现在朱蓓蕾已经肯定，唐亚娟夫妇是晓得这只壶的价值的！他们曾把它当作珍玩摆设在五斗柜上，而当自己向唐亚娟索讨这只壶时，他们就把它藏匿了，抑或已经高价转卖？自己还是太幼稚，以为可以利用孟夫子的色性，却不料反被他戏弄，差点让他得手。此刻朱蓓蕾犹如兵陷八卦阵，真正地进退维谷，冰炭在怀。便是在这绝望之际，电话铃声炸响了。

朱蓓蕾翻身而起抓起话筒，她认定是孟夫子打过来纠缠的，生怕被女儿抢先接听，横生枝节。

话筒中涌过来的却是金娣哗啦哗啦的招牌笑声。这时候，朱蓓蕾倒是欢喜金娣打来电话，一则金娣天性乐天爽快，跟她交谈不用煎心熬肺地斟酌词语；二则也想到金娣不是答应帮自己去向唐亚娟讨壶的吗？兴许真有回应了呢？便调顺了口气，故作松快状，问道："金娣，你最近生意特别兴隆是吧？成天笑！发了多少财对吧？"

金娣也是松快的口吻，道："大财是没有的，小钱嘛赚了一点，所以想请你吃饭呀。"

朱蓓蕾便道："吃饭就免了，我托你办的事……有眉目吗？唐老师她……什么态度呢？"

金娣大约停顿了一秒钟（也许这仅是朱蓓蕾的感觉），那随性的笑声又起，故弄玄虚似的拖长了音调："这个嘛——三言两语恐怕讲不清楚。你还没吃晚饭吧？立马穿上外衣出门，打的过来哟，我报销车费！"随即便讲地址，是靠近静安寺的一片唤作"上海人家"的饭店。

朱蓓蕾原想拒绝，转念道：莫非金娣跟唐亚娟谈了，有新进展呢？否则金娣哪会这般破费请自己吃饭？便应允了。来不及涂粉画眉地装扮自己了，也没打扮的心思，披上外套，跟巧巧关照一句，便出门了。

朱蓓蕾赶到"上海人家"，天已墨擦黑。推门进去，餐厅大堂里几乎没有空桌。她伸长头颈左右前后地寻觅，不见金娣身影，心中骂道："痴头怪脑，不要寻开心哦！"

一位着玫红镶黑缎边旗袍的领位女招待袅袅婷婷走过来问道："小姐，你定位了吗？几位呀？"

朱蓓蕾慌道："没没没，是朋友约的我。这里是叫'上海人家'吗？"

女招待倩倩笑道："是'上海人家'，你朋友贵性？"

朱蓓蕾迟疑道："姓金，叫金娣……"

女招待神情便恭敬起来："是施老板的太太啊，请随我来！"

朱蓓蕾心里鄙弃道:"那阿施不过是个装修包工头,也称起老板来了!"只随着女招待穿过大厅,上楼,又在装饰得考究的过道里曲里拐弯走了一阵,在一扇嵌金边的玻璃门前立定了。女招待优雅地手一摊,道:"小姐,请进。"

朱蓓蕾嘀咕着:金娣何时出手此等阔绰起来?竟订了包间!推门进去,却见阿施也在,夫妻俩像接待国宾似的迎上来,一边一个,硬把她拖至正中的主客位坐下。金娣亲自为她斟茶,阿施不倒翁似的点头哈腰,笑道:"赏光赏光,蓓蓓你是革命人永远年轻啊!"

朱蓓蕾满肚子狐疑,她和金娣交往这么多年,互相知根知底的,哪来这般地客套?其间必有蹊跷!拿定主意,耐下性子,且看他们如何排场。

餐桌上已有四只冷盘,两荤两素:醉炝膏蟹,盐焗草鸡,葱油萝卜丝海蜇,豆干丁拌野生马兰头,都合朱蓓蕾的口味。

朱蓓蕾晓得,单那只膏蟹就要百十来块钱,平素金娣哪里舍得点这么贵的菜?暗地里瞄了她一眼。金娣一脸殷勤的笑,撅起肥硕带膏黄的一块,搁在朱蓓蕾的盘子里。

阿施回头对女招待一挥手，将军发号令般道："就上热菜吧，我们是老朋友了，没那么多规矩。"

朱蓓蕾倒暗吃一惊，这般威势地招上来的，会是如何一道菜呢？

不一会，服务生端上来一只尺半长的大腰盆，盛着只红殷殷的大龙虾，毛估估起码两斤重！

阿施剃着板寸头，两鬓修得铁青，下巴上却蓄着寸把长的小胡子。咧开嘴一笑，两颊的肉便挤成两坨肉疙瘩，道："蓓蓓，我点菜的经验是不要多，但要精。这只龙虾是用奶油焗的，我家阿龙一人一顿好吃一只呢。你尝尝看。"便往朱蓓蕾盘里搛了一大块。

如此佳肴蓓蕾却品不出滋味，她一直提心吊胆地等着夫妻俩摊牌。从他们过分甜腻的笑脸中，朱蓓蕾感觉到隐隐的不安。她估计那牌底凶多吉少了！

不一会，服务生又用带荷叶边的镀金托盘送上来三只白瓷龙形耳加盖汤罐，一人面前放了一罐。朱蓓蕾哪见过这般阵势？猜不出那罐盖下盛放着什么山珍海味？便迷茫地望住金娣，金娣笑着三根指头捏住罐盖顶端的龙头钮，揭开盖子，浓香扑鼻，原来是黄澄澄大半罐浓稠的汤！金娣道："蓓蓓，这是鸡汁鱼翅参汤，佛跳墙总听到过的吧？就是它。大补品，还美容,尝尝呀!"

朱蓓蕾虽没喝过佛跳墙,却有耳闻,晓得价格不菲。胸口却翻江倒海,腻味得想吐。这一刻她觉得自己像只填鸭,先被塞饱肚子,随后就要被摁在砧板上受宰!她却不愿意任人屠宰,便放下汤勺,直逼金娣,道:"你们今天摆的是哪出鸿门宴?莫非与唐亚娟商量好了,要让我放弃那壶?金娣你不说出缘由来,我这就回家,我们朋友以后也不要做了!"

金娣又是跺脚又是捶胸道:"蓓蓓,天地良心,向来我是跟你最知心的,怎么会帮着唐老师来蒙坑你呢?跟你说实话,你托了我去讨唐老师的口风,我思前想后,没敢去找她开口。这点我承认,我生怕惹唐老师生气,我们阿龙的中考还要她辅导嘛……"

朱蓓蕾白了她一眼:"你早说不方便,我也不会强求你。"

阿施插话了,道:"蓓蓓,你的事就是我们的事,我们怎么袖手旁观?金娣不方便出面找唐老师,还有我呢!来来来,喝汤,凉了口味就腻了。"边说边用小勺舀了一点白醋,倒入朱蓓蕾的汤罐中。

朱蓓蕾仍是怀疑:"阿施你去跟唐老师说?能行吗?"朱蓓蕾晓得唐亚娟一向是看不起金娣这个男

人的。

金娣扑哧一笑道:"蓓蓓你忘啦?唐老师老公孟夫子公司的装修是我家阿施做的呀,孟夫子身边的朋友们,阿施都熟悉,根本用不到阿施自己出面找唐老师谈的。"

阿施一拍胸脯道:"孟夫子要做点生意,许多地方靠朋友帮忙,懂吧?这在兵法上就叫做围魏救赵。先拿下了孟夫子,唐亚娟还不将壶拱手归还?"

朱蓓蕾轻轻地长长地"哦"了一声,看看金娣,又看看阿施。早晓得阿施拿捏得住孟夫子,自己何必……想起下午的遭遇,朱蓓蕾兀自耳热心跳,幸亏包房里热,个个都红光满面,遮掩了她的尴尬。朱蓓蕾便举起杯子,擎向阿施,道:"我借茶代酒,先敬一杯!"又朝金娣道,"方才错怪了你,莫往心里去哟。"

金娣哗啦啦笑道:"蓓蓓你当我小肚鸡肠啊。"

朱蓓蕾道:"既然是我托你们帮我,今天这顿饭一定该由我买单了。事成之后,我还要另外请啦。"一语既出,心里还是有点肉痛的。她晓得,这桌小菜没有两三千元是拿不下来的。

金娣破天荒不接嘴,只拿眼睛瞄着她老公。

阿施杯子里是啤酒,他跟朱蓓蕾地碰了杯,仰面喝干了,手掌一压,道:"蓓蓓,哪里能让你买单?以后我碰见乔老爷,面孔只好藏到裤裆里去了。今天,我跟你蓓蓓立下军令状,一定帮你把你爹的壶讨回来。我有朋友,是拍卖公司老总,他答应帮我拍个好价钱。到时候,我们两家五五分成,大家发财!"

这才叫石破天惊!原来金娣夫妇打的是这么一副想当然的好牌呀!朱蓓蕾一时间愕然语塞,不晓得该如何回应?

这边金娣迅速鉴貌辨色,便捏了拳头往阿施背脊上夯了一拳,嗔道:"你瞎话三千什么呀!壶是蓓蓓的,我们哪能五五分成?最多四六开了!"

阿施呵呵呵一笑:"四六开就四六开,我听老婆的。"

朱蓓蕾暗自冷笑:八字还没一撇呢,就想着分钱了!当然于心不甘,转而又想,自己还能有什么办法去讨回这把壶呢?也只有依靠阿施了。不如先应下来,等壶拿到手再理论不晚。便硬撑开脸皮堆出笑容,双手抱拳,道:"金娣,阿施,那就拜托你们了。"

金娣连忙为朱蓓蕾斟茶,又为阿施斟酒,自己也倒了半杯啤酒，把杯子举起来，咯咯笑道："来，为我们合作胜利干杯！"

朱蓓蕾举杯的手抖抖索索，透过杯中琥珀色的茶汁看金娣和阿施，就像在大世界里照哈哈镜一样。

12

时近岁尾，天淅淅沥沥下着小雨。天空总是灰蒙蒙的，已有好几天不见阳光了。气象台报出的气温并不算太低，人的感觉却是阴冷一丝丝渗入骨髓。有点年纪的人都晓得，这种天就叫做捂雪天，是最难挨的。倘若有一股冷空气迅速地从北方南下，拱得那雪下下来，人的感觉便会爽快许多。偏偏近年来冷空气愈来愈弱，雪便像难产的孩子迟迟下不来。天就这么阴霾着，人心也就这么阴霾着。

朱蓓蕾心里的阴霾积蓄得厚了，沉沉一大块，压得她常常觉得喘气都艰难。自那日"上海人家"的聚餐后，朱蓓蕾说服自己相信了金娣夫妇的信誓旦旦。她不相信他们还能怎么办呢？对付唐亚娟这颗橡皮钉子，她已经黔驴技穷了。现在她只有耐耐性子等待金娣夫妇的围魏救赵之计能替她讨回爹爹的粉彩壶。至于跟金娣夫妇如何分成,朱蓓蕾的心理价位是给他们三五万块钱做报酬,这显然与金娣夫妇的目标相距很远。朱蓓蕾暗忖,待壶拿到手后再筹谋也不迟,或者可借口哥哥要留壶做纪念,不卖了。

朱蓓蕾原以为有了金娣夫妇的承诺,她可宽心许多。心头聚集的阴霾却总不见消散——她明白,骨子里,她是信不过金娣夫妇的,特别是那个阿施,流里流气的模样!万一……万一什么呢?朱蓓蕾说不清,只是一种隐隐的不祥。

日子却按部就班照常要过,要翻三班,要清理房间,要洗衣物,要替巧巧准备一日三餐……朱蓓蕾甚至还找出了巧巧小时候的旧毛衣,拆了,洗了,用旧毛线相拼起来为老公织花色毛衣。她希望自己忙得不可开交,就没有闲暇去担忧金娣夫妇如何实施围魏救赵计策的事情了。

大约过了十天半月光景,朱蓓蕾不曾扳着手指算日子。那天她是早班,交了班不过两点敲过,她正打算去浴室冲澡,护士长叫住了她,说医务处来电话,让她立马到主任办公室去一趟。朱蓓蕾惊讶道:"医务处找我什么事呀?"护士长摊开手道:"我也不清楚。"旁边护士不无妒忌打趣道:"不定要调你去医务处上班,好不要翻三班了呢。"

"不可能,不可能!"朱蓓蕾斜了眼护士长,连连否定。她哪里敢奢望这样的好事会落到自己头上?按常规,都是各病区的护士长才有可能往办公室调。朱蓓蕾也不敢懈怠,护士服都来不及脱,便匆匆去医务处。终究心里还是有点期盼的。

朱蓓蕾先笃笃叩了两下门,听得里面有人道:"请进!"方才推开门。却惊悚了一下:怎么主任办公室的长沙发上坐着一男一女两位警察?都警衣肃正,面孔平板,没一丝笑容。慌忙想退出门去,却被主任叫住了。主任道:"小朱,这两位派出所民警同志想找你谈点事。你不要紧张,如实回答他们的问题就行了。"

朱蓓蕾脑袋轰地一下,人晃了晃,扶住了椅子背:警察为什么要找自己?莫非巧巧被人贩子拐走了?电视新闻中不是常有这样的报道?不会吧,巧巧那么大的人了,哪会轻易上当受骗?要不是老公开车出了车祸?老公向来谨慎,再说主任称他们是派出所的民警,也不是交警呀!脑袋里成千上万的问号拉洋片似的闪过,手脚却动弹不得。却听主任道:"民警同志,我还有个会议,你们就跟小朱同志直接说吧。小朱同志在我们医院工作许多年了,上上下下口碑都不错,常常有病员给她写表扬信呢。"

有主任最后这句话,让朱蓓蕾的心稍微宽松了一些。待主任一出门,那位男民警就道:"朱蓓蕾你坐下谈吧。"她方才坐下,眼望着脚尖,手心里全是汗。

却见那个女民警翻开了一本笔记本,一手捏杆水笔,做出要记录的架势。朱蓓蕾的心又开始悬挂起来:"怎么像审犯人似的?"

男民警开口问:"朱蓓蕾,你认识唐亚娟吗?"

朱蓓蕾听到这个名字,忐忑不安的心一下子落定了,不免暗自冷笑:原来是她恶人先告状啊!便抬头迎着男民警锐利的目光,坦然道:"认识。我们是一条弄堂里玩大的小姐妹嘛。"

男民警皱了下眉头,又问:"最近,你们之间发生了一些矛盾,是吗?"

朱蓓蕾略沉吟:唐亚娟已经报警,看来自己要瞒也瞒不住的。索性把事情摊开来,让警察同志评评理看!便道:"是发生了一些纠葛,我爹爹生前用过一把祖传的粉彩壶,只怪当初我眼乌珠戳瞎,不晓得那把壶其实价值连城,也不晓得唐亚娟貌似厚道,实则为人狡黠,她说她喜欢那把壶,我就送给她了。现在我哥哥问起这把壶，想要壶做个纪念。我便向唐亚娟说明缘由，望她将壶还给我。可她推三推四就是不肯还，编出种种理由搪塞我。民警同志，我也正想问问你们，唐亚娟这种行为算不算侵占他人财产？算不算不当得利呢？"

男民警和女民警对望了一眼，男民警道："关于这把壶究竟应该归谁所有，这个问题你完全可以通过法律手段来解决。就算理在你这边，你也不可以采用非法手段去追讨啊！"

朱蓓蕾咚地从椅子上跳起来："民警同志，诬告算不算诽谤罪？我怎么采用非法手段啦？我只当面问过她一次，她说回家去找找看。后来我又打过一个电话问她，她正在给学生补课。她说那只壶被她老公丢了，才说了这一句，就摔了话筒。这难道也算我采用非法手段吗？"

男民警怀疑地扬起浓眉："那……你有没有唆使什么人或者买通其他人给唐亚娟打恐吓电话、发威胁的短信呢？"

"没有，肯定没有！这把壶的事，我连我老公都没告诉，怎么会去买通其他什么人做这种下三烂的事呢？"朱蓓蕾用力摇头，口气斩钉截铁，可说到最后一句,声音却软弱起来。她猛地想到了金娣和阿施,像阿施这种人,是做得出这种事情的!原来这就是他所谓的"围魏救赵"的妙计呀!朱蓓蕾想向警察说出自己的判断,转而又忍住了。人家毕竟是在帮自己讨回粉彩壶,警察不提,自己何必将他们夫妻俩牵扯进来呢?

男民警与女民警又对视了一眼。女民警便合上笔记本,男民警面孔线条柔和了一些,道:"朱蓓蕾,这桩事体我们还会深入调查的。你也再仔细想想,还有什么人知晓这把壶的事?"说着递过一张名片,"想起什么,就给我打电话。"

两位民警告辞后,朱蓓蕾不敢回自己病区换衣服,生怕同事们会问长问短,只穿着工作服就回家了。坐在地铁上,她只觉得头重脚轻,双颊滚烫。回到家一量体温,三十八度五。支撑不住,横倒在床上。昏沉沉睡了一会,被电话铃吵醒。原来是巧巧,说晚上老师还要补课,不回家吃晚饭了。朱蓓蕾关照了她几句,自己吞了颗安乃近,又闷头睡去,竟不晓得巧巧是几时回家的。

次日一大早,巧巧上学之前跑进她卧室,摁摁她的额头,道:"妈,你病了。昨晚我回家,你睡得死沉死沉,脸上都是汗。今天别去上班了好吧?"

朱蓓蕾点点头。待巧巧走后,她真就给护士长打电话请病假,不仅因为心身俱疲,她估计昨天民警询问自己的事一定都传开了,趁机躲避一下也好。

朱蓓蕾为自己熬了锅白米粥,就着酱乳瓜吃了一小碗。半夜里发汗将睡衣都濡湿了,不敢冲澡,擦了擦身子,换了干净的衣服。原想继续睡觉,却接到了金娣打来的电话。

话筒中依然哗啦啦哗啦啦的声音潮水般涌过来,却不是笑声,而是哭声。金娣哗哗哗地号啕了一阵,道:"蓓蓓,我们阿施为了你的事,被警察带走了!你要帮忙去跟警察说说,那把壶是你爹的遗物,我们阿施是帮你讨壶呀……"

朱蓓蕾气不打一处,恨道:"我也没让他发恐吓信打威胁电话呀!你不是说阿施有朋友认得孟夫子吗?说得好听,还围魏救赵呢!昨天警察都跑到医院找我谈话了你晓得吧?我在医院里多少年的好名声算是完蛋了。不过我可没在警察跟前提起你和阿施一个字噢!"

金娣缩着鼻子道:"我没料到唐老师这样辣手,真会报警。唐老师太精怪了,阿施捏着鼻子打的电话,还是被她听出来了!"

朱蓓蕾愈是气恼,道:"活该!早晓得你们阿施这么弱智,我宁愿不要那把壶,也不会求他帮忙的!"

金娣又开始号哭,一边号一边道:"蓓蓓,我家阿龙还小,我剃头能赚几个钱?我们家全都靠阿施打拼呀!不管怎么说,他总是为了你的壶才犯事的吧?我还能求谁呀?只有你蓓蓓能帮我了。你去求求警察好吗?你家乔老爷大小也是个经理,总归有点人脉关系吧?去托托人好吧?要花多少钞票你只管开口好了……"

朱蓓蕾被她聒噪得心乱如麻,却也在琢磨:警察既然已经晓得是阿施作的案,为何昨天不跟自己明讲呢?难道他们并不相信自己,还在考察自己?这么一想冒了一身的冷汗。便对着话筒道:"好了好了,你不要再嚎了好吧?我马上联系那两个民警,横竖帮阿施讲讲情啰!"

金娣在电话里是千谢万谢,还说阿施出来后要重新请朱蓓蕾吃饭,朱蓓蕾差点没把刚喝下去的粥吐出来。

朱蓓蕾按名片上的号码跟那位民警通了电话后,破天荒叫了部出租车赶往他们所在的警署。依然是昨天到医院的那两位民警接待她。未开口，她先红了眼圈，诚恳检讨自己情面观念太重，隐瞒了一些事情。便将围绕那把壶发生的种种情节子丑寅卯一一道来，连要女儿去唐老师家打探壶下落的事都说了，只是隐去了自己找孟夫子喝茶的那一节。民警特别关注金娣夫妇请她吃饭的情况，点了哪些菜，如何商议讨壶的方式，"围魏救赵"是什么意思，最后约定分成的比例……朱蓓蕾再不敢有点滴隐瞒，据实而言。

两位民警交换了一下眼神，那位男民警道："小朱同志，你反映的情况跟嫌疑人交代的基本一致，我们这个案子可以结案。鉴于嫌疑人的犯罪事实尚未给受害人造成实质性的危害，嫌疑人到案后认罪态度也比较好，本着教育挽救人的原则，我们决定不将嫌疑人移交检察机关，十五天拘役期满他便可回家了。"又笑道，"小朱同志，以后交朋友，眼睛可要擦擦亮哦！"

朱蓓蕾不想再听到金娣虚伪空洞夸张甜腻得碜牙的声音，跨出警署大门，她便给她的手机发了条短信："阿施过几日便可出来，罚金由我代你付了！"

13

朱蓓蕾站在警署门外左右望望,有好几部闪着顶灯的空车从她面前驶过,她忍了忍,没有抬手扬招。这个警署是分管唐亚娟家所在的区域的,方才赶着过来,等于从城市的西南头赶往东北头,足足花了她五十多块出租费。回去她是舍不得乘出租了,看到隔几个街口有地铁的标志,便慢慢踱过去。

天空依旧是阴沉沉灰脱脱一片,让人判断不出时辰。马路中间的绿化隔离带,落叶树早就褪尽枯叶,任凭空枝纵横交错;常青树纵有绿叶,也因蒙上太多的城尘,显得没精打采。朱蓓蕾目测那地铁口的标志并不很远,却走了一条街口,又走了一条街口,抬头再看,它还在前面街口。朱蓓蕾只觉得头晕眼花,双腿酸软,实在是拖不动脚步了。她摸出手机看看时间,竟已是午后近2点。难怪没有力气,早上那一小碗粥不晓得消化到哪个犄角旮旯里去了。便踅进沿街的一爿单铺面的饮食店,要了碗鱼香肉丝面,外加一只荷包蛋。饿狠了,吃了几筷,却又吃不下了。

朱蓓蕾拖着疲惫的身子,委委顿顿总算回到家里。登上楼梯,她发现自家的房门是虚掩着的,心想:"巧巧今日怎么下学得这么早?"推门进去边喊,"巧巧,今天晚上没有补课呀?"

却没有应声。朱蓓蕾心疼地忖道:累坏了,睡着了吧?肯定又没脱衣服。连忙换了拖鞋,转过客厅,霎时间却怔住了——她看见一个熟悉的身影正陡立在落地窗前,双臂抱胸,指间夹着一支点燃的烟!

"咦?你怎么回来了?这个月休假提前啦?"朱蓓蕾的声音因惊喜而颤抖,连忙跑过去,拉开落地窗,一边用手扇着烟雾,一边娇嗔道:"嗳嗳嗳,怎么又抽上烟了?巧巧回来要骂死你了。快灭了它,通通风,不要让巧巧闻出烟味哦。"说着伸手去灭他手中的烟,却被乔老爷闪过。他一屁股坐进沙发,并故意狠狠地吸了一口。

朱蓓蕾觉出了乔老爷举止有点不大对头。老公向来敦厚温顺,当年她怀了巧巧,让他戒烟,他二话不说,当即将家中的香烟统统丢进垃圾箱了。再打量乔老爷,竟外衣不脱,鞋子不换,一张面孔,跟外面捂雪的天空差不多,黑沉沉布满了乌云。更让朱蓓蕾揪心的是,自她进得房门,乔老爷的眼乌珠就没朝她身上转一转。平素,乔老爷一进家门,那眼乌珠便一刻也离不开老婆的呀。

朱蓓蕾忽地心悬悬意煎煎,俯下腰身,扳住他的肩胛,柔声问道:"老公,你怎么了?病了?"抬起手去摸他额头,却被他"啪"的一记打开了。

朱蓓蕾手背被他刮得麻辣辣痛,他从来没有这般粗鲁地对待过自己呀!朱蓓蕾又气又急,嗓音屏得尖利:"你到底怎么了?出什么事了?"

乔老爷终于开口了,冷笑道:"出什么事?你最清楚了,还来问我?"

这冷冰冰的一句便像一巴掌扇在朱蓓蕾面孔上,面颊顿时火辣辣烧起来。她自然清楚乔老爷所指何事,咬住嘴唇,深呼吸镇静了自己,嗫嚅道:"是……是唐老师……跟你告状了?"

"还用人家来告状吗?警察都跑到我们度假村来了!"乔老爷腾地站起来,戳着朱蓓蕾的鼻尖,闷闷地吼道,"我真想不到你竟有胆子做出这种不要脸的事情,这才叫做人不可貌相,海水不可斗量呢!"

朱蓓蕾心格登了一下:他竟骂我"不要脸",难道自己约孟夫子喝茶那一节他也晓得了?抖抖索索问道:"我怎么不要脸啦?我只不过想把爹爹留下的壶讨回来嘛……"

乔老爷恨道:"且不说你把那壶讨回来的目的是什么,就算你讨得有理,你也不能让阿施打匿名电话威胁人家呀,你是幼稚呢,还是犯浑呀?"

朱蓓蕾稍松了口气,看来老公所指的"不要脸",仅是指阿施那一档行径。刚想解释几句,多少天来积蓄起的懊恼忧虑焦灼委屈汹涌澎湃涌至胸口,那眼泪便抑制不住地滚落下来,只憋憋屈屈啜泣道:"我何曾要阿施去做犯法的事体啦?是金娣信誓旦旦说阿施有朋友跟孟夫子有生意上的往来,还说什么用围魏救赵的兵法帮我把壶要回来。我根本不晓得他们的兵法是去打匿名电话发威胁短信。我都原原本本告诉警察了,连警察都相信我,你还不相信我呀?"

乔老爷嗓门稍微轻了一些,道:"关键你去向唐老师讨回那把壶就没有道理。平素你怎么说的?不好忘记唐老师帮巧巧考上重点高中对吧?难道你跟她几十年的友谊还不及一把旧茶壶要紧吗?"

朱蓓蕾瞟他一眼,咕唧道:"从前我也不晓得那把壶有多值钱,糊里糊涂就送掉了……"再瞟他一眼,"就是上回跟你一起看的《百家讲坛》,那个马未都讲,一只粉彩寿桃的瓶拍卖了四千多万港币……"又瞟他一眼,"我爹那把壶上的花纹跟那只瓶是一模一样的呢!"

乔老爷再吸口烟,便把烟蒂揿灭了,站起来,逼到她跟前,道:"你没房子住吗?你吃不饱穿不暖吗?我每个月拿回家的钞票你不够开销了吗?哦——你是嫌我赚钱赚得少是吧?你是羡慕那种傍大款的女人是吧?"

乔老爷问一句,朱蓓蕾摇一下头;再问一句,再摇一下头。朱蓓蕾头都摇昏了,乔老爷仍不肯罢休,仍一句追一句问。朱蓓蕾正无处逃遁,忽听得门锁咔嗒一声响,她急忙压着嗓道:"老公,别说了,巧巧回来了!"

巧巧进屋一眼看到爸爸,鸟儿般飞扑上来,两臂吊住爸爸头颈,连连喊道:"老爸,老爸你回来得正好!这几天我做题库做得脑袋都僵掉了,老爸陪我打几盘魔兽世界好吧?妈,老爸难得回家,你一定要批准哟。"

朱蓓蕾偷瞄了老公一眼,见他铁板的面孔终于柔软起来,忙道:"好吧,看在你爸面子上,就放你一回假。你们玩会,我去烧饭。"心中忽就云破雾散了。

这一整天朱蓓蕾哪得空去菜场?在厨房东翻西翻,翻出半棵白菜,一截胡萝卜,一支冬笋,冰箱里还有一段鳗鲞和一块腊鸡腿。为了讨好老公，朱蓓蕾使出了浑身解数，精心配置有限的食料，蒸烩炒炖，个把小时后，竟端整出一桌蛮像样的家宴来：先是一锅腊鸡腿香菇煲饭，再是一碟葱姜清蒸鳗鲞——乔老爷最爱吃的；另配一碟胡萝卜冬笋炒肉片，一碗虾米干贝白菜汤。便喊出父女俩上桌。因有巧巧在，乔老爷和朱蓓蕾都装出合家团聚其乐融融的样子，东拉西扯说些家长里短的闲话，最多还是谈论巧巧考什么大学啦，学什么专业啦，言语之间一桌菜风卷残云般见盆底了，连那锅腊鸡饭都所剩无几。朱蓓蕾一直悄悄地观察乔老爷，见他胃口蛮好，就着鱼鲞吃下两碗腊鸡饭，便稍稍定了心。

朱蓓蕾边收拾碗碟边关照巧巧道："好去做作业了吧？别再缠爸爸了，也让爸爸歇歇呀。"心里是盘算支开巧巧，跟老公好好解释一番的。

她三下五去二地洗好碗筷，解下围裙，急忙蹿进厕所间。洗手池上的镜子里，映现出的女人眼泡浮肿，面色蜡黄，头发凌乱，自己见着都讨厌，怪不得乔老爷懒得看呢。

朱蓓蕾以最快的速度洗脸，涂护肤霜，待要画眉点唇，又犹豫了。朱蓓蕾晓得平素乔老爷不喜欢女人打扮得妖艳，况且这一刻他正在气头上，眼睛凶得很呢！还是素面朝天地去面对他，由他评说。

朱蓓蕾惴惴不安地走进卧室，却见乔老爷已穿好外衣，夹着公文包，一派要出门的架势。

朱蓓蕾心一沉，扑上去拽住乔老爷的胳膊，哭腔道："老公，你现在这个时候还要到哪里去呀？"

乔老爷仍旧没好声气："今天又不是我的假期，我当然要赶回青浦去的！"说着便要甩开朱蓓蕾。

朱蓓蕾死不松手，道："现在已赶不上回青浦的班车了呀，明天上午回去也不迟嘛，谁会说你呀？"

乔老爷嗡声道："你那样想要赚大钱，索性你把这个家也拍卖了。你我既然所求不同，何必再住在一个屋檐下呢？"

朱蓓蕾惊骇地瞪大了眼睛，狠狠搡了他一把，哑着嗓道："你说什么呀？巧巧就在隔壁呢，我爹娘的魂灵也在上头看着你呢！"不觉哽咽起来，"我想把壶讨回来，挣些钱，也是为我们这个家着想，也好让你不要那样辛苦……你现在倒想撇下我们母女，讲得冠冕堂皇，谁晓得是不是外面有了花头！"

乔老爷嗤地苦笑一声，道："我会有什么花头？若不是你鬼迷心窍搞出这么些花头，我若有丝毫撇下你们母女的念头,叫我天打五雷轰好了。"

朱蓓蕾缩了下鼻子,怯怯道:"老公,我若不去讨这只壶了呢?你今天晚上好留在家里过夜吗?"

乔老爷将公文包放在茶几上,问道:"你真的不跟唐老师去讨壶了?"

朱蓓蕾连忙点头。

"你真的放弃那只壶了?"

朱蓓蕾更用力点头。

"你真的不想当千万富婆了?"

朱蓓蕾捏起拳头娇嗔地去捶乔老爷的肩胛,乔老爷一把捉住她的手,正经道:"好,我们拉勾上吊,一万年,不许悔。"便伸出一根小指勾住朱蓓蕾的小指,上下晃了晃。朱蓓蕾扑哧破涕为笑,趁势倒在乔老爷怀里。她用力嗅着老公身上那股每每令她耳热心跳的气味,胸中的块垒一丝丝地融化开来,无论爹爹那只粉彩壶能卖多少钞票,跟身边这个男人比起来,都是微不足道的了。

数日后,哥哥从西安打来电话,告诉朱蓓蕾他已订好了新年回上海探亲的飞机票。朱蓓蕾稍加迟疑,决定对哥哥实话实说,便叹道:"哥,我要跟你说声对不起了。你记得爹常用的那把粉彩壶吗？壶把被妈劝断了。唐亚娟想要，我就送给她了。后来听讲这种粉彩瓷很值钱的，你不会怪我吧？"

哥哥呵呵一笑道："没关系没关系，你若喜欢，哥再送你一把。"

朱蓓蕾半是疑惑半是惊讶，道："哥，你发大财啦？听讲要上千万一只呢。"

哥哥又笑道："蓓蓓，你说的是古董瓷的价格。爹那把壶是现代工艺品，那年我刚参加工作，晓得爹爱喝茶，就用头个月的工资给爹买的，大约五六块钱吧。这几年也涨了几十倍了。"

朱蓓蕾怔怔地捏住话筒，好半天出不了声。那话筒上棱角分布的九个小孔也像一副狡黠的戏谑的微笑。

图书在版编目（CIP）数据

青玉案/王小鹰著.-上海：上海文艺出版社.2022
ISBN 978-7-5321-7993-0
Ⅰ.①青… Ⅱ.①王… Ⅲ.①短篇小说－小说集－中国－当代
Ⅳ.①I247.7
中国版本图书馆CIP数据核字(2021)第240182号

该书2021年度获得上海文化基金项目扶持

发 行 人：毕　胜
策　　划：李伟长
责任编辑：陈　蕾
封面设计：钱　祯
封面插画：施晓颉×公号：痴吃喵

书　　名：青玉案
作　　者：王小鹰
出　　版：上海世纪出版集团　上海文艺出版社
地　　址：上海市闵行区号景路159弄A座2楼 201101
发　　行：上海文艺出版社发行中心
　　　　　上海市闵行区号景路159弄A座2楼206室 201101 www.ewen.co
印　　刷：杭州锦鸿数码印刷有限公司
开　　本：787×1092　1/32
印　　张：9.5
插　　页：5
字　　数：147,000
印　　次：2022年1月第1版　2022年1月第1次印刷
ＩＳＢＮ：978-7-5321-7993-0/I·6336
定　　价：56.00元
告 读 者：如发现本书有质量问题请与印刷厂质量科联系　T:0571-88855633